EIN DUTZEND JAHRE

Die Autorin

Gabriele Poweleit, in Bad Nauheim in Hessen geboren, unterrichtete bis zum Jahr 2000 in ihrer Heimat als Lehrerin, bevor sie mit ihrem Mann nach Südfrankreich zog, wo sie zwölf Jahre lebte und auch ihr erstes Buch »Allez, on y va!« verfasste.

Nach ihrer Rückkehr schrieb sie in Deutschland ihr zweites Buch »Ein Dutzend Jahre«.

GABRIELE POWELEIT

EIN DUTZEND JAHRE

Lavendelblauer Himmel über dem Languedoc

Bibliografische Information der Deutschen Nationalbibliothek:
Die Deutsche Nationalbibliothek verzeichnet diese Publikation
in der Deutschen Nationalbibliografie; detaillierte bibliografische
Daten sind im Internet über http://dnb.dnb.de abrufbar.

Satz, Umschlaggestaltung, Herstellung und Verlag:
BoD - Books on Demand, Norderstedt

ISBN: 978-3-7494-6329-9

Für Ditmar, Sabine und Ma
Für Rose-Marie und Jean-Paul
und
all unsere Freunde in Frankreich

Für das ganze Leben gilt:
Fange nie an,
aufzuhören!
Und höre nie auf,
anzufangen!

(Prof. Ursula Lehr)

Prolog

Alles begann mit einer Einladung zum Geburtstag bei französischen Freunden, als wir deren Nachbarn Jean-Paul kennenlernten. Ein ehemaliger Oberstleutnant der französischen Armee, war viele Jahre in Deutschland stationiert gewesen und liebt dieses Land über alles. Groß war unser Erstaunen über seine Begeisterung für die deutsche Sprache, Kultur und Lebensart.

Was mich sofort für Jean-Paul eingenommen hat, war und ist seine Herzlichkeit, sein offenes Wesen, sein überbordendes Lachen. Ich erinnere mich noch genau wie heute: Mit strahlenden Augen kam er auf uns zu, begrüßte uns auf Deutsch mit diesem für uns Deutsche so liebenswerten Akzent. Jean-Paul, als Sohn eines französischen Offiziers in Deutschland geboren, liebt Deutschland. Seine Frau Rose-Marie hielt sich an diesem Tag in Paris auf. Sie ist eine glühende Verehrerin der französischen Metropole und nutzt jede Gelegenheit, nach Paris zu fahren. Rose-Marie lernten wir auch bald darauf kennen.

Bei der Verabschiedung am späten Abend war der feste Entschluss gefasst, sich einmal pro Woche zu treffen, Jean-Paul, um die deutsche Sprache aufzufrischen, und wir, um die französische Sprache auszubauen.

Seit dem Erscheinen meines ersten Buches: »Allez, on y va! Mein langer Weg nach Südfrankreich«, hatten mich viele positive Kommentare erreicht, von denen ich hier nur einen wiedergeben möchte:

»Ich bin hellauf begeistert und habe mit großer Freude und einigen Tränen der Rührung, ›unsere Vogelscheuche‹ wiedergefunden. Schreiben Sie weiter? Es wäre schön, wenn ich irgendwann die Fortsetzung des Buches lesen könnte!« *(Jutta W., Ilbenstadt)*

Angespornt durch viele Briefe und E-Mails dieser Art kam bei mir die Idee zu einer Fortsetzung meines Buches auf. Groß war auch die Enttäuschung unserer französischen Freunde gewesen, die der deutschen Sprache nicht mächtig waren und somit den Text nicht zu lesen vermochten.

Und so entstand bei mir die fixe Idee, ein zweisprachiges Buch zu verfassen. Jean-Paul, Rose-Marie und wir sind gute Freunde geworden. Die wöchentlichen Treffen bestehen immer noch, unterbrochen von unvermeidbaren Abwesenheiten auf beiden Seiten.

Folglich wäre dieses Buch zusammen mit unserem Freund der Realisierung meiner Vorstellung ein großes Stück näher gerückt und auch zu verwirklichen.

Die folgenden Strophen sind einem längeren Gedicht entnommen, welches Jean-Paul an uns auf Französisch verfasst hat:

Amis de mon pays natale ...

J'aime les côtoyer,
Discuter avec eux
Et parfaire leur Français
Qu'ils manient bien déjà.

J'apprécie leur audace,
Leur tire chapeau bas,
Que les dieux les bénissent
Et protègent leurs vœux.

(Jean-Paul Lozinguez)

Freunde meines Geburtslandes

Ich liebe es, mit ihnen zusammenzukommen,
mit ihnen zu diskutieren,
ihr Französisch zu perfektionieren,
welches sie schon recht gut hinbekommen.

Ich schätze ihren Wagemut,
davor ziehe ich meinen Hut.
Mögen die Götter sie segnen
und ihren Wünschen wohlwollend begegnen!

(Aus dem Französischen übersetzt)

Julie lernte ich durch eine französische Freundin kennen. Julie, in ihrem Pass steht Julia, ist Deutsche mit französischem Ehemann. Frustriert durch eine langweilige Bürotätigkeit, hatten beide vor einigen Jahren ihr heimatliches Elsass verlassen und sich kurz darauf im wärmeren Süden Frankreichs niedergelassen. Mit der großzügigen Hilfe ihrer Eltern beiderseits hatte das Paar einen vor langer Zeit verlassenen und dadurch recht verfallenen Gebäudekomplex erstanden, eine Domäne.

Es sei Liebe auf den ersten Blick gewesen, so hatte mir meine Freundin Silvie erzählt, und die herbe Schönheit sei schon zu Anfang in den alten Gemäuern zu erkennen gewesen.

Schon lange hatte Silvie die Kleinanzeigen in der Tageszeitung nach einer Verdienstmöglichkeit durchforstet, war auch eines Tages fündig geworden und hatte sich sofort darauf gemeldet. Überglücklich berichtete sie mir von ihrer neuen Arbeitsstelle, und ich war ihrer spontanen Einladung zu einem Espresso gefolgt. Nun beugte ich mich über den kleinen runden Tisch im Café, um besser verstehen zu können, denn mein Interesse war sehr stark geweckt worden. Plötzlich unterbrach sie ihren Redefluss und sah mich an. Aufgeschreckt aus meinen Gedanken blickte ich in Silvies fragendes Gesicht. Was hatte sie eben gefragt? Genervt verdrehte sie die Augen himmelwärts.

»Sag mal, ich wusste ja, dass dich das interessiert, aber wieso dermaßen stark? Suchst du etwa auch eine Arbeitsstelle? Eigentlich hörst du mir nicht wirklich zu. Wohin sind deine Gedanken abgeschweift?«

Verlegen hob ich meine leere Tasse an die Lippen und entnahm ihr einen leeren Schluck. Mensch, reiß dich zusammen, sagte ich mir, du besitzt keine Domäne.

»Bitte, Silvie, was hast du eben gesagt?«, fragte ich schnell.

»Ich habe dich gerade an die Uhrzeit erinnert, da du doch noch einen ganz wichtigen Termin hättest, wie du mir am Telefon angedeutet hattest.«

»Ach so, nee, das kann warten, erzähl bitte weiter«, forderte ich sie auf. »Das klingt so aufregend, ich möchte mehr davon hören.«

»Da kommt mir eine Idee.« Silvie überlegte kurz. »Morgen fahre ich wieder hinaus, komm doch einfach mit und schau selbst. Wie wäre das für dich? Hast du Zeit?« Dann lachte sie. »Mais non, was frage ich? Natürlich wirst du dir dafür Zeit nehmen.«

»Ist das dein ernst? Könnte ich wirklich einfach so mitkommen?«, fragte ich zweifelnd.

»Mais oui, sie sind alle sehr nett, und ich werde Julie Bescheid geben vorher. Sie freut sich bestimmt, eine Landsmännin kennenzulernen.«

Mein insgeheimer Wunsch war in Erfüllung gegangen. Hatte mein Wünsche-Engel Silvie etwas ins Ohr geflüstert?

»Okay, danke, ich komme gern mit«, antwortete ich begeistert.

Und so fuhren wir früh am folgenden Morgen in Silvies kleinem roten Renault einen steinigen und mit tiefen Löchern ausgefahrenen Feldweg entlang. Unterbrochen wurde der beidseitige Baumbestand aus Pinien und Zypressen durch herrliche Ausblicke in die nahe Gegend mit ihren geraden Reihen von Weinstöcken. Ich schaute in den heraufdämmernden Morgen und bewunderte den Zauber der Natur.

Die gespannte Stille im kleinen Wagen schien mir körperlich greifbar. Sie begleitete uns, seit wir diesen unebenen Feldweg befahren hatten. Während Silvies ungeteilte Aufmerksamkeit der Fahrbahn galt, nahm ich den wunderschönen, gerade erwachenden Morgen in mich auf, und jeder hing seinen Gedanken nach.

Was dann kam, darauf war ich nicht vorbereitet gewesen. Vorsichtig lenkte Silvie den Wagen unter einem hohen eisernen Rundbogen durch die geöffneten schmiedeeisernen Torflügel hindurch und hielt an. Sie hatte alles richtig gemacht, das wurde mir erst später bewusst. Unter dem hohen Torbogen nahm ich die volle Schönheit des Hofes, der Domäne, in mich auf. Tatkräftig hätten Julie und Laurent ihre in U-Form errichtete Domäne ausgebaut, das hatte mir Silvie erzählt, und ich musste dies bestätigen.

Langsam fuhren wir auf einen kleinen, von hohen Platanen bestandenen Parkplatz und hielten neben einigen Wagen verschiedenster Marken und Größen an. Ich las die Beschriftungen eines Anstreichers und eines Maurerbetriebs aus der Region, die meine Vermutung der andauernden Renovierung bestätigten.

»Komm, steig mal aus«, riss mich Silvie nachsichtig lächelnd aus meinem Staunen, »du wirst nachher mit Sicherheit alles noch genauer bestaunen können.«

Hatte sie etwas zu mir gesagt? Gedankenverloren stolperte ich hinter ihr her und betrat wenig später ein langgestrecktes Gebäude rechter Hand. Aus der Helligkeit kommend, mussten sich meine Augen erst langsam an das gedämpfte Licht des Raums gewöhnen. Ich befand mich in einem riesigen Raum und erblickte einen Tisch, der aus dem Refektorium eines Klosters stammen musste. Dieser Tisch, er hatte mit Sicherheit seine vier bis fünf Meter Länge oder sogar mehr. Ich konnte mich auch irren. Bei Gelegenheit würde ich mit dem Zollstock bewaffnet kommen.

Eingedeckt zum Frühstück, meine neugierigen Augen überschlugen die Anzahl der Gedecke und zählten auf die Schnelle ungefähr fünfundzwanzig. Brennende Kerzen leuchteten, weiße gefaltete Stoffservietten thronten auf provenzalischem Geschirr. Oha, Protzen auf hohem Niveau, dachte ich zunächst bei diesem Anblick. Wie bald ich meine zu schnell gefasste Beurteilung revidieren würde, wusste ich zu diesem Zeitpunkt noch nicht.

Ich stand still beobachtend, als Silvie plötzlich in einem schwarzen Kleid neben mir auftauchte. Silvie? Wann hatte sie mich denn verlassen?

»Ich sehe, du hast dich schon etwas umgeschaut. Such dir doch bitte einen Platz, ich komme später wieder zu dir. Weißt du, zuerst muss ich mich um den Kaffee kümmern.«

»Oui, oui, ist schon okay, ich komme zurecht, merci.«

Lange musste ich nicht warten, da traten die ersten Gäste, Mieter, Freunde und Helfer, durch das breite hölzerne Tor und nahmen unter lautem Reden und Gelächter Platz. Köstlich duftende Kaffeearomen umschmeichelten meine Geruchsnerven. Aus unzähligen kleinen Weidenkörbchen schauten verlockende Buttercroissants und breite Schnitten der verschiedensten Baguette Sorten hervor. Butter, Konfitüre aus eigener Herstellung und Früchte, alle gaben sich ein Stelldichein auf dem riesigen Tisch.

»Du musst Gabrielle sein, bienvenue«, sprach mich plötzlich eine freundliche Stimme mit meinem französischen Vornamen an. Julie! Und während sie sich einen Stuhl zu mir heranzog, wurde auch schon nach ihr gerufen. Schnell eilte sie davon, nicht ohne mir ihre baldige Rückkehr zu versprechen. Insgeheim hoffte ich, Antworten von ihr auf meine vielen Fragen zu bekommen, ohne zum damaligen Zeitpunkt zu ahnen, dass ich außer Antworten auch jede Menge Fragen gestellt bekommen würde.

Und noch immer duftete der Kaffee, nun im Wettstreit mit einem mich anlachenden Croissant. Mein Kaffee erkaltete, während ich mein Croissant zur Nase führte, die Augen schloss, tief einatmete und versank. Von fern, wie im Nebel, drangen Begrüßungsfetzen an meine Ohren: Bonjour, Hallo und Hello. Ganz langsam löste sich mein Nebel auf, als ich von meiner linken Seite auf Englisch angesprochen wurde: These Croissants are extremely delicious! Langsam wandte ich mich der leisen Stimme zu meiner Linken zu und blickte in ein liebevoll lächelndes Gesicht, das ich wohl die ganze Zeit über recht unhöflich ignoriert hatte. Na ja, ich schwebte auch in anderen Sphären.

»Oh, Verzeihung«, antwortete ich schnell auf Englisch, »ich glaube, etwas abwesend gewesen zu sein.« Wir lachten beide. »Ja, die Croissants sind umwerfend. Ich muss mich nach der Bäckerei erkundigen, oder haben Sie eine Ahnung?«

»Yes, wir haben uns auch schon erkundigt.« Sie drehte sich zu ihrem Nachbarn um. »Dies ist mein Mann Esbjörn und ich bin Carola, wir kommen aus Schweden. Also, die Backwaren kommen von einem Bäcker aus Pézenas. Nach langem Suchen fanden wir diese kleine Bäckerei, die durch ihre rote Holzfassade im Ancienne-Stil erkennbar ist, an der Hauptstraße in Pézenas.«

»Oh, Ihrer Beschreibung nach bin ich dort schon viele Male vorbeigefahren. Ich bin übrigens Gaby, manche Franzosen nennen mich auch Gabrielle.«

In der Zwischenzeit betraten immer mehr Menschen den Frühstücksraum und nahmen Platz. Einige konnte ich als Mieter identifizieren, andere als enge Freunde. Am Eingang zogen Handwerker ihre mit Farbe bespritzten Schuhe aus und hängten ihre Jacken an Kleiderhaken auf. Dann nahmen sie ihre Plätze am hinteren Ende des langen Tisches ein. Keiner nahm Anstoß, jedermann schien willkommen. Wie hatte ich nur so voreilig falsche Schlüsse ziehen können? Hier lebte man miteinander, was sich in einer fröhlichen Geräuschkulisse bemerkbar machte. Und wieder einmal zählte ich »die Häupter meiner Lieben«, haha, und obwohl es ein ständiges Kommen und Gehen gab, kam ich immer wieder auf circa zwanzig Personen. Wahnsinn!

Carola hatte mich die ganze Zeit über beobachtet. Schließlich wandte sie sich näher zu mir: »Ist es nicht herrlich hier? Wir, mein Mann und ich, sind so glücklich, diesen Ort mit diesen netten Menschen gefunden zu haben. Ich sehe, dass es dir auch gefällt.«

»Ja, ich bin heute zum ersten Mal hier, meine Freundin Silvie hat mich mitgenommen. Silvie ist die Kleine dort mit der Kaffeekanne.« Ich zeigte nach hinten, wo Silvie gerade aus der Küche trat.

»Wir kennen Silvie. Ihre Bekanntschaft haben wir schon machen können, denn wir sind seit Ende Juli hier. Leider bleiben wir nur noch eine Woche. Schade, die Zeit geht viel zu schnell vorbei.« Sie zog ihre Schultern nach oben. »Aber irgendwann geht der schönste Urlaub zu Ende, und wir müssen zurück, ich in die Schule und Esbjörn zu seiner Firma.«

»Sag bloß, du bist auch Lehrerin?«, rief ich erstaunt aus, denn den gleichen Beruf zu haben übt immer eine starke Verbundenheit zwischen den Menschen aus und schafft immensen Gesprächsstoff. »Wie interessant, ich war auch Lehrerin.«

»Ich unterrichte an einer Schule für lerngestörte Kinder.«

»Oh, das ist bestimmt anstrengend, Carola.«

Sie lachte und meinte, es gebe auch viele schöne Momente. Aus voller Überzeugung stimmte ich ihr zu, denn an solch schöne Momente denke ich auch oft voll Wehmut zurück.

»Liebe Carola, darf ich dir Gabrielle kurz entführen?«, unterbrach uns Julie plötzlich. »Ich möchte sie ein bisschen herumführen und ihr die Domäne zeigen. Gerade habe ich etwas Zeit. Wie es später aussieht, kann ich jetzt noch nicht sagen.«

Meine Unterhaltung mit der netten Carola fortzuführen, wäre mir im Augenblick lieber gewesen, aber so befreite ich schnell meine Kaffeetasse von ihrem mittlerweile erkalteten Inhalt, stopfte mir wenig ladylike den Rest des köstlichen Croissants in den Mund, griff hurtig in das nächststehende Körbchen, ließ ein zweites Croissants in die hohle Hand gleiten und beeilte mich, Julie zu folgen, bevor sie um die Ecke und durch eine geöffnete Tür verschwand.

Sie drehte sich zu mir um und deutete nach oben: »Ich zeige dir zuerst einmal eine unserer Ferienwohnungen, die mit kleinen Abweichungen alle identisch sind. Silvie erzählte mir, dass du dich gern einmal umsehen möchtest.«

Wie wahr, wie wahr, dachte ich.

Breite hellgraue Steinstufen führten uns hinauf ins obere Stockwerk. Weiß gekalkte Wände, liebevoll unterbrochen durch farbenfrohe Gemälde, sorgten für strahlende Helligkeit. Unmöglich, sofort meiner Begeisterung Ausdruck zu verleihen, da ich noch mein Croissant genoss. Grinsend bemerkte Julie meine gefüllten Wangen, und schließlich musste ich ihr den Grund dafür mitteilen.

»Diese Croissants sind umwerfend! Carola meinte, dass ihr diese aus Pézenas bezieht.«

Die Hand schon auf der Türklinke, blieb Julie stehen und sah mich lächelnd an. »Ja, unsere Backwaren werden immer gelobt. Unsere Emilie kommt aus Pézenas und bringt täglich alles Gebäck frisch aus einer kleinen Bäckerei mit dem Namen Fournil mit. Der Bäcker hat auch ein riesiges Angebot an den verschiedensten Brot- und Baguettesorten. Einige davon stehen jeden Morgen auf unserem Frühstückstisch.«

Insgeheim hoffte ich, noch einen Rest des köstlichen Brots nach unserem Rundgang vorzufinden, falls nicht bereits alles aufgegessen worden war.

»Hast du eigentlich Emilie schon kennengelernt? Sie hilft in der Küche aus, zusammen mit Silvie.«

Nein, hatte ich noch nicht, würde deren Bekanntschaft später nachholen, nahm ich mir vor.

Schon öffnete Julie eine breite hölzerne Tür, die ihre besten Tage schon lange hinter sich gelassen hatte, jedoch wundervoll restauriert worden war, wie ich als Laie erkennen konnte. Und wieder erinnerte ich mich an Silvies Bemerkung, dass Julie und Laurent ihren Hof tatkräftig und mit viel Liebe auszubauen begonnen hatten. Das hatte ich bereits an vielen kleinen Details feststellen können. Zart glitten meine Finger über das matt schimmernde Holz und ein kleiner Laut der Begeisterung entfuhr meiner Kehle: »Oh, ist das schön!«

Helle Wände, helles Holz auf dem Fußboden, sparsam, aber zweckmäßig möbliert. Über dem Doppelbett die für Frankreich so typischen gesteppten Bettüberwürfe. Liebevoll restauriert und eingerichtet zeigten sich auch das anschließende Badezimmer und die kleine Küche. Alles zeugte von erlesenem Geschmack.

»Kochen deine Gäste selbst?« Fragend blickte ich Julie an.

»Es kommt ganz darauf an. Manche bereiten sich einen Kaffee oder einen Tee zu, kleine Sachen halt.« Nach kurzem Überlegen fuhr sie fort: »Na ja, mir ist auch aufgefallen, dass sich viele am liebsten unten im Frühstücksraum treffen, der sich durch breite Schiebetüren zu einem Mehrzweckraum vergrößern lässt.«

»Da könnte man ja Tanzabende veranstalten!«, rief ich aus. Hier boten sich vielfältige Möglichkeiten ... »Habt ihr schon einmal ...?«

Barsch unterbrach sie mich: »Nein, haben wir noch nicht. Alles zu seiner Zeit.«

Schnell schlug ich meine Hand vor den Mund. »Entschuldige bitte meine überschäumende Begeisterung! Immer mal wieder muss ich in meine Schranken verwiesen werden. Tut mir echt leid«, gab ich reumütig zu und grinste gleichzeitig. »Ein Nichtwiedervorkommen kann ich jedoch nicht versprechen.«

Julie schmunzelte. Also alles gut.

»Du wollest noch etwas zu den Mahlzeiten sagen, als ich dich unterbrochen habe«, erinnerte ich sie.

Stirnrunzelnd überlegte sie eine Weile: »Ja, was wollte ich denn noch ...? Ach ja, außer Frühstück bieten wir auch kleine Mahlzeiten auf Anfrage an, und einmal pro Woche steigt ein großes Fünf-Gänge-Menü, das sich großer Beliebtheit erfreut.«

»Bietest du auch ›Foie Gras‹, Stopfleber, als Vorspeise an?«, fragte ich Julie scheinheilig.

Oh, da blitzten ihre Augen auf: »Mon Dieu, non, das kommt nicht in meine Küche!«

»Ja, aber diese Stopfleber gilt in Frankreich als Ikone der französischen Gastronomie und ist seit dem Jahr 2005 als »Kulturgut des Landes und der Gastronomie, ausgezeichnet.«

»Ich weiß das alles, Gaby, auch dass sich achtzig Prozent der Franzosen die Festtage am Ende des Jahres ohne ihr »Foie Gras« nicht vorstellen können.«

»Dann weißt du auch sicherlich, wie die armen Tiere gestopft werden?«

»Natürlich! Die Gans oder die Ente wird vier Mal (vier!) am Tag gestopft mit jeweils vierhundert bis sechshundert Gramm Mais- oder Getreidebrei per Rohr tief in den Schlund. Und das drei Wochen lang im November, bis die gewünschte Größe der Leber erreicht ist. Das Stopfen der Tiere,›Gavage‹ genannt, bewirkt eine unnatürliche, krankhafte Vergrößerung der Leber und ist deshalb in vielen Ländern als Tierquälerei untersagt.«

Julie hatte sich direkt in Rage gesteigert: »Stell dir vor, Gaby, du bekommst ein Rohr in den Hals gesteckt, und dann wird ein halbes Kilo oder auch mehr irgendeines nahrhaften Breis hindurchgejagt, und das viermal am Tag. So müsste man mal mit all jenen verfahren, die ...«

»Mensch, Julie, hör bitte auf, mir wird übel! Ich weiß, dass die Bewegung der Tierrechtsorganisation in den englischsprachigen Ländern recht stark ist. Das Stopfen ist die eine Seite, der Verkauf oder Kauf jedoch eine ganz andere ...«

Nur fünf Länder der EU erlauben diese Praxis der Tierquälerei, des Stopfens: Frankreich, Belgien, Bulgarien, Ungarn und Spanien. Der Verkauf dieser Produkte jedoch ist in ganz Europa erlaubt.

»Weißt du, Gaby, auch in Frankreich gibt es eine Bewegung von Tierrechtlern, die mit Schockvideos und Aktionen versucht, die Bevölkerung auf diese Art der Tierquälerei aufmerksam zu machen. Ob dies die Menschheit zum Umdenken bewegt, weiß ich nicht.«

Eine Weile schwiegen wir so vor uns hin, und ich nehme mal an, jede hing ähnlichen Gedanken nach. Schließlich brach Julie lachend das Schweigen: »Und was ich gar nicht verstehen kann, sie essen diese fetten Speisen und klagen anschließend über zu hohe Blutfettwerte. Ist ja auch egal, wichtig ist für mich und meine Küche, dass keine Stopfleber verwendet wird. Und falls mich doch einmal einer unserer Gäste danach fragen sollte, so bekommt er genau diese Schilderung des Stopfvorgangs beschrieben.«

»Oha, Julie, du wirst mir immer sympathischer!«, rief ich begeistert aus. »Das würde ich genauso machen. Ich sage allen, dass diese Vergrößerung der Leber eine erzwungene Krankheit ist, wenn ich sehe, welch breite und dicke Scheiben davon auf den Vorspeisentellern liegen. Und, Julie, du glaubst es nicht! Oftmals liegt gleich ein kleines Tütchen irgendeines Medikaments neben dem Teller bereit.«

»Ja, das ist mir auch schon aufgefallen.«

»Ich bin so froh, dass ich mich als Vegetarierin geoutet habe. So muss ich nicht ihr halbrohes, oft noch blutiges Fleisch essen. Für die Franzosen bin ich ein Exot, denn in unserem Bekanntenkreis war immer eine Erklärung der Bedeutung des Begriffs des Vegetariers vonnöten«, sagte ich.

Wir hatten uns lange mit diesem Thema aufgehalten und wollten doch eigentlich eine Besichtigung vornehmen. Deshalb meinte ich, das Thema wechseln zu müssen: »Gut, also das Thema »Foie Gras« mal abgehakt, hast du dir da nicht sehr viel vorgenommen mit dem Kochen und dieser Menüfolge? Du kochst aber nicht allein?«

Sie schüttelte den Kopf: »Nein, ich habe Hilfe, und Planung ist alles. Heute ist vieles einfacher. Was meinst du, wie es hier früher aussah? In der Anfangszeit schliefen wir in Schlafsäcken auf provisorischen Unterlagen, und welche geheimnisvollen Geschichten dieses Gebäude noch verbarg, erzähle ich dir ein anderes Mal.«

»Du machst es aber spannend, Julie.«

»Ja, da gibt es so intime Dinge, die wir entdeckt haben.«

»Wie? Kannst du nicht jetzt ...? Ach, ich verstehe ... nicht so zwischen Tür und Angel. Okay, aber nicht vergessen!«, bat ich sie.

»Und wie lange seid ihr schon in diesen Gebäuden?«

»Begonnen hatte alles vor ungefähr zehn Jahren, da fuhren wir nur an den Wochenenden ... Aber jetzt kommt nicht das Intime, wenn du damit rechnest ...«

Aber ich, ich hörte schon nicht mehr zu, denn während ich nähertrat, sah ich rechts neben dem Fenster ein farbiges Leuchten. Schnell lief ich hin und ertastete den zarten Stoff. »Eine Patchwork Decke!«, rief ich voll Begeisterung aus. »Sag bloß, du quiltest auch noch selbst, Julie?«

Zarte hellblaue Farbmuster, gemischt mit Weißtönen und kräftigerem Blau, die Umrandung fein gestreift in hellem Grün. Julie war mir leise gefolgt und strich zärtlich über die bunten Dreiecke, Vierecke und Streifen.

»Vor vielen Jahren habe ich mit meiner Mutter gequiltet, als wir noch zu Hause wohnten. Jetzt fehlt mir die nötige Ruhe, denn zum Quilten benötigt man Muße.«

Ihre Stimme war immer leiser geworden, und verschämt wischte sie sich kurz über die Augen. Aha, dachte ich, ich habe einen wunden Punkt getroffen, und dies an meinem ersten Tag. Also fort mit diesen Gedanken! Und so hoffte ich, für einen Stimmungsaufheller sorgen zu können.

»Und wie sieht es mit dem Malen aus? Diese herrlichen Gemälde sind doch sicherlich alle von dir?«

Auf Julies Gemälden gaben sich all die Farben des Südens ein Stelldichein: das Rosa des Oleanders, das Blau von Himmel und Meer, das Gelb der Mimosen und der Zitronenbäume, das Silber und Grün der Olivenbäume und der Alleen, das typische Rot der Dachziegel, das Lila des Lavendels und Beige, die Farbe des Sandes und der Strände.

Julie schien in die Wirklichkeit zurückgekommen zu sein. »Du meinst die Gemälde an den Wänden im Flur? Die habe ich fast alle noch während meines Studiums gemalt.«

Noch einmal schlenderten wir an besagten Acryl- und Ölgemälden entlang, deren Farben mich anleuchteten. Farbenprächtige Motive, gemalt von einem glücklichen Menschen, so war mein Eindruck. Julie jedoch stand da wie erstarrt.

»Komisch«, überlegte ich laut, »ich habe die gleichen Hobbys mit dem gleichen Zeitmangel. Allerdings sind meine zusätzlichen Hobbys so vielfältig, dass mein Mann meint, ich verzettle mich. Na ja, ich möchte halt jetzt alle die Dinge nachholen, zu denen ich während meines Berufslebens aus Zeitmangel nicht in der Lage war.« Endlich hielt ich inne.

»Das kann ich gut verstehen, Gaby. Aber ich habe eine ganz andere Frage: Was machst du denn noch so, außer deinen Mitmenschen ein Loch in den Bauch zu fragen? Ist das etwa ein neues Hobby, von dem ich noch nichts gehört habe?« Sie lachte, und ich freute mich riesig, sie doch noch zum Lachen gebracht zu haben.

»Möchtest du das wirklich wissen?«, fragte ich schelmisch grinsend. »Das wird viel deiner kostbaren Zeit in Anspruch nehmen, falls du die erübrigen kannst.« Irgendwie hatten wir einen Draht zueinander gefunden, fühlte ich intuitiv, denn wortlos packte mich Julie am Arm und schob mich vor sich her zur Treppe hinunter, den kurzen Weg über den Hof zurück und zum Frühstücksraum hinein, in dem noch einige wenige Nachzügler bei einem verspäteten Kaffee saßen. Carola winkte mir zu. Julie steuerte ruhige Plätze am hinteren Ende des Tisches an, bestellte frischen Kaffee für uns, und ich, obwohl viel zu aufgeregt, stibitzte das letzte auf uns wartende Croissant aus einem weit entfernt stehenden Weidenkörbchen. Julie und ich, wir würden uns das Gebäck schwesterlich teilen.

»Dann los, ich bin gespannt!«, feuerte sie mich an.

Wo anfangen? Nach kurzem Überlegen erzählte ich von meiner Liebe zum Töpfern, zum Malen und Quilten und Backen und ...

»Kannst du das ein bisschen näher erläutern?«, unterbrach sie mich.

Also begann ich von unseren spontanen Anfängen der Malerei zu erzählen, die ich zuerst mit meiner Tochter Sabine begann, später mit Ditmar fortsetzte. Wir hatten Ausstellungen in Deutschland, Frankreich und in der Toskana in Italien. Leider sehr kurz während der Ferienzeiten.

»Sagtest du, du seist Lehrerin gewesen, oder hat Silvie das erzählt?«, unterbrach mich Julie. »Verheiratet bist du auch. Hast du etwa auch einen deiner Schüler geheiratet?«

Dieser abrupte Themenwechsel! Ich konnte beim besten Willen mit dieser Frage keine Verbindung zu meinen Hobbys herstellen. Ach so, aber wohl zu den Ferienzeiten. Etwas konsterniert zog ich die Augenbrauen hoch, blickte sie an und fragte nach, wie das jetzt gemeint sei, und nein, ich habe keinen Schüler geheiratet, mein Mann und ich seien gleichaltrig. Gespannt wartete ich auf ihre Erklärung, die auch sogleich erfolgte.

»Gerade heute Morgen stand ein Artikel in der Tageszeitung über unseren Wirtschaftsminister Emmanuel Macron, der seine ehemalige Lehrerin heiratete, und da habe ich einfach mal so assoziiert ...«

Oje! Krass, dachte ich, höchst interessant! Trotzdem hatte sie mich total aus dem Konzept gebracht. Ihr Wirtschaftsminister interessierte mich im Moment nicht wirklich. Offensichtlich war ihr meine Verwunderung nicht entgangen, und so nahm ich ihre Entschuldigung an und fuhr fort, von meinem Studium der Kunst zu erzählen, als ich eine Veränderung ihres Verhaltens bemerkte. Unmerklich schien sie tiefer in ihre Sitzfläche hineinzukriechen.

Ihre Augen! Waren das Tränen? Eine plötzliche Traurigkeit sprach aus ihrer Mimik, die mich innehalten und meinen Arm um ihre Schultern legen ließ. Fragend sah ich sie an, auch auffordernd, in Worte zu fassen, was ihr auf dem Herzen lag. Schließlich begann sie leise und stockend von den Anfängen ihrer Malerei zu erzählen.

»Ich hatte supertolle Vernissagen, habe gut verkauft und dachte, davon leben zu können. Dann kam die Währungsumstellung auf den Euro und das Sparfieber traf die Kunst als Erstes. Meine letzte Ausstellung kostete mich viel Geld, ohne Einnahmen zu erwirtschaften. Überhaupt keine!«

»Ja, das kenne ich auch. Sofern du einen bekannten Namen hast, selbst ein B-, C- oder D-Promi bist, werden deine Gemälde, so abstrus sie auch sein mögen, zu horrenden Preisen gehandelt. Du musst nur den größten Mist auf eine angeblich kluge Art und Weise beschreiben. Man ist gezwungen, zielgerichtet und möglichst selbstsicher über die eigene Kunst zu reden, weil das die Leute so hören wollen. Da bemitleide ich den armen van Gogh, der sich aus Verzweiflung oder weshalb auch immer ein Ohr abschnitt.«

Julie seufzte abgrundtief, wischte sich verstohlen eine Träne aus dem Auge und fuhr fort: »Und dann zweifelte ich an mir, fand meine Arbeiten mittelmäßig, in keiner Weise aus der Menge herausragend, und ab diesem Zeitpunkt war mein Pinselstrich tot ...«

»Wie ...?«

»Warte! Du wirst gleich verstehen. Ich erklär es dir. Nach einer langen Schaffenspause erhielt ich einen kleinen Auftrag für ein Gemälde, nichts Großes, eher leicht zu bewerkstelligen. Wochenlang schlich ich um die wartende Staffelei mit den Farbtuben wie die sprichwörtliche Katze um den heißen Brei herum. Kannst du dir vorstellen, dass es wirklich Wochen dauerte, bis ich ganz langsam verschiedene Farben auf die Palette drückte, die Pinselspitze damit benetzte und versuchte, die Farben auf die Leinwand aufzutragen? Es war vorbei, vorbei, vorbei!«

Ihre Qual, sie drang mir tief ins Herz, und ich zwang mich, Julie zu unterbrechen: »Bitte, Julie, glaube mir, das ist mir aus eigener Erfahrung bekannt. Der Begriff der Mittelmäßigkeit stammt eigentlich von mir. Viele Dinge beginne ich voll Freude, wohl wissend, dass sie nicht vollkommen sind und auch so von meinen Mitmenschen bewertet werden. Das tut manchmal sehr weh, ich weiß. Aber eure Arbeit hier ist überhaupt kein Mittelmaß, sondern auf höchstem Niveau hervorragend.«

Ein kaum merkliches Lächeln glitt über ihre feinen Gesichtszüge.

»Weißt du, Julie, ich habe ein großes Halbwissen in vielen Bereichen, aber überhaupt nichts Großartiges. Ich kann ein bisschen malen. Konnte ich«, verbesserte ich mich. »Habe mir auf dilettantische Weise das Nähen beigebracht, und meine Koch- und Backkünste sind Lichtjahre entfernt von Sterneniveau.«

»Und ich habe begonnen, ein Buch oder eher ein Tagebuch zu schreiben«, flüsterte Julie, mehr zu sich selbst als zu mir. Sie schien mir direkt erschrocken über das plötzliche Ausplaudern ihres Geheimnisses. Ich hatte meinen Mund bereits zu einem Kommentar geöffnet, klappte ihn jedoch schnell wieder zu, als ich ihre Befangenheit bemerkte. Offensichtlich wollte sie gar nicht darüber sprechen.

Nun gut. Wir hatten uns gegenseitig unser Herz ausgeschüttet. Wie hatte es überhaupt so weit kommen können, fragte ich mich.

Fast gleichzeitig ergriffen wir unsere Tassen und jede nahm einen Schluck unseres wieder einmal erkalteten Kaffees. Widerwillig betrachtete ich meine von mir zerrupfte Croissant Hälfte und schob ein Teilchen davon in meinen trockenen Mund. Der Wunsch eines frischen, heißen Kaffees durchzuckte kurz mein Gehirn, da stellte Silvie bereits zwei gefüllte Tassen vor uns hin. Silvie sah mich irgendwie fragend, aber auch verstehend an und verschwand auf leisen Sohlen. Wusste sie um Julies Gemütszustand?

In der Zwischenzeit hatte sich der Raum doch tatsächlich geleert, ungewohnte Stille breitete sich aus. Von fern drangen Arbeitsgeräusche an unsere Ohren. Aus der Küche erklang leises Gelächter und Töpfe schepperten.

Langsam ergriffen Julies kalte Hände meine ebenso kalten, und wir hielten uns fest umfangen. Ein schweigendes Einverständnis ergriff uns, mit übervollen Augen suchten wir unser Gegenüber.

Was für ein Tag!

Julie erhob sich, wie immer gab es noch Fragen zum Mittagessen zu klären. Wir nickten einander zu, und während sie in der Küche verschwand, blieb ich gedankenverloren auf meinem Stuhl sitzen, genoss den Rest meines Kaffees und schluckte den kläglichen Rest des Croissants. Einen Vorteil hatte es, wenn man allein beim Essen saß: Man konnte ungestört nachdenken.

Dann stand auch ich auf, verließ den mittlerweile stillen Frühstücksraum und sah mich nach einer Tätigkeit um, denn irgendwie fühlte ich mich nach diesem Gespräch total ausgepowert. Und so machte ich mich auf, um Silvie zu suchen. Nicht lange danach fand ich sie, auf der Erde kniend und in einem Pflanzloch buddelnd. Hinter dem Küchentrakt war ich in einem bezaubernden Bauerngarten gelandet. Wie sollte ich diese Schönheit in Worte fassen? Zwischen, hinter, neben reifem Gemüse und duftenden Kräutern leuchteten Rosenstöcke, Heckenrosen, Malven, Oleander in verschwenderischer Fülle, prächtige Bougainvilleas, betörender Lavendel, duftende Rosmarinbüsche und viele andere Gewächse. Sie riefen mir zu, sie streichelten meine nackten Beine, ich wollte sie alle umarmen!

»Hier bleibe ich und gehe nicht mehr weg!«, rief ich enthusiastisch aus. Aus einem Beet großblättrigen Gemüses tauchten Silvie und ein drahtiger junger Mann auf und lachten, als sie mich sahen.

»Alors, Robert, da kommt Hilfe für dich!«, rief Silvie. »Bon, dann kann ich wieder verschwinden! Gaby, du kannst wirklich hierbleiben und Robert helfen, denn ich will noch die »Rose« für die nächsten Gäste vorbereiten.«

Auf meinen fragenden Blick hin belehrte sie mich, dass alle Appartements nach Blumen benannt seien. Komisch, das war mir bei der Besichtigung mit Julie gar nicht aufgefallen. Zwischen den Beeten hindurchhüpfend sang sie laut: »Lavendel, Rose, Malve ...!«

Eine Weile rupfte ich störrisches Unkraut, nachdem ich mich mit Robert bekannt gemacht hatte. Danach pflückte ich bekannte und mir bis dahin auch unbekannte Küchenkräuter und schichtete diese in einen bereitstehenden Weidenkorb. Robert legte noch einige essbare Blüten obendrauf, und in diese Fülle der verschiedenen Farbnuancen von Kräutern und Blüten senkte ich meinen Kopf hinein, um die herrlichen Düfte in mich aufzunehmen.

Und die ganze Zeit überlegte ich: Wer war nun Robert?

Robert, auf den ersten Blick ein junger Mann, auf den zweiten jedoch ein überaus attraktiver Junggebliebener. Seine blonden kurz geschnittenen Haare standen ihm in alle Richtungen vom Haupt und verliehen ihm die Aura eines Lausbuben. Dies unterstrichen noch die tiefblauen Augen, die verschmitzt lächeln konnten.

In welcher Verbindung stand er zu den Besitzern der Domäne? In diesem Zusammenhang erinnerte ich mich an eine chinesische Lebensweisheit, die ich mir schon in frühen Jahren zu eigen gemacht hatte, die da lautet:

»Wer fragt, ist ein Narr für fünf Minuten,
wer niemals fragt,
bleibt immer ein Narr.«

Auf diese Weise erfuhr ich, dass Robert einer der zwei verbliebenen Freunde war, die sich von Anbeginn an bei dem Erwerb der Domäne beteiligen wollten. Er hatte Agrarwissenschaften in Deutschland studiert und, so erzählte er mir, verbrachte alle Semesterferien hier auf dem Hof. Der Garten sei deshalb auch seine Leidenschaft, und sein größter Wunsch sei es, sich später in Südfrankreich selbstständig zu machen. Hellhörig machte mich dann doch sein Herumdrucksen. Offensichtlich wollte er nicht gern darüber sprechen, tat es dann aber doch.

»Ursprünglich wollten wir eine Gemeinschaft gründen, um den Hof erwerben zu können. Drei oder vier Paare hatten Julie und Laurent ihr Interesse, ihr ernsthaftes Interesse bekundet. Einige sind jedoch ziemlich schnell wieder abgesprungen.«

Ich meinte, eine gewisse Traurigkeit in seinem Ärger bemerkt zu haben, weshalb ich nicht weiter insistierte, obwohl es mich brennend interessierte. Auch zu diesem Thema hätte ich einen Beitrag leisten können. Jeder möchte oder würde wollen und kann dann doch nicht, weil ihn der Mut verlässt. Oder so ähnlich …

»Na ja, es gibt sicherlich auch rein rechtlich vieles zu bedenken bei einem solchen Großprojekt«, meinte ich.

Robert blickte mich von der Seite her an, nickte mir kurz zu, ergriff seinen mit Kräutern gefüllten Korb und stieg mit gesenktem Kopf und hängenden Schultern durch die weit in die engen Wege ausladenden Blätter des Mangolds.

In der kurzen Zeit hatte ich viel gehört und noch viel mehr gelernt, wusste nun auch, dass die alten Mauern und ihre Bewohner noch viele Geheimnisse bargen, die es für mich zu erkunden galt. War es wünschenswert, alle Geheimnisse zu lüften, fragte ich mich im Stillen und erinnerte mich an den Beginn unserer Freundschaft mit Jean-Paul, als er mich »Madame Pourquoi«, »Madame Warum«, taufte.

Warum sollte ich diesem Namen nicht die Ehre erweisen und meine Fragen beantworten lassen? Zuerst einmal beschloss ich, die Geheimnisse für eine längere Zeit in ihren dicken Mauern ruhen zu lassen, da ich sie eine Weile nicht würde besuchen können.

Ditmar und ich wollten nach Deutschland fahren, um Malik, den Hund unserer Tochter, für einige Zeit zu uns zu holen.

Z u Hause angekommen, googelte ich als Erstes »Emmanuel Macron«, denn Julies Kommentar hatte mich doch sehr neugierig gemacht.

Die meisten Google-Anfragen betrafen nicht seine Politik, wie man doch annehmen mochte, sondern seine Frau und die Ehe mit ihr. Macron, ein schmaler, attraktiver junger Mann von 39 Jahren, aristokratischer Statur, und seine hübsche Ehefrau. Kein Wunder, dass ein Schüler von 17 Jahren für seine Lehrerin schwärmt und ihr verspricht, sie später zu heiraten, sein Versprechen auch hält und gegen alle Widrigkeiten, die dem Paar in den Weg gelegt wurden, auch durchführt. Zeugt dies doch von einem großen Durchsetzungsvermögen seinerseits im Privaten und später auch auf politischer Ebene.

Um einen Skandal zu vermeiden, wechselte er kurz vor dem Abitur von Amiens an ein Gymnasium in Paris. Oder war es der Wille der Eltern, den Sohn aus der Nähe seiner vierundzwanzig Jahre älteren verheirateten Pädagogin und Mutter dreier Kinder zu entfernen? Vorstellbar wäre es. Die beiderseitige Liebe blieb bestehen, nun schon seit zwanzig Jahren, und seit sieben Jahren sind sie miteinander verheiratet.

»Emmanuel Macron«, seine Initialen »E. M.« hat er für seine Parteigründung verwendet: »En Marche«, »Vorwärts«.

Höchst interessant, seinen Werdegang weiterzuverfolgen, sollte er vielleicht in naher oder weiterer Zukunft Frankreichs Präsident werden. Zum Zeitpunkt dieser Zeilen war noch nicht bekannt, dass er dies wirklich werden würde.

Die Presse beschreibt ihn als einen frischen Wind der Erneuerung. Seine Vorbilder seien Hegel, Machiavelli und einige französische Philosophen. Ausgezeichnet wurde er mit sechzehn Jahren beim Nationalen Wettbewerb Frankreichs, erhielt den 3. Preis für Klavier am Konservatorium in Amiens. Seine Zeit am Lycée Henry IV. in Paris beendete er als einer der Besten des Landes. Als Student der Philosophie an der Fakultät der Wissenschaften (DEA-Diplôme d'Études Approfondies) glänzte er während seiner gesamten Studienzeit mit hervorragenden Leistungen.

Ich musste einmal kurz eine Verschnaufpause einlegen. Das war ja Wahnsinn! Langsam las ich weiter, obwohl ich mich auf unsere Fahrt vorbereiten wollte, und erfuhr, dass Macron ein Praktikum an der ENA (École National d'Administration), der Verwaltungshochschule Frankreichs absolvierte. Von der Elite der Finanzdirektion erhielt er zehn von zehn erreichbaren Punkten und den Kommentar »Charismatischer Student«. In den USA verbrachte er eine Studienzeit mit einem Stipendium der Willy-Brandt-Stiftung.

Mit 34 Jahren war Emmanuel Macron Bankier im Wirtschaftsbereich der Rothschild-Bank, und im Jahr 2014 erfolgte seine Berufung zum Wirtschaftsminister Frankreichs unter François Hollande.

Google schreibt weiter, dass Macron Distanz halte zur politischen Presse und es ablehne, sich auf ein Spiel von Tischgesprächen und Essen mit Lobbyisten einzulassen. Es sei dem Land Frankreich sehr zu wünschen, dass ein Mann wie Macron mit diesen Qualitäten der nächste Präsident würde.

Und am 8. Mai 2017 wurde er mit großer Mehrheit gewählt, wohl auch durch sein eindeutiges Bekenntnis zu Europa.

Nach seiner Wahl überschlugen sich die Meldungen in den Medien mit begeisterten Kommentaren, sowohl in Frankreich als auch in Deutschland.

Deutsches Fernsehen: »In Frankreich scheint ein Mann übers Wasser zu gehen« (Il semble qu'un homme va sur l'eau en France)

Französisches Fernsehen: »Tsunami Macron ...«

Eine der ersten Amtshandlungen der Regierung Macron war die erneute Verlängerung des Ausnahmezustands (État d'Urgence) um sechs Monate.

Nach den Attentaten auf Charlie Hebdo und den jüdischen Supermarkt in Paris wurde im Zuge der Ermittlungen der Ausnahmezustand über ganz Frankreich verhängt, aufgrund der fortwährenden terroristischen Bedrohung mehrmals verlängert und sollte zunächst bis nach der Präsidentschaftswahl 2017 aufrechterhalten werden.

An den Grenzübergängen zu den Nachbarstaaten wurden Einreisende nach Frankreich kontrolliert und zum Teil genauestens überprüft. Nach Deutschland Einreisende wurden auf deutscher Seite so gut wie nicht kontrolliert, so unser Eindruck. Oder vertrauten die Kontrolleure zwei alten Leutchen? Wer weiß? In den Städten und Einkaufszentren in Frankreich war verstärkte Polizeipräsenz zu beobachten. Bei Festen und Veranstaltungen wurden Sperren aus Betonblöcken und Fahrzeugen errichtet und zeitweilige Durchfahrtsverbote angeordnet. Die Fußgängerüberwege an Schulen wurden auch vorher schon immer bei Unterrichtsbeginn und -ende von örtlichen Polizeikräften gesichert.

Dadurch, dass im Verdachtsfall ohne richterlichen Beschluss vorläufige Verhaftungen und Durchsuchungen vorgenommen werden können, ist das Risiko für potenzielle Straftäter erheblich höher geworden. Die Anwesenheit von Polizeistreifen zu Fuß, zu Pferd und auch auf dem Fahrrad gibt einem zugegebenermaßen doch ein gewisses Gefühl an Sicherheit. Dazu gehört auch, dass

Delikte aller Art in Frankreich relativ zügig geahndet werden. In den Sommermonaten werden in den Touristenzentren die Polizeistreifen verstärkt durch Polizeischüler aus den Ausbildungskasernen der Gendarmerie. Polizisten aus England, Deutschland und Holland helfen ihren französischen Kollegen bei sprachlichen Problemen mit Touristen.

Brigitte Macron, die neue First Lady Frankreichs, erhielt bei Amtsantritt ihres Mannes freundliche Ratschläge von Carla Bruni, der ehemaligen First Lady und Frau von Nikolas Sarkozy. Brigitte Macron zeigte sich gerührt, ohne zum damaligen Zeitpunkt zu wissen, welche negativen Begleiterscheinungen auf sie und ihren Mann zukommen würden.

In einem Interview sagte Carla Bruni, Brigitte Macron sei eine herzliche Frau, die man einfach lieben müsse. First Lady zu sein, sei eine Position innezuhaben, bei der man lernen müsse, mit Kommentaren und oftmals ungerechtfertigter Kritik umzugehen.

Macrons Plan war die radikale Erneuerung der politischen Landschaft nicht nur in Frankreich, sondern auch auf europäischer Ebene. Die aktuelle Entwicklung in Frankreich hat daran einiges geändert. Durch die Gelbwesten-Krise verursacht, hat Macron die »Grand Débat« angestoßen, die den Rahmen für die Erneuerung der französischen Innenpolitik abstecken soll. Dazu hat er einen Brief an alle Französinnen, Franzosen und Mitpatrioten gerichtet und diese aufgefordert, im Rahmen der »Grand Débat« ihre Ansichten und Wünsche darzulegen.

Macron und sein Premier Édouard Philippe reisen durch ganz Frankreich und diskutieren mit Bürgermeistern, Schülern, Studenten und Rentnern aus allen sozialen Schichten über das Zukunftsmodell.

Protest ist in einer Demokratie Teil der politischen Kultur. Gewalt und Brandstiftung gehören nicht dazu und sind durch nichts zu rechtfertigen.

Am frühen Morgen, Anfang August, noch bevor die Morgendämmerung einsetzte, befanden wir uns auf der Autoroute Richtung Deutschland, um, wie bereits erwähnt, den Hund unserer Tochter abzuholen. Malik kennt uns schon lange, hat viele Aufenthalte in unserem Haus erlebt, jedoch noch nie ohne seine heiß geliebte Bezugsperson Sabine.

Malik ist kein gewöhnlicher Hund. Malik ist der Hund unserer Tochter Sabine, und das will was heißen! Seine Haarfarbe ist braun, rehbraun, also ziemlich rotbraun, er gleicht überhaupt einem Reh in Farbe und Gestalt. Im Gesicht ähnelt er diesen hübschen Rindern der Aubrac-Rasse, die in Frankreich in Weidehaltung leben. Maliks Nase und Augen sind lackschwarz, umgeben von hellerem Fell, das langsam in die eigentliche Körperfarbe übergeht. Äußerst attraktiv!

Malik, ein charmanter und eleganter Herr von 16 Jahren. Höhe 56 cm, Gesamtlänge 88 cm, Kragenweite 50 cm, Gewicht 17,8 kg. Über das Gewicht wird an späterer Stelle noch zu berichten sein.

Malik bekommt genauestens auf ihn abgestimmtes, ausgetüfteltes Futter, das Sabine nach gesundheitlichen, psychischen und Was-weiß-ich-Gesichtspunkten gemeinsam mit einem Professor Gansloßer speziell auf Malik abgestimmt hat. (In Hundehalterkreisen sei dieser Herr eine Koryphäe, ein ganz bekannter Wissenschaftler, der individuell in »Einzelfellen«, so heißt sein Service, für Problemhunde nach Lösungen sucht.)

Mir sagen all diese Namen wie: Bloch und Radinger, Gansloßer, Miklosi und Kotrschal allesamt überhaupt nichts. Sabines Welt eben.

In Sabines Welt wurde also bestimmt, dass für Malik höchstpersönlich Ente und Ziege am besten sei, nicht mehr als 21 Prozent Eiweiß im Futter und bloß nicht zu viel Getreide oder gar Mais im Trockenfutter. Sabine würde gern »barfen« oder

»preyen«, sagt sie. Eine Freundin würde ihren Hund auf diese Art füttern. Mir sagt beides nichts. Es scheint irgendetwas Ekliges zu sein, glaube ich.

Strikt abgelehnt werden übrigens die allseits bekannten gelb verpackten Kauartikel und Leckerlis, die man in jedem Supermarkt bekommt. Sabine lässt schicken aus Kanada und Irland!!! Nun denn!

Jedenfalls bekommt Malik also nicht einfach irgendein Futter, und er bekommt es auch keineswegs normal aus einem Napf, er hat einen Kegel, ein Labyrinth, einen durchlöcherten Ball, einen »Kong Wobbler« … Dahinein gibt sie sein Trockenfutter und der arme Kerl soll es sich da heraus erarbeiten. Sei gut für Gehirn und Psyche. Nun ja!!!

Essen gibt es in kleinen Portionen circa drei- bis viermal am Tag, da er vor zwei Jahren eine Magendrehung hatte, bei der er höchst dramatisch gerade so überlebte. Während der Operation in der Tierklinik durfte Sabine dem Arzt assistieren und auch Maliks Milz in der Hand halten.

Zusätzlich gibt es »Greenies« (38 Kräuter in Leckerli-Form) und »Kauies« (Rinderkopfhaut oder Kaninchenohren, getrocknet) oder Schlimmeres, für mich recht übel Riechendes. Außerdem werden Trainingsleckerlis für die Physiotherapie-Übungen gereicht.

Da Malik nämlich umgerechnet schon 110 Menschenjahre zählt, also eigentlich ein Tattergreis ist, was er jedoch nicht zu wissen scheint, bekommt er Physiotherapie-Übungen, damit er weiterhin körperlich und geistig so fit wie möglich bleibt. Zu Hause geht Malik regelmäßig zu einer Physiotherapeutin, und auch Sabine macht täglich Übungen mit ihm.

Hatte ich erwähnt, dass Sabine nach Gymnasium und ihrer ersten Berufsausbildung zur Industriekauffrau eine zweite Lehre als Tierpflegerin anhängte? Nein? Nun, die Tierpflege ist ihr Leben. Manche würden ja sagen, dass sie es ein wenig übertreibt mit ihrem Enthusiasmus. Aber so ist sie eben. Sie erklärt es damit, dass sie täglich durch ihre Arbeit im Tierheim zu viele Menschen erlebe, die es leider sehr in die negative Richtung mit ihren Tieren übertrieben. Und es schade keinem, wenn man versuche, Tieren das Leben so lebenswert wie nur irgend möglich zu gestalten.

Bei unserer Ankunft in Deutschland erhielt ich denn auch von meiner Tochter ein umfangreiches gelbes Notizbuch mit genauesten Anweisungen für Malik. Eine Gebrauchsanweisung für ihn. Hund mit Beipackzettel!!!

Die oben erwähnten Physioübungen bekam ich im Buch aufs Genaueste beschrieben, zur täglichen Ausführung sowie in der Übergabewoche eine direkte Einweisung am Hund. Da Malik seit Kurzem schwerhörig ist, muss man die Anweisungen per Zeichensprache geben. Zum Koordinieren des »hundlichen Allradantriebs«, sprich: Für die vier Gazellenbeine seien ausgediente Autoreifen ideal. Also legten wir alte Autoreifen, die normalerweise nicht zu unserer bevorzugten Gartendekoration zählen, flach auf unserer Terrasse aus. Malik hatte auch wirklich seinen Spaß an der Übung mit den Autoreifen, stellte sich oftmals von selbst auf einen Reifen und schaute mich herausfordernd an. Auffordernd gucken gehört zu Maliks bevorzugter zwischenartlicher Mensch-Hund-Kommunikation.

Zum stufenweisen Übergang und Eingewöhnen hatte Sabine uns eine Woche Zeit gegeben. Mit anderen Worten, einige Stunden ohne sie, einige Stunden mit ihr, die Nächte ohne sie. Die geeignetere Variante für den Hund schien mir ein schnelles Abgewöhnen, denn der arme Kerl kam aus seinem Suchen nach Sabine nicht zur Ruhe. Ich glaube jedoch, es war Sabine, die diese langsame Abgewöhnungszeit für sich benötigte. Wie auch immer, alles verlief nach Plan.

Die achtstündige Autofahrt nach Frankreich überstand Malik, unterbrochen durch einige Pinkelpausen, schlafend auf seinem bekannten dicken Kissen auf der Autorückbank. Zu Hause angekommen, sprang er aus dem Wagen, stürmte freudig schwanzwedelnd ins Haus, jagte durch alle Räume, kam zurück zum Auto, sah uns fragend an. Er kannte unsere Räumlichkeiten nur zusammen mit Sabine, folglich musste sie doch auch hier sein?!

Es dauerte viele lange Tage, bis er ruhiger wurde. Und doch gab es noch Tage, an denen er jeden einzelnen Raum inspizierte. Offenstehende Türen bedeuteten da eine große Hilfe. Ich weiß nicht mehr genau, ab wann seine ungeteilte Aufmerksamkeit mir galt, er mich mal fragend, mal auffordernd anschaute.

Eines weiß ich mit Sicherheit: Es tat meinem Herzen gut.

Und die Buchstaben verschwimmen vor meinen Augen, während ich dies niederschreibe.

Die Tage flossen ineinander und wurden zu Wochen. Inzwischen waren zwei Monate ins Land gegangen, die schöne und abwechslungsreiche Zeit mit Malik neigte sich dem Ende entgegen. Unsere Herzen hatten im Gleichklang geschlagen. Jeden, ausnahmslos jeden Morgen hatte Sabine eine SMS mit folgender Frage geschickt: Wie war die Nacht? Viele Hunde leiden unter diesem Problem, wie man im Internet nachlesen kann.

Malik ist ein Tierheimhund mit fünf Vorbesitzern, und die Nächte bereiten ihm große Probleme. Er wird unruhig und marschiert hin und her.

In weiteren SMS stellte unsere Tochter die ängstliche Frage: Wird er mich vergessen haben? Schweren Herzens versuchte ich sie zu beruhigen, denn mit Sicherheit würde er diese kurze Abwesenheit durch ihre enge Bindung zueinander unbeschadet überstehen.

Es war ein warmer Tag im Oktober. Das Farbenspiel des Herbstes hatte begonnen. Die Sonne sandte ihre Strahlen von einem makellos blauen Himmel auf uns herab, als wir an unserem vereinbarten Treffpunkt in Deutschland ankamen. Auf einem ruhigen Parkplatz stellte ich den Wagen ab, öffnete die hintere Seitentür, Malik sprang hinaus, blickte ungläubig den Weg entlang, auf dem uns Sabine in einiger Entfernung entgegenkam. Da plötzlich sprintete er los, auf sie zu, ein wildes Knäuel überschlug sich.

Die Freude der beiden zu sehen, trieb mir die Tränen aus den Augen. Eines ist sicher: Sosehr ich mich für meine Tochter freute, so sehr weinte mein Herz.

Die Regenbogenbrücke

An einer Stelle des Himmels gibt es einen Platz, den man die Regenbogenbrücke nennt. Wenn ein Tier stirbt, das mit seinem Menschen eng zusammengelebt hat, so begibt es sich zur Regenbogenbrücke. Alle Tiere werden gesund und leben glücklich miteinander. Allerdings vermissen sie jemanden, jemanden, den sie zurückgelassen haben.

Bis der Tag kommt, an dem ein Tier sein Spiel unterbricht und in die Ferne schaut. Diese vertrauten Augen blicken aufmerksam, der Körper wird unruhig. Plötzlich beginnt es loszulaufen, weg von der Gruppe. Es fliegt förmlich über das Gras, seine Beine tragen es schneller und schneller.

Du wurdest entdeckt!

Noch bist du ein Punkt in der Unendlichkeit. Doch wenn du und dein Freund euch dann endlich trefft, dann ist die Wiedersehensfreude unendlich groß. Ihr gehört für immer zusammen und nichts kann euch mehr trennen. Feuchte Schlabberküsse regnen über dein Gesicht, deine Hände streicheln zart über den geliebten Kopf und du blickst wieder und wieder in diese vertrauten Augen deines Lieblings. Lange war es aus deinem Leben verschwunden, aber immer in deinem Herzen allgegenwärtig.

Dann geht ihr ZUSAMMEN über die Regenbogenbrücke.

(Unbekannter Verfasser)

Julie hatte ich während der zwei Monate mit Malik nur kurz gesehen, als ich hinausfuhr, um mit Carola und Esbjörn zwecks Adressenaustauschs zu sprechen.

Sie berichteten mir, dass Esbjörn mit einer Gruppe Gleichgesinnter mit dem Fahrrad von Stockholm nach Paris gefahren war, um für einen guten Zweck Geld zu sammeln. Dies sollte einem Verein für krebskranke Kinder zugutekommen, und nun warteten sie gespannt auf das Ergebnis der »erfahrenen« Sammelaktion. Carola war nach Paris geflogen, um sich dort mit ihrem Mann zu einer Besichtigungstour zu treffen. Danach hatten sie noch zwei Wochen bei Julie und Laurent gebucht.

Ditmar und ich schwärmen noch heute von unseren Fahrten nach Paris, die wir vor unserer Bekanntschaft und unabhängig voneinander unternommen hatten. Sacré-Cœur, la Tour Eiffel und Les Halles, die legendären Markthallen.

»Damals hatten wir die französische Luft geschnuppert, die uns nicht mehr loslassen sollte«, erzählte ich Carola, »und später fuhren wir jedes Jahr während der Ferien nach Südfrankreich. Unsere erste große Tour durch Frankreich führte uns im Jahr 1977 im gemieteten Wohnmobil an Frankreichs Umrissen, dem Hexagon, entlang, in den folgenden Jahren dann im eigenen Wohnmobil, einem Ford Transit mit CI-Autohome-Aufbau.«

Carola hatte mir aufmerksam zugehört und zwischendurch manchmal zustimmend genickt, was mich etwas verunsichert hatte. Nun erfuhr ich auch den Grund für ihr Verhalten: »Sag mal, da liegt doch ein Buch in der Bibliothek. Kann es sein, dass du das geschrieben hast?« Und als ich nickte: »Ich habe tatsächlich angefangen zu lesen.«

»Wie? Du kannst Deutsch? Das ist ja toll! Ja, das Buch ist von mir, sofern du ›Allez, on y va‹ meinst.« Mir war schon die ganze Zeit aufgefallen, dass Carola die deutsche Sprache rudimentär beherrschte.

»Nicht sehr gut, nein, eigentlich überhaupt nicht.«

»Na, diese Ausdrucksweise klang schon mal sehr deutsch.« Ich lachte.

»Ich habe Deutsch in der Schule gelernt und fast alles wieder vergessen.«

»Das wird sich ändern, wenn ihr öfter nach Südfrankreich kommt«, versprach ich ihr.

Da die beiden sich sehr für unsere Region und besonders für Vias interessierten, lud ich sie zu uns nach Hause ein, und in der Zwischenzeit wollte Ditmar einige Informationen für sie zusammentragen.

Vias, an der Küste des Languedoc zwischen Béziers und Agde gelegen, hat schattige Kanalufer und sonnengetränkte Weinfelder. Gegründet von den Phöniziern und Griechen wurde Vias erstmalig im Jahr 899 in einer Karte des Bischofs von Agde erwähnt. Viele Gebäude der Stadt, wie die gotische Wehrkirche Saint-Jean-Baptiste, sind aus Basalt errichtet, dem schwarzen Vulkangestein der Gegend. Das älteste Gebäude der Stadt beherbergt heute das Restaurant »Vieux Logis« und war eine Residenz des Bischofs von Agde. Die »Porte Saint-Thibery« ist das letzte erhaltene Tor von ehemals vier Stadttoren.

Seit den 1980er-Jahren erlebt Vias einen wahren demografischen Boom. Von 2500 Einwohnern im Jahr 1985 stieg die Einwohnerzahl auf 5400 im Jahr 2016 an. Durch den Tourismus wächst die Anzahl der Einwohner und Besucher während der Saison Juli/August auf bis zu 50.000 an. Wie überall in den Touristenzentren am Mittelmeer nimmt die Besucherzahl erheblich zu. Nach Argelès-sûr-Mer ist Vias Plage die zweitgrößte Station »Hôtellerie Plein Air« mit Campinganlagen aller Kategorien in Frankreich.

Das bedeutet aber auch, dass Vias außerhalb der Saison ein ruhiger, angenehmer und liebevoller Ort mit kleinen Bistros und

Geschäften ist. Diese Zeit genießen wir besonders und empfehlen sie allen unseren Freunden.

Unser junger dynamischer Bürgermeister »Maire Jordan Dartier« ist sehr aktiv, was die kulturelle und touristische Attraktivität des Ortes betrifft. Seit Beginn seiner Amtszeit wurden und werden viele Projekte auf den Weg gebracht. Zurzeit wird in Vias Plage eine breite verkehrsberuhigte Promenade mit Zugang zum Strand angelegt.

Auch im Mittelmeer gibt es Ebbe und Flut, wenn auch nicht so spektakulär wie in den Ozeanen. Das Mittelmeer ist ein Kontinentalbecken und von vergleichsweise geringer Ausdehnung. Alle sechs Stunden steigt beziehungsweise sinkt der Meeresspiegel um etwa 40 Zentimeter. Diese Minigezeiten bleiben unter dem Einfluss der hier vorherrschenden Winde fast unbemerkt.

Einen interessanten Zeitungsartikel wollten wir den beiden Schweden nicht vorenthalten, zeigte er doch sehr anschaulich die Beliebtheit unserer Region.

»Coldwell Banker«, eine Immobilienagentur, ansässig im Süden Frankreichs, entschied sich, nach Saint-Tropez, Mougins und Saint-Rémy-de-Provence nun auch im Languedoc-Roussillon zu investieren, da diese Region noch sehr viel Marktpotenzial biete. Unsere Gegend profitiere von fast ganzjähriger Sonneneinstrahlung, biete weitläufige schöne Sandstrände und, nicht zu vergessen, eine ausgezeichnete Weinbaukultur. Die Agentur hat mehrere Büros in Frankreich und Monaco und eröffnet demnächst eines in Montpellier.

Bei vielen ausländischen Interessenten und Kunden gelte das Languedoc als das »Florida« Frankreichs. Die Immobilienmakler glauben, dass hier noch etliche Weingüter und Domänen zu vernünftigen Preisen verfügbar seien, um diese zu restaurieren und zum Kauf anzubieten.

Das erste »Vineyard-Resort« der Welt, am Meeresstrand gelegen, soll seine Pforten im Jahr 2019 in Marseillan im Département Hérault eröffnen, allerdings für eine gehobene Klientel. Der Zeitungsartikel trug deshalb auch die Überschrift: »Luxus-Region«.

Die Côte d'Azur ist ausgereizt und bietet kaum noch Expansionsmöglichkeiten, sodass auf das Languedoc-Roussillon ausgewichen wird. Hier scheint an mindestens 300 Tagen pro Jahr die Sonne. Interessant anzuschauen und zu entdecken sind seine fünf großen Weltkulturerbestätten:

1. Carcassonne
2. Canal du Midi
3. Die von Vauban erbauten Festungsanlagen von Villefranche de Conflent und Mont-Louis
4. Die Jakobswege
5. Pont du Gard

»Im Languedoc-Roussillon, Sud de France, besteht der wahre Luxus darin, da zu sein!« (Sud de France-Tourismus-Magazin, Juni 2011)

Im Süden Frankreichs vermischten sich alle mediterranen Völker im Lauf der Jahrtausende. Und so lebte der Süden von der Verschiedenheit und den kulturellen Einflüssen dieser Volksgruppen, wie zum Beispiel Frankreichs Küche beweist.

Im Languedoc findet man geschichtliche und bauliche Zeugen dieser alten Kulturen. Griechen, Iberer, Sarazenen, Römer, Kelten und Westgoten haben hier ihre Spuren hinterlassen. Burgen und Festungsanlagen zeugen von der Zeit der Katharer und Calvinisten. Die runden Festungsdörfer, die »Circulades«, sind zum Teil noch gut erhalten und bewohnt.

Die Region Languedoc-Roussillon wurde durch die Verwaltungsreform im Jahr 2016 mit »Midi-Pyrénées« zusammengelegt und per Volksabstimmung auf den Namen »L'Occitanie« umbenannt.

Die Verwaltungen wurden auf die Metropolen Montpellier und Toulouse aufgeteilt. Die Bereiche mit Schwerpunkt Industrie, Handel und Technik wurden in Toulouse angesiedelt (Airbus). Die Bereiche Wissenschaft, Forschung, Bildung, Zukunftstechnologien und Medizin sind in Montpellier beheimatet.

Die Region »Occitanie« ist zwischen 2009 und 2014 um 51.000 neue Einwohner jährlich gewachsen und liegt somit über dem Durchschnitt Frankreichs. Damit ist »Occitanie« eine der attraktivsten und dynamischsten Regionen, wobei das Département Hérault mit einem Altersdurchschnitt von 40,8 Jahren die jüngste Region ist. Hier werden die höchsten Investitionen auch von ausländischen Unternehmen im Bereich Immobilien und Technologie getätigt.

Domaine du Bosc

Etwas außerhalb des Ortes Vias gelegen befindet sich das Weingut »du Bosc«. Geologisch befinden sich seine Weinfelder auf vulkanischem Boden, der vor über einer Million Jahren entstand und »Cinérites du Bosc« genannt wird (Tuffstein), der sehr gut für den Anbau von weißen Traubensorten wie »Viogner« und »Chardonnay« wie auch roten Sorten wie »Cabernet«, »Merlot«, »Syrah« und »Petit Verdot« geeignet ist.

Die Weinlese findet in der Nacht mit Erntemaschinen statt. Besonders beliebt bei Rosé-Liebhabern ist der ausgezeichnete »Syrah Rosé« und der seltene »Petit Verdot Rosé« mit ihren fruchtigen Aromen.

Die Weine der Domaine du Bosc sind auch in Deutschland erhältlich.

Carola und Esbjörn verabschiedeten sich von uns, nicht ohne die Bitte ausgesprochen zu haben, ein geeignetes Haus für sie in unserer Nähe zu finden. Ideal wäre der Kauf eines Hauses zwecks Urlaubsplanung mit der gesamten Familie, den zwei erwachsenen Kindern mit Anhang. Mit freudigem Grinsen bestätigte ich meine Bereitschaft, denn das war so recht nach meinen Vorstellungen.

Ursprünglich hatten wir eine Einladung zu Julies und Laurents Sommerfest erhalten, das im September stattfinden sollte, waren jedoch leider verhindert.

Und dann kam der Tag im Frühherbst, als ich wieder einmal eines Morgens hinausfuhr, mit dem heimlichen Hintergedanken auf ein leckeres Frühstück, vorbei an den Baumreihen beiderseits des Weges. Und dieses Mal brachte ich meinen Wagen unter dem eisernen Torbogen zum Stillstand und blickte nach vorn zu der imposanten Gebäudeansammlung. Wie ein großes U öffnete sich das Anwesen nach Südwesten. Die Fassade aus behauenen Steinen mit blassgrünen Fensterläden an den Seitenflügeln. Das Dach gedeckt mit römischen Ziegeln, wie sie im Süden seit Jahrhunderten üblich sind. Linker Hand komplettiert eine kleine Kapelle das Ensemble. Stille und eine beruhigende Atmosphäre umfangen einen sofort.

Nicht direkt am Meer gelegen, aber auch nicht isoliert, die Lage der Domäne ist perfekt. Hier ist man geschützt vor dem Wind, der abends frisch vom Mittelmeer herüberweht, und genießt das Farbenspiel des ausklingenden Tages, philosophierte ich. Rechter Hand erstreckte sich der Gästeflügel mit dem Frühstücks- beziehungsweise Allzweckraum und den Wohnungen darüber. Daran anschließend ein kleinerer Anbau mit Haustür, ebenerdig. Meinem Standplatz gegenüber bildete ein zweistöckiger Turm den mittleren Teil der U-Form mit jeweils einem Fenster in jedem Stockwerk. Parallel zum rechten Flügel verdeckten hohe Bäume und dichtes Strauchwerk den linken.

»Bonjour, meine Liebe, willst du nicht näherkommen?«, riss mich Julie aus meinen träumerischen Betrachtungen. »Long time no see«, sagte sie lachend und mich durchs Wagenfenster umarmend und küssend.

In diesem Moment kam mir die im Internet gefundene Landkarte Frankreichs mit der Frage in den Sinn:

When you greet a friend, how many times do you kiss ?
Wenn du einen Freund begrüßt, wievielmal küsst du ihn?

Die Karte war aufgeteilt in die Farben: Braun, einmal Küsschen (wenige Gebiete im Norden Frankreichs); Gelb, zweimal (um Bordeaux und Toulouse herum und von Lyon bis Strasbourg); Grün, dreimal (im Süden um Montpellier, also unsere Gegend); Blau, viermal (im Norden von Nantes über Paris bis Lille); Rot, fünfmal (um Deux-Sèvres und Korsika). Man glaubt es nicht!

»Bonjour, Julie, doch, doch, ich komme schon«, sagte ich schnell. »Der Anblick eures Anwesens begeistert mich immer wieder aufs Neue. Ich kann mich einfach nicht sattsehen.«

»Seit wann seid ihr denn wieder im Land?«

»Ach, wir sind schon seit Sonntag zurück aus Freiburg, hatten dann aber erst einmal Großkampftag«, und ich wollte zu einer Erklärung ansetzen, doch Julie kam mir zuvor: »Ich glaube, ich weiß, was du meinst, putzen, waschen, bügeln, Auto ausräumen und so weiter.«

»Absolut! Mich jedoch interessiert der Verlauf eures Sommerfestes.« Schnell parkte ich den Wagen und stieg aus. »Verlief alles zu deiner Zufriedenheit?«, hakte ich nach. »Ach, und Julie, ich fand es so schade, dass wir nicht teilnehmen konnten. Ich hätte dir so gern geholfen.«

»Ja, sehr schade. Aber, Gaby, dann kannst du mir bei unserem Weihnachtsfest tatkräftig helfen.«

Elektrisiert fuhr ich herum: »Wie? Ihr veranstaltet auch ein Weihnachtsfest? Ist ja super! Da freue ich mich aber!« Immer wieder bin ich glücklich, meine kindliche Begeisterungsfähigkeit über all die Jahre bewahrt und ins Rentenalter hinübergerettet zu haben. Einen Dämpfer erhielt ich oft, wenn ich diese Begeisterung auch von meinen Mitmenschen erwartete. Ihnen ging dadurch so viel Lebensfreude verloren, fand ich. Es tat doch so gut, sich einmal so richtig auch an ganz kleinen Dingen zu erfreuen. Während ich bei einfachen Dingen das Rumpelstilzchen vor Freude machte, stand manch anderer starr und teilnahmslos daneben.

»Unser erstes Weihnachtsfest hier auf dem Hof soll im kleinen Rahmen stattfinden«, holte mich Julie auf den Boden zurück. »Die Mieter werden wahrscheinlich alle abgereist sein, und so wollen wir ganz unter uns sein.«

»Was heißt bei dir ›ganz unter uns‹?«, platzte ich heraus.

»Na ja, einige Freunde mit ihren Familien hier vom Hof und ...«

»Ei je, dann werden es so um die dreißig Leute werden, mit aufsteigender Tendenz«, jammerte ich. »Aber egal, ich bin dabei und helfe dir beim Kochen, Backen, Basteln und Schmücken.« Es stand mir absolut nicht zu, hier herum zu jammern. Jedoch kannten wir uns mittlerweile schon so gut, dass Julie mir auch nicht böse sein konnte. »Wachsen bei euch auch Tannenbäume auf dem Gelände?«

»Aber natürlich. Hinter dem Westflügel stehen einige Krüppelkiefern und viel Gebüsch, auch Heckenrosen mit Hagebutten dran. Das alles würde sich zum Schmücken eignen.« Sie hob die Augenbrauen und schmunzelte verlegen. »Ich habe noch so eine besondere Idee, aber vielleicht ist sie zu weit hergeholt ...«

»Na, heraus damit, was für eine super Idee?«

»Ich hätte gern ein Chalet. Und möchte es von Laurent und Robert gezimmert haben. Weißt du, für die Essensausgabe und so ...«

»Oh, wie schön! Das wäre super!«

»Holz ist ausreichend vorhanden. Bretter liegen im Stall. Und übrigens sammelt Robert nach heftigen Stürmen angeschwemmte Holzstämme und Strandgut am Meer und fertigt die herrlichsten Skulpturen daraus, falls er Zeit erübrigen kann.«

Es fiel mir wie Schuppen von den Augen: »Sag bloß! Verschiedene Objekte habe ich schon bewundert. Die sind von Robert? Verkauft er sie?«

»Ungern. Er trennt sich nicht gern von ihnen, sie sind seine selbst erschaffenen Kinder, was ich auch verstehen kann.«

Ich stellte mir Robert vor, diesen blonden Jungen, wie er liebevoll sein Holz begutachtete und vielleicht schon eine gewisse Vorstellung des fertigen Stücks vor seinem inneren Auge hatte. Diese zarten Hände strichen über die Rinde und skizzierten in eifrigen Linien und Kreisen ein mögliches Modell. Robert hatte ich nur kurz in seinem blühenden Garten gesehen. Er hatte mich sehr beeindruckt.

Robert! Zu lange war mir Robert durch den Kopf gegangen, während Julies Worte immer leiser geworden waren.

»Ja, er ist ständig am Werkeln«, und geheimnisvoll fügte sie hinzu: »Ich hoffe so sehr, dass er uns auf Dauer erhalten bleibt. Mir schwebt nämlich vor, gemeinsam mit ihm einen Hofladen zu betreiben.«

Ich horchte auf. Das war ja nicht zu fassen! Super! Diese Idee hätte von mir sein können.

»Das wäre mein nächstes Wunschprojekt«, fuhr sie fort. »Vielleicht stimmt es ja auch, was sich die Mädchen in der Küche erzählen, es bahne sich eine zarte Liebe zwischen Robert und unserer Aushilfsstudentin an.«

»Ach, wer ist das denn?«

»Céline wohnt hier gratis bei uns, weil die Mietwohnungen in Montpellier zu horrenden Preisen angeboten werden und für Studenten kaum bezahlbar sind. Dafür hilft sie bei uns überall da aus, wo Not am Mann oder an der Frau ist.«

Einfach süß, wie sie die Frauen in der Küche »Mädchen« genannt hatte. Manchmal wäre ich doch gern noch einmal jung, vielleicht etwas weniger alt, überlegte ich, um all die verpassten Möglichkeiten nutzen zu können, die den jungen Leuten heute geboten werden. In diesem Zusammenhang fällt mir ein, auch ich bewohnte als Studentin ein Zimmer mietfrei, auf Basis der Aushilfe in einer Bäckerei-Konditorei mit angeschlossenem Café. Ach, das waren Zeiten!

Bevor ich nun jedoch allzu sehr in die Vergangenheit abdriftete, wandte ich mich schief lächelnd Julie zu: »Wo waren wir stehen geblieben? Ja, richtig, bei Robert und Céline.«

Aber Julie hörte mir schon gar nicht mehr zu. Ihr abwesender Blick war aus dem Fenster irgendwo in die Ferne gerichtet. Sie seufzte. Oh, dachte ich, dieser Blick hat eine gewisse Bedeutung. Danach folgen schwermütige Fragen und Tränen.

Und schon kam die Frage: »Wann hast du dich in letzter Zeit noch einmal so richtig jung gefühlt?«

Jetzt muss ich irgendetwas Schlaues sagen, hinter dem ich meine wahren Gefühle verbergen kann, dachte ich. Da erinnerte ich mich an einen Eintrag in mein Poesiealbum. Eine liebe Bekannte schrieb:

»When was the last time, you did something for the first time?«

Wann war das letzte Mal, als du etwas zum ersten Mal unternahmst?

Und darunter gab sie mir einen Leitspruch mit auf den Weg: »Manchmal sollte man sich einen besonderen Kick gönnen, damit das Leben spannend bleibt!«

Offensichtlich hatte sie sich diesen Kick gegönnt und kurz darauf ihren Lebensgefährten verlassen.

Erwartungsvoll blickte Julie mich an und wartete noch immer

auf eine kluge Antwort von mir. Daraufhin berichtete ich ihr von diesem Poesiealbumeintrag.

Und ja, ich erinnerte mich ganz genau an einen solchen Augenblick des Jungfühlens, behielt ihn jedoch für mich.

»Julie, konntest du solch einen Augenblick auskosten? Du bist doch viel jünger als ich.«

Sie seufzte abgrundtief: »Manchmal fühle ich mich sehr alt. Dieses Gefühl überfällt mich von Zeit zu Zeit und ich kann nichts dagegen unternehmen. Und überhaupt, so viele Jahre trennen uns nicht voneinander.«

Ungläubig zog ich die Augenbrauen hoch. Julie war eine attraktive Person, mit wachen, hellen Augen, in denen eine stille Intelligenz funkelte. Ihre blonden Haare hatte sie öfter zu einem außergewöhnlichen Pferdeschwanz gebunden.

Diese Frauen, die mit wenigen geübten Handgriffen und einer einfachen Klammer eine überraschende Frisur zaubern konnten, waren mir von jeher ein Rätsel, und ich zollte ihnen große Bewunderung. Denn trotz intensivster Versuche meinerseits war mir noch nie bei meinen voluminösen Haaren mithilfe verschiedenster Formen und Größen von Haarklammern eine andere Frisur gelungen als die, die ich schon immer hatte. Julie war solch eine Klammerfrau, und ich war hingerissen.

Hastig zog sie nun ihre breite glänzende Klammer aus ihren herabfallenden Haaren und ordnete diese neu. Einige freche Strähnen, die sich gelöst hatten, wurden hastig zusammengesteckt. Verlegen zog sie ihr T-Shirt glatt, schob einige Schriftlichkeiten auf ihrem Schreibtisch hin und her.

Ich kannte ihr Alter noch nicht, gestattete mir auch noch keine Nachfrage.

Oh, diese Augen! Unser Treffen hatte doch so vielversprechend begonnen, wir hatten Pläne oder wollten welche schmieden. Weshalb nun aus heiterem Himmel diese Frage? Oder war der Himmel gar nicht heiter und blau gewesen, als ich ankam? Ich wusste es nicht mehr, ich hatte nicht nach oben geblickt. Hatte Julie absichtlich mit dieser Frage auf mich gewartet? Auf alle Fälle wollte sie mir etwas erzählen. Etwas lag ihr auf dem Herzen.

Schließlich gab sie sich einen Ruck: »Vor einigen Wochen waren Laurent und ich zum ersten Mal seit langer Zeit mit einigen Freunden auf einer ›Sardinade‹, einem Fest unserer Gemeinde. Auf dem Festplatz waren Tische und Bänke aufgestellt, es wurde gegrillt, es gab Salate und Wein. Und eine Band spielte zum Tanz auf.

Rot glühte der Himmel, die letzten Sonnenstrahlen wärmten uns noch kurz vor der nahenden Kühle des Abends. Die Mahlzeiten waren beendet. Da begann die Band zu spielen. Es erwischte mich kalt! Lang vermisste Klänge fuhren in mein Innerstes. Schon liefen die ersten Paare auf die Bühne, und ich beneidete sie unendlich. Die Musik weckte bei Laurent überhaupt keine Emotionen, im Gegenteil, er unterhielt sich weiterhin mit seinem Tischnachbarn. Während für mich lang vermisste Klänge in den Abendhimmel schwangen, sank meine Stimmung in den Keller.«

Ich hatte ihr aufmerksam zugehört und merkte, dass ihre Geschichte noch nicht zu Ende war.

»Da plötzlich tauchte, wie aus dem Nichts, an meiner rechten Seite Henri auf, ein Freund von Laurent, und rief: Julie, komm! Er zog mich vom Stuhl hoch und führte mich zur Tanzfläche hin. Überwältigt schwebte ich wie auf Wolken und hoffte, dieser Tanz möge nie zu Ende gehen ...«

Dann schwieg sie und starrte tränenblind vor sich hin.

Musik, Tanzen, Wolken ...

In Gedanken an frühere Zeiten spürte ich, wie auch mir die Tränen in die Augen stiegen, und gebot ihnen Einhalt. Tanzen hatte auch für mich eine große emotionale Bedeutung. Schnell fort mit diesen Gedanken!

»Oh! Hattet ihr mehrere Tänze zusammen?«

»Ja! Es war herrlich. Henri waren meine Gefühle nicht entgangen. Er sagte tatsächlich, er habe mich die ganze Zeit beobachtet, und das war mir eigentlich auch wieder unangenehm. Was hältst du davon, Gaby?«

»Na ja, das kommt mir auch merkwürdig vor. Wichtig ist doch mal nur, dass du eine schöne Zeit hattest, oder?«

»Ja, die hatte ich schon ...«, sagte sie betont langsam.

»Julie, siehst du Henri denn oft? Ist er oft hier?« Ich weiß nicht, ob ich in die falsche Richtung dachte oder ob ... Ach, ich wusste auch nicht ...

»Manchmal arbeitet er auf dem Hof, aber nicht oft. Er ist verheiratet und hat eine nette Frau.«

»Okay, dann mache dir mal weiter keine Gedanken«, versuchte ich sie zu beruhigen. Man sollte nicht voreilig falsche Schlüsse ziehen. Julie hatte eine schöne Zeit gehabt und damit basta, sagte ich mir.

Da es für mich Zeit wurde zu gehen, beziehungsweise zu fahren, wollte ich Julie noch schnell eine Begebenheit aus meiner Kindheit erzählen.

»Ich muss nun aber wirklich nach Hause, Julie«, und musste unwillkürlich lachen, weil mir eine Begebenheit aus meiner Kindheit vor Augen stand.

Irritiert sah Julie mich an: »Was ist daran so lustig?«

»Ach, Julie, ich muss immer an meinen Großvater denken, wenn ich mich irgendwo verabschiede, und frage mich, was er getan hätte. Wenn bei meinen Großeltern der Besuch abends zu lange blieb, holte mein Großvater seinen Wecker, zog diesen geräuschvoll auf – damals zog man die Uhren noch per Hand auf – und stellte den Wecker mitten auf den Tisch.«

Julie schlug die Hände über ihrem Kopf zusammen und brach in lautes Lachen aus: »Nein, das hat er nicht wirklich getan!«

»Doch, hat er. Den Gästen gegenüber war das nicht sehr nett. Damals war ich noch zu klein, um zu erkennen, ob der Besuch später beleidigt war und unser Haus nicht mehr betrat. Keine Ahnung.«

Julie geriet ins Philosophieren: »Na ja, bevor du anfängst, dich zu ärgern, sage ich mir, halte kurz die Luft an und entdecke die komische Seite an der Sache.«

»Absolut«, stimmte ich ihr zu, »aber wer kann das schon? Und wenn ich es mir recht überlege, ist auch nichts so spannend wie ein peinlicher Augenblick.«

Wir lachten, bis uns die Tränen kamen.

»Trotzdem würde ich niemals den Wecker auf den Tisch stellen, um diesen peinlichen Moment zu erleben.« Und nach einer Weile fuhr Julie nachdenklich fort: »Obwohl ... höchst interessant, die Reaktionen der Gäste zu erleben ... Wie würde ich mich verhalten, oder du, Gaby, was würdest du tun?«

»Ich glaube, ich würde es locker sehen und würde sagen: Oje, es ist spät geworden, die Leute wollen ins Bett gehen.«

Da fiel es mir wie Schuppen von den Augen, während ich dies aussprach. »Mensch, Julie, ich habe die Wortwahl meines Großvaters benutzt. Mich überfällt gerade eine Gänsehaut. Ich erinnere mich, dass er genau diese Worte aussprach, er sagte: Ich glaube, die Leute wollen ins Bett gehen. Oje, oje, was ist mit mir passiert? Ich bin so in die Vergangenheit geraten, Julie. Richtig erschreckend ... und doch auch wieder schön.« Ich konnte mich gar nicht einkriegen, war so aufgewühlt, mein Herz klopfte wild. Irgendwie hatte ich mich in die Vergangenheit gebeamt. Zu wem könnte ich mich noch zurückbeamen, und wollte ich das überhaupt?

Julie hatte mir aufmerksam zugehört: »Irgendwie gruselig, dir zuzuhören. Sag mal, Gaby, du hast so viele Dinge aus deiner Kindheit in Erinnerung behalten.«

»Meinst du, dass ich mehr behalten habe als andere Menschen? Weiß ich nicht, aber was ich weiß, ist, dass ich leider keinen mehr danach fragen kann, denn alle sind tot.« Mir traten die Tränen in die

Augen bei dem Gedanken an all die lieben Menschen, die bereits gegangen waren. »Weißt du, Julie, mich überfallen solche Gedanken aus der Vergangenheit, wenn ich am Grab meiner Mutter stehe. Ich spreche mit ihr und bedaure immer wieder, dass ich sie nichts mehr fragen kann, und weiß, dass ich bei den Nächsten sein werde.«

»Och nö, Gaby, so etwas darfst du nicht sagen«, versuchte sie meine Gedanken abzumildern.

»Ist aber doch so. Du hast noch deine Eltern vor dir. Ich kriege manchmal den sogenannten Moralischen ... So, und nun ist gut. Jetzt muss ich gehen, bevor es schlimmer wird«, sagte ich lachend, erhob mich und trat auf Julie zu zwecks obligatorischer »bises«, leicht angedeuteter Küsschen rechts und links.

Da umarmte sie mich heftig, drückte mich an sich und flüsterte: »Gabrielle, ich freue mich so sehr, mich bei dir aussprechen zu können, und hoffe, dass wir gute Freundinnen werden.«

»Aber natürlich sind wir das. Ich mag dich sehr und komme gern dich besuchen, und ich glaube, das hast du schon bemerkt. Wann immer du mich brauchst, melde dich bitte zu jeder Zeit.«

Und keine von uns ahnte, wie bald dieses Angebot angenommen werden würde.

Julies herzliche Umarmung kannte ich nur aus Deutschland. Die französischen Begrüßungs- beziehungsweise Verabschiedungsfloskeln treffen mich heute nicht mehr so überraschend wie zu Anfang. Zweimal, dreimal oder auch viermal »bisous«. Die Varianten waren auf meiner Landkarte deutlich angegeben. Mittlerweile kenne ich mich ganz gut aus und trotzdem lasse ich weiterhin die Franzosen den Takt vorgeben.

Schweren Herzens fuhr ich nach Hause und fragte mich erneut, was ich bei und mit Julie noch erleben würde. Und selbstverständlich wahrte ich anderen gegenüber Stillschweigen. Würde meine Hilfe ausreichen? Von ganzem Herzen würde ich dies versuchen.

Vom Sommerfest hatten wir nicht gesprochen.

I rgendwann hatte ich die Idee zu einem »europäischen Treffen« im Freundeskreis bei uns zu Hause.

Diese Idee hatte mich wie ein Blitzschlag getroffen, da unsere Freunde verschiedenen Nationalitäten angehörten. Warum also nicht einen Aperitif der unterschiedlichen Sprachen starten?

Da waren einmal Daisy und Patrick, zwei Belgier, die beide außer Französisch auch Deutsch sprachen. Patrick war viele Jahre in Köln tätig gewesen. Er verfügt in seiner kleinen Werkstatt über eine reichhaltige technische Ausrüstung, die er, wie später noch zu sehen sein wird, gern bereitstellt.

In der näheren Nachbarschaft wohnen die beiden Deutschen Hedi und Horst, deren Bekanntschaft wir unverhofft mithilfe unserer Postzustellerin machen konnten. Eines Tages fanden wir eine Postkarte aus Deutschland in unserem Briefkasten, adressiert an die damals noch Unbekannten. Da uns der Straßenname nicht unbekannt war, brachten wir die Karte sofort persönlich vorbei und wurden sogleich zur Feier des Hochzeitstages der beiden zu einem Champagnerfrühstück eingeladen. Die Postzustellerin war offensichtlich der Annahme gewesen, es sei nicht falsch, Post aus Deutschland bei Deutschen einzuwerfen, auch wenn dies nicht die Adressaten waren. Nein, es war ganz einfach ein Versehen ihrerseits gewesen.

Faustine traf ich bei der Wandergruppe »Librerando«, Freies Wandern, und sofort waren wir uns sympathisch. Auf jeder freitäglichen Wanderschaft führten uns unsere Wege immer mal wieder zusammen, und wie selbstverständlich glich Faustine die Geschwindigkeit ihrer Sprache den Möglichkeiten meines Verstehens an. Von Zeit zu Zeit schaut Faustine bei uns vorbei, um sich unseres Wohlergehens zu versichern. Dank seiner langjährigen Tätigkeit in Deutschland spricht ihr Mann Marcel eine sehr gepflegte deutsche Sprache.

Die Bekanntschaft der beiden Franzosen Rose-Marie und Jean-

Paul kam durch ihre Nachbarin Cassandre, Ditmars Physiotherapeutin, zustande. Manchmal scheint mir die Welt sehr, sehr klein zu sein, wie auch im Folgenden zu sehen sein wird.

Unser bereits bekannter Freund Jean-Paul und Rose, seine Frau, der Einfachheit halber nenne ich sie nach einer Blume. Für mich gleicht sie einer Rose, zart und lieblich mit champagnerfarbenen Blüten, die jedoch auch in der Lage ist, falls erforderlich, ihre Dornen auszufahren. Auf Fotos ist sie so fotogen und überstrahlt jeden, der es wagt, sich mit ihr ablichten zu lassen.

Im Jahr darauf konnten wir unsere Gruppe durch Marion und Erich erweitern. Marion, eine Deutsche, und ihr Mann Erich, ein Südtiroler, hatten eine Zeit lang auch in Bad Nauheim gewohnt. Damals waren wir uns nicht begegnet.

Durch Ditmars frühere Teilnahme an einem Französischkurs, noch in Deutschland, wurden nach sechs Jahren die neu aufgenommenen Teilnehmer auf unser Buch »Allez, on y va!« aufmerksam. Marion war eine Teilnehmerin und erfuhr, dass wir in der Nähe ihres soeben erworbenen Hauses im Languedoc-Roussillon wohnten. Durch den Austausch unserer Telefonnummern, vieler gemeinsamer Treffen und wundervoller Unternehmungen in Deutschland und Frankreich entstand eine herzliche Freundschaft, die wir nicht mehr missen wollten.

Und welche Auswirkungen diese Freundschaft für unsere Zukunft haben würde, war uns zu diesem Zeitpunkt noch nicht bekannt!!!

In der Zwischenzeit hatte ich für die beiden Schweden ein geeignetes Haus in Vias gefunden. Es lag gleich bei uns um die Ecke in einer verkehrsberuhigten Gegend und bot reichlich Platz für die große Familie. Sofort schickte ich einige E-Mails und SMS mit allen wichtigen Daten der Immobilie nach Schweden und erwartete eine baldige Nachricht.

So wartete und wartete ich ... Sollte ich mich so sehr in den beiden getäuscht haben, fragte ich mich.

Schließlich erreichte uns eine schockierende E-Mail von Esbjörn selbst, in der er sich für meine Bemühungen bezüglich der Haussuche bedankte und weiterschrieb: »Unglücklicherweise war ich in einen Unfall verwickelt und bin seit dieser Zeit im Krankenhaus. Ich fuhr als Erster in einer Gruppe von Radfahrern, wurde von einem Auto angefahren und an beiden Armen und Beinen verletzt. In vier Operationen wurden meine gebrochenen Knochen fixiert, und bis zu meiner Besserung sitze ich im Rollstuhl. Es wird ungefähr ein Jahr dauern, bis ich wiederhergestellt sein werde, aber nicht zu hundert Prozent wie zuvor. Doch ich lebe, und das ist der wichtigste Punkt. So muss der Hauskauf bis auf Weiteres zurückgestellt werden. Ich hoffe, dass ich nach zwei Jahren wieder reisen und zurückkommen kann in das herrliche Languedoc. Im Augenblick kocht Carola verschiedene Marmeladen ein, und so wird bald ein Päckchen an euch auf die Reise gehen mit dem Geschmack schwedischer Köstlichkeiten.«

Meine Vermutung eines Unglücksfalls war schon in diese Richtung gegangen, jedoch hatte ich dies auf Esbjörns kranken Vater bezogen.

So blieben wir weiterhin in Kontakt und nahmen regen Anteil an seiner Rekonvaleszenz. Und danach sollten wir uns hier im Languedoc wiedersehen.

Dann begannen die Tage kürzer zu werden, die Blätter an den Bäumen und Weinstöcken färbten sich bunt. Wir wussten, der Herbst hatte Einzug gehalten. Die Trauben auf den Weinfeldern waren nach einem sehr heißen Sommer schon lange abgeerntet. Das Laub leuchtete bereits in glühenden Herbstfarben.

Am späten Vormittag fuhr ich hinaus zur Domäne, um Julie von den letzten Neuigkeiten zu berichten, denn auch sie hatte sich das lang andauernde Stillschweigen der beiden Schweden nicht erklären können.

In Julies Büro angekommen, nahm ich mir diesmal die Zeit, mich umzusehen, während Julie verführerisch duftenden Kaffee eingoss. Zweifelsohne, das war das Büro einer Frau, auch wenn dort zwei Schreibtische mit je einem Computer standen. Ein Drucker und eine Papierschneidemaschine warteten auf Beschäftigung. Ein antiker Schreibtisch auf der einen Seite, daneben eine wunderschöne Stehlampe, daran anschließend ein großer moderner Schreibtisch mit Telefon, Tablet und, und, und ...

In zwei bequemen und mit zart gemusterten Stoffen bezogenen Sesseln nahmen wir an einem rechteckigen, mit kleinen marokkanischen Kacheln ausgelegten Tisch Platz.

Julie hatte meine neugierig umherschweifenden Augen beobachtet und grinste schelmisch. »Ich liebe den Stilmix von Altem und Neuem, wie du siehst. Meine Mutter lehrte mich einige wichtige Dinge für mein späteres Leben. Sie sagte: Sei stets offen für das Neue, vergiss jedoch nie das Alte.«

Ich fühlte mich ertappt und sagte schnell: »Ja, ich habe mich etwas umgesehen und pflichte dir bei. Mir gefällt deine Einrichtung sehr gut«, und auf den zweiten Schreibtisch zeigend: »Das ist wohl Laurents Platz, wenn oder falls er da ist. Man bekommt ihn so selten zu sehen.«

Wenn ich kam, war Laurent nie zu sehen. War ich der Grund für sein Verschwinden? Ich wollte es herausfinden.

»Weißt du, Gaby, Laurent ist nicht so der schreibende Typ, das überlässt er lieber mir, und ich schreibe für mein Leben gern. Ich kümmere mich um Bestellungen, führe Besprechungen mit Feriengästen. Mit anderen Worten, ich ziehe mich gern hier in mein kleines Reich zurück«, sagte sie leicht melancholisch.

Und ich zweifelte nicht mehr daran, dass dies hier ihre Fluchtburg war, in die sie sich zu Zeiten ihrer selbst gewählten Einsamkeit zurückziehen konnte.

Wieder einmal wollte ich sie auf fröhliche Gedanken bringen, deshalb sagte ich: »Ich sitze auch gern an meinem Schreibtisch vor dem Computer. Da fällt mir übrigens ein, Julie, du schreibst an einem Buch? Tut mir echt leid, das hatte ich vor einigen Tagen total vergessen zu fragen. Wie weit bist du? Kann man schon etwas lesen?«

Ihre Augen leuchteten kurz auf, das sah ich wohl. Dann sagte sie zögerlich: »Ich bin noch nicht sehr weit, denn ich kann nie lange an einem Stück dranbleiben, um wirklich vorwärtszukommen. Manchmal habe ich einen richtigen Flow, dann fliegen meine Finger mit dem Stift über das Papier.«

»Ist das wahr?«, rief ich begeistert. »Du schreibst etwa auch mit dem Bleistift auf Papier wie ich?«

»Ja, zuerst mit dem Bleistift, später haue ich in die Tasten.«

»Wahnsinn! Sag mal, Julie, könnte ich schon einen Teil zu lesen bekommen oder möchtest du das nicht? Kann ja sein, dass du ...« Ich wusste nicht weiter und schwieg. Vielleicht hatte ich mich zu weit vorgewagt.

Ihre Augen waren weit aufgerissen, sie atmete tief ein und nach einer ganzen Weile erst wieder aus: »Weißt du, Gaby, dass du die Erste bist, die sich für den Inhalt meines sogenannten Buches interessiert? Ob es ein Buch wird, ist äußerst fraglich, aber ich freue mich riesig, dass dies überhaupt jemand zur Kenntnis nimmt. Wichtig wäre mir natürlich eine erste prüfende Korrektur.«

»Mais oui, avec plaisir!«, rief ich aus. »Mit Freuden würde ich das übernehmen und wäre glücklich darüber, dein Manuskript anvertraut zu bekommen.«

Ein Rohentwurf birgt immer etwas total Intimes, die geheimsten Gedanken. Man steht praktisch nackt vor dem Leser. »Aber, Julie, ich weiß es sehr zu schätzen«, sagte ich und umarmte sie. Bei meinen letzten Worten war mir klar geworden, was ich da von mir gegeben hatte. Es war sicherlich nicht leicht für sie, ihr unfertiges Manuskript aus den Händen zu geben. Selbstverständlich braucht man einen ... ich nenne ihn mal Kontrolleur, einen Vorprüfer, vor allem einen objektiven Vertrauten. Ja, und all diese positiven Substantive und Attribute glaubte ich mir zusprechen zu können.

»Okay, ich werde alles für dich vorbereiten«, versprach sie mir.

Einige Male waren wir durch Telefonate gestört worden, die Julie souverän beantwortete oder weiterdelegierte. So hatte ich Zeit, sie zu beobachten. Ihr Alter schätzte ich auf Anfang fünfzig. Kurz darauf erfuhr ich, dass ihr sechzigster Geburtstag vor der Tür stand. Sie war wenig kleiner als ich, naturblond mit feinen Gesichtszügen. Intelligent, auch durchsetzungsfähig und äußerst sensibel. Wobei Letzteres eine zu starke Prägung aufwies, wie ich fand.

»Nun, habe ich mein Examen bestanden?«, riss sie mich lachend aus meinen Beobachtungen.

Wahnsinn, ich hatte sie regelrecht gecastet: »Ja, du hast zu neunundneunzig Prozent bestanden.«

»Wo ist das eine Prozent geblieben? Die Schülerin möchte ihr Zeugnis sehen, bitte!«

Nun musste ich auch Rede und Antwort stehen: »Du bist ein wenig zu sensibel, wenn ich das mal so sagen darf. Du hast mich ertappt, und es tut mir ehrlich leid. Bist du mir nun sehr böse?«, fragte ich zerknirscht.

»Überhaupt nicht, Gaby, für mich war es nur lustig, dich zu beobachten, nach dem Motto: Der Beobachter wird beobachtet. Aber mal was ganz anderes: Du wolltest mir von eurer Rückreise nach Frankreich berichten, die so katastrophal verlief.«

Ich überlegte kurz: »Ach nein, das war nicht in diesem Jahr, da verlief alles völlig unproblematisch. Vor zwei Jahren, das war heftig. Es kommt mir noch wie gestern vor, als wir in diesen Regenfällen bei Montpellier steckten, gelähmt vor Angst.« Und während ich zu sprechen begann, wanderten meine Gedanken zurück zu jenem Tag, als da plötzlich eine Regenwand vor unserem Auto stand.

»Ich sehe nichts mehr, Ditmar, was ist das? Ich fahre blind. Kannst du etwas sehen?«, rufe ich in Panik. Automatisch fahre ich langsamer, trete vorsichtig auf die Bremse, betätige den Warnblinker. Vor mir Wassermassen, um uns herum, vorn, hinten, an den Seiten, und wir mittendrin. Der Wagen schwimmt förmlich auf der Straße. Ich sehe absolut nichts, weder vorne noch hinten, noch an den Seitenstreifen der Straße. Angst überfällt mich, ach, was sage ich, sie hat mich voll im Griff. Stehen bleiben wäre keine gute Option. Sieht so das Ende aus? Noch nie war ich in solch einer Lage. Ditmar ist verstummt.

»Kommen wir hier jemals lebend wieder raus?«, stöhne ich verzweifelt.

Wir sind auf der Autoroute A9 auf der Höhe von Montpellier, Richtung Agde. Nach einem wunderschönen Aufenthalt bei unserer Tochter im Raum Freiburg, nach herzlichen Treffen mit Freunden, Verwandten und ehemaligen Kollegen und Kolleginnen sind wir auf der Rückfahrt ins Languedoc.

»Hatte der Wetterbericht denn nicht vorgewarnt?«, unterbrach mich Julie.

»Na ja, ich war der Meinung, dieses Unwetter sei aus heiterem Himmel gekommen, doch Ditmar hatte auf der letzten Raststätte im dort laufenden Fernseher eine Warnung vor starken Regenfällen gesehen, die das Gebiet nordwestlich von Montpellier, also eigentlich oberhalb der Autobahn das Hinterland betraf. Außerdem hatte Ditmar mich nicht ängstigen wollen. Er war auch der irrigen Annahme gewesen, dass dieser Kelch an uns vorüberginge.«

»Und wie ging es weiter? Wenn du im Präsens erzählst, bin ich bei euch.«

»Fahr langsamer!«, ruft Ditmar plötzlich.

»Ja doch! Tue ich doch schon! Noch langsamer? Ich sehe auch beim langsamer Fahren nichts!«, keuche ich zitternd.

»Du kannst mir glauben, Julie, meine verkrampfte Körperhaltung zeigte pure Anspannung, sofern sich jemand dafür interessiert hätte. Mein Kopf dicht an der Frontscheibe, weit aufgerissene Augen. Ich schwitze, mein T-Shirt klebt am Rücken. Die Fensterscheiben beschlagen, obwohl die Klimaanlage auf Hochtouren läuft. Ditmar und ich, wir dampfen beide. Ich atme schwer, benötige Luft, öffne leicht meine blinde Seitenscheibe, schließe sie sofort wieder, denn ein Schwall Wasser ergießt sich ins Wageninnere. Die mit Höchstgeschwindigkeit laufenden Scheibenwischer schaffen die Wassermassen nicht.

Wie aus dem Nichts tauchen vor uns plötzlich die Warnblinker eines vor uns fahrenden oder stehenden Lastwagens auf. Unsere Scheibenwischer jagen hin und her und wieder zurück, ohne dass es ihnen gelingt, klare Sicht zu verschaffen, oder wenn, dann nur für einen kurzen Moment.

»Dranbleiben!«, ruft Ditmar. »Aber nicht zu dicht!«

Julie beobachtet mich voll Verwunderung, und ich erlebe diese Zeit ein zweites Mal.

»Wo sind wir? Wo ist meine Fahrspur? Ditmar, ich sehe doch nichts!«

Die Gischt des vorausfahrenden Lastwagens nimmt mir noch mehr von der Sicht. Ich muss jedoch an ihm dranbleiben, da sein Warnblinker mir den Weg weist.

»Du musst rausfahren! Bei nächster Gelegenheit!«

»Kann ich nicht!«

Ich umklammere das feuchte Lenkrad, nein, meine feuchten Hände umklammern das Lenkrad.

»Irgendwo muss es passen! So geht es jedenfalls nicht weiter, du musst raus!«

»Ja, wo denn? Ich sehe keine Möglichkeit. Ich bleibe an dem Lastwagen dran, komme, was wolle!«, jammere ich.

»Weißt du, Julie, der gesamte Bereich zwischen den Zahlstellen war eine Baustelle, da eine Umgehungsautobahn um eine zusätzliche sechsspurige Umfahrung um Montpellier herum gebaut wird. Habt ihr diese Strecke noch nicht befahren? Nein? Bei normalen Wetterverhältnissen ist das ja auch okay. Im vorigen Jahr bin ich viermal die Strecke Frankreich–Deutschland hin- und zurückgefahren, das heißt achtmal diese 1300 Kilometer bei wirklich guten Straßenverhältnissen.

Diese Baustelle erstreckt sich über 24 Kilometer. Alles ist im Umbruch, und zu wissen, dass es nach 24 Kilometern zu Ende ist, macht es nicht unbedingt erträglicher, oder? Baumaschinen, Baustellenfahrzeuge, Schlamm, Löcher, in denen sich das gelbe Schlammwasser sammelt, Fahrbahnen total unkenntlich, man folgt nur den Rücklichtern des Vordermanns. Blitz und Donnerkrachen vervollständigen das Szenario. Kurzum, das Chaos war perfekt.«

»In den Medien hatte ich davon gehört und gelesen«, erinnerte sich nun Julie. »Das stelle ich mir schrecklich vor, diese Wassermassen ... Wie seid ihr da wieder rausgekommen?«

»Ich wollte schon runter von der Autobahn, konnte aber nicht. Der Lastwagenfahrer dachte offensichtlich genauso, denn er blinkte rechts, um auf die angekündigte Raststätte abzubiegen. Das Schild war an seiner Größe erkennbar, nicht jedoch die Schrift darauf. Der Himmel war pechschwarz, um fünfzehn Uhr mittags.

»Hinterher!«, ruft Ditmar.

Automatisch betätige ich den Blinker. Da taucht auch schon die Raststätte auf. Ein Glück! Durchatmen! Erst einmal!

Dicht gedrängt parken bereits zahlreiche PKW, alle mit beschlagenen Autoscheiben. Alle warten auf Wetterbesserung, wie wir. Der prasselnde Regen macht ein Aussteigen unmöglich. Der Himmel schüttet seine aufgestaute Wut, worüber auch immer, über die Menschheit aus. Einige junge Unerschrockene wagen es dennoch, in die Raststätte hineinzugelangen, barfuß und völlig aufgelöst.

»Wie lange sollen wir hier noch warten? Es ist doch keine Besserung in Sicht«, klage ich. Ich bin der Verzweiflung nahe.

»Abwarten, der Regen wird schon weniger«, versucht Ditmar mich zu beruhigen.

»Mensch, Ditmar, du Optimist. Schau doch mal genau hin, nichts hat sich bis jetzt geändert.«

Ich blickte zu Julie hinüber, die recht bequem in ihrem Sessel saß.

»Julie, wenn ich diese Geschichte noch einmal Revue passieren lasse, dann klang ich damals wie ein quengelndes Kleinkind, das nörgelt: Ich will aber jetzt nach Hause. Oder wie siehst du das?«

Schmunzelnd nickte sie. »Es ist schon lustig, euch beiden zuzuhören. Erzähle weiter. Herrlich, trotz deiner Angst. Du sitzt ja hier, folglich ist alles gut gegangen.«

Okay, weiter ...

»Es goss, es schüttete. Die Ersten wagten bereits die Weiterfahrt. Auch ich wollte endlich nach Hause. Und nach einer knappen Stunde ließ der Regen etwas nach, der Himmel hellte sich leicht auf. Tief durchatmend fädelte ich mich schließlich in den unvermindert dichten und weiterhin vorsichtig sich bewegenden Verkehrsfluss ein. Die Verhältnisse waren etwas überschaubarer, und so gelangten wir zur nächsten Zahlstelle, wo kurioserweise der Regen so abrupt aufhörte, wie er begonnen hatte. Die angrenzenden

Felder bildeten einen riesigen See, die Fahrbahnen schlammbedeckt und teilweise überflutet. Vorsicht war geboten. Nun strahlte die Sonne am Himmel, als sei nichts gewesen. Erleichtert legten wir die letzten Kilometer nach Hause zurück.

Die Fernsehnachrichten und die Tageszeitung »Midi Libre« berichteten in aller Ausführlichkeit über dieses Wetterphänomen und die angerichteten Schäden. Die Gewitterfront war vom Meer herkommend nordwestlich über die Stadt Montpellier gezogen und hatte Bereiche der Innenstadt und das Umfeld überflutet. Autos wurden weggespült, Autofahrer ertranken in ihren Fahrzeugen. Der Bahnverkehr wurde komplett eingestellt, Reisende strandeten in Bahnhöfen und mussten dort übernachten. Schulen wurden geschlossen. Die Straße zum Flughafen war vollständig überflutet, Autos landeten in Gräben.

In ihrer Not hatten sich viele Autofahrer auf die höher gelegenen Kreisel gerettet und ihre Wagen dort abgestellt. Die verzweifelten Insassen wurden mit Bussen der Feuerwehr und der Polizei eingesammelt, in Turnhallen untergebracht und versorgt.

In den folgenden Tagen begannen die Aufräumarbeiten. Zunächst normalisierte sich der Zugverkehr. Nachdem die Fluten abgelaufen waren, wurden die auf den Kreiseln gestrandeten Wagen geborgen und auf den Parkplätzen der umliegenden Supermärkte gesammelt. Dort konnten die Besitzer ihre mit Schlamm bedeckten Fahrzeuge abholen.«

Nun musste ich erst einmal Luft holen. »Du kannst mir glauben, Julie, dass wir froh waren, die ganze Angelegenheit ohne Schaden an Leib und Leben überstanden zu haben. Alles in allem ein verheerendes Ereignis, das man hier »Episode Cévenol« nennt. Im Prinzip ist in jedem Jahr mit diesen Regenfällen mehr oder weniger zu rechnen.«

»Wenn ich es mir recht überlege«, sagte Julie, »so haben wir es auf ähnliche Weise erlebt, allerdings hier auf der Domäne, denn als wir ankamen, standen wir vor halb verfallenen Gebäuden. Nach heftigen Stürmen und Regenfällen war das Dach des Pferdestalls eingebrochen und überall lagen Trümmerteile herum.«

»Und die Pferde?«

»Die sollten erst kommen. Freunde befanden sich schon mit dem Anhänger auf dem Weg zu uns und mussten wieder umkehren.« Sie verdrehte die Augen. »Das war ein Theater, sag ich dir! In unserem knapp bemessenen Budget war nicht der Ausbau des Pferdestalls vorgesehen. Überall regnete es herein. Im Sommer schliefen wir in dicken Schlafsäcken auf kalten, feuchten Betonböden. Ich sage dir, das möchte ich nicht noch einmal machen!«

»Kann ich verstehen.«

Und nach einem Moment intensiven Nachdenkens und Stirnrunzelns meinte sie: »Ich glaube, das hatte ich dir schon einmal erzählt, oder?«

»Ja, kann sein, keine Ahnung, und wenn, macht ja nix. Übrigens wurde seit dem Jahr 2006 ein Warnsystem ausgebaut, das die Bevölkerung in den betroffenen Departements recht genau und zuverlässig über die zu erwartenden Ereignisse in den Stufen Grün, Gelb, Orange und Rot informiert.«

»Tja, und warum habt ihr euch denn nicht danach gerichtet?«, fragte sie vorwurfsvoll.

»Rückblickend wäre es besser gewesen«, gab ich zu. »Aber ich glaube, damals wussten wir nichts von diesem Warnsystem.« Waren wir zu diesem Zeitpunkt so unwissend gewesen, fragte ich mich im Stillen und schwieg betroffen. Schnell ging ich zu einem anderen Thema über: »Jetzt habe ich so lang und breit von mir gesprochen und habe dich kaum zu Wort kommen lassen. Julie, du wolltest von euren Anfängen auf eurer Domäne erzählen, und das ist wirklich interessanter als unsere Episode Cévenol.«

»Ach ja, wir waren so voller Elan, jedoch nichts lief nach Plan …« Wir horchten beide auf und lachten. »Oh, das reimt sich ja! Jetzt kann ich auch noch dichten, na super. Also, Verletzungen und Krankheiten waren an der Tagesordnung. Keine Spur von Romantik, wie sich einige erhofft hatten. Das hielten dann auch die besten Freunde nicht aus, und schweren Herzens ließen wir sie früher nach Hause fahren.«

Draußen fuhr ein Wagen vor und hupte kurz. Julie sprang auf: »Entschuldige mich kurz, Gaby, das wird der neue Kühlschrank sein. Ich unterschreibe schnell den Lieferschein und komme sofort wieder. Nimm dir doch bitte noch einen Kaffee.«

Ein weißer Lieferwagen mit der Aufschrift eines örtlichen Elektromarkts war durch die Einfahrt gekommen und hielt nun vor einem mir noch unbekannten Nebengebäude. Der junge Fahrer und Julie begrüßten sich, während Laurent hinzueilte, um dem Fahrer beim Entladen zu helfen.

Julie drehte sich um, eilte in meine Richtung und nahm auf dem Weg die Post vom Postboten in Empfang.

»Hoffentlich raube ich dir nicht zu viel deiner Zeit«, sagte ich schuldbewusst, als Julie zurückkam. »Ich glaube, ich mache mich auf den Heimweg.«

Sie beruhigte mich jedoch vehement: »Wenn du bereit bist, meine zahlreichen Unterbrechungen hinzunehmen, dann werden wir in Zukunft keine Probleme mit der Uhrzeit bekommen. Zeit spielt eh keine Rolle, sofern man sich am richtigen Platz befindet.«

»Ach Julie, das hast du schön gesagt! Ich bin total gerührt.«

Sie legte einen Stapel Briefe aus der Hand auf ihrem Schreibtisch ab und blätterte die einzelnen Umschläge nebenbei durch.

Plötzlich hielt sie inne, zog einen Brief aus den anderen hervor und erstarrte: »Das gibt's doch nicht! Evelyn schreibt mir?«

Kopfschüttelnd drehte und wendete sie den Brief. Ich bat sie, ihn zu lesen, ich könne doch gehen, denn ich war überzeugt, dass sie für diese spezielle Nachricht allein sein wollte. Und wer war nun Evelyn?

Energisch wehrte sie ab: »Das kann warten. Sie hatte einige Jahre Zeit, sich zu melden, da kommt es nun auch nicht mehr auf wenige Minuten an. Evelyn war eine unserer besten Freundinnen.«

Ich schwieg, was sollte ich auch darauf antworten?

Dann sah mich Julie ernst und auffordernd an, als sie fragte: »Was ist Freundschaft? Was bedeutet für dich echte Freundschaft, Gaby?«

Oh, wieder mal so eine ihrer speziellen Fragen!

»Freundschaft bedeutet viel«, sagte ich nachdenklich. »Freundschaft bedeutet alles, oftmals mehr als Liebe, denke ich.«

»Da magst du recht haben, oh ja, und du ahnst gar nicht, wie sehr du recht hast.«

Schweigen.

»Da fällt mir spontan ein Zitat von Aristoteles ein«, sagte ich. »Freundschaft ist Hilfe.«

Ich kenne noch einige schlaue Sprüche, die alle ein Körnchen Wahrheit in sich verstecken. Diese Poesiealbumsprüche von Freundinnen aus meiner gymnasialen Schulzeit geschrieben und gewünscht:

»Schließe Freundschaften
nicht voreilig,
aber einmal geschlossen,
lass sie nicht fallen!«
Solon (griechischer Philosoph)

Wieder einmal wanderten meine Gedanken zurück, wie so oft in der letzten Zeit, und ich vergaß für eine kurze Zeit die Gegenwart.

Als wir nach Frankreich kamen, stapelten sich die Umzugskartons in der Garage vom Boden bis zur Decke. Da buchte meine Freundin Steffi einen Flug, um uns zu helfen. Gemeinsam leerten wir die Kartons aus und räumten deren Inhalte in die Schränke ein. Schon beim Befüllen der Kisten in Deutschland hatte mir Steffi fleißig geholfen. Das war Freundschaftshilfe, die ich niemals vergessen werde.

Und einmal, als meine Seele am Boden zerstört war, ich nicht einmal fähig war, Mahlzeiten zuzubereiten, da kamen Marion und Erich. Sie brachten Lebensmittel mit und kochten für uns. Ich musste nicht erst ins Rentenalter kommen, um solche Freunde wertzuschätzen. Üblicherweise sagt man, Freundschaft zeige sich in Krisenzeiten. Aber echte Freundschaft zeichnet sich auch dadurch aus, dass man sich aufrichtig mit dem anderen über dessen Glück freut.

Ich bemerkte Julies traurigen Blick. Sie atmete einmal tief ein und wieder aus, als wollte sie sich Mut einatmen, schwieg jedoch weiterhin.

»Ich denke, in der Kindheit werden Freundschaften schneller geschlossen als im Erwachsenenalter, oder liege ich da falsch, Julie?« Ihre Stille ward mir langsam unheimlich. Sollte ich weiterreden, mehr Sprüche aufsagen? Diese gingen mir langsam aus.

Julie kämpfte mit den Tränen und flüsterte leise: »Durch den Kauf unseres Anwesens sind einige gute Freundschaften in die Brüche gegangen. Bei manchen kenne ich noch nicht einmal den genauen Grund.« Noch immer lehnte sie an ihrem Schreibtisch, in der Hand den unglückseligen Brief, der ihre Traurigkeit verursacht hatte. Ihre Hände zitterten leicht.

»Vielleicht solltest du doch jetzt den Brief ...?«

»Nein, später.«

»Liebe Julie, nimm dir doch bitte nicht alles so zu Herzen! Solche Erfahrungen musste auch ich schon machen. Ditmar sagt immer, ich solle nicht so viel grübeln. Es ist schon schwer. Jeder Mensch geht auf verschiedene Art und Weise mit dem Begriff der Freundschaft um. Manche Freundschaften dauern ein Leben lang, allerdings kommt es auf die Intensität und die beiderseitige Bereitschaft an.«

Julie tat mir unendlich leid. Schon wieder war uns ein so heikles Thema in die Quere gekommen, nein, sie hatte es angeschnitten. Und ich bin überzeugt, dass dieses Thema sie schon lange belastet hatte, ohne dass sie mit jemandem darüber sprechen hätte können. Der Auslöser war nun dieser Brief mit dem unerfreulichen Absender gewesen.

Sie erzählte von Jugendfreundschaften, von gemeinsam erlebtem Freud und Leid und ihrem sehnlichen Wunsch, gemeinschaftlich etwas aufzubauen.

»Als wir diese Domäne entdeckt, an unzähligen Abenden Besprechungen abgehalten und uns endlich zusammengerauft hatten, da reichte das Vertrauensverhältnis untereinander doch nicht aus. Dann stieg noch ein Ehepaar mit ins Boot, und wir klärten die finanziellen Modalitäten aufs Neue.« Sie atmete hörbar ein und aus. »Kannst du dir die Arbeit vorstellen, die Besitzverhältnisse zu besprechen und festzulegen?«

»Oh ja, ich erahne es«, stöhnte ich.

»Beim gemeinsamen Gang zum Notar sollten gewisse Dinge vorab geklärt sein. Selbstverständlich hatten sich auch alle von ihren Anwälten beraten lassen und ...«

»Entschuldige, Julie, dass ich dich unterbreche, aber wie viele Personen oder Ehepaare waren denn zum Zusammenschluss bereit?«, fragte ich dazwischen.

»Lass mich kurz überlegen, es ist ja schon eine Weile her und änderte sich ständig. Also, ganz zu Beginn waren wir drei Paare, genau die richtige Anzahl.

Ein Paar sprang frühzeitig ab, ein anderes kam hinzu, sagte jedoch ohne Angabe triftiger Gründe ab. Okay, blieben außer uns beiden noch Robert und seine Frau Evelyn übrig, unsere allerbesten Freunde.«

»Robert, aus dem Garten?«, rief ich erfreut. »Ach, Evelyn ist seine Frau?«

»Ja, unser Robert«, fuhr sie fort. »Keine Ahnung, wann oder wie es kam, jedenfalls entstand in den folgenden Tagen eine seltsame Stille. Sie meldeten sich nicht mehr und beantworteten auch keine SMS.«

Ich hatte die ganze Zeit die Luft angehalten.

»Wenn ich es recht bedenke, hatte Evelyn eigentlich von Anfang an an allem etwas auszusetzen, während Roberts Begeisterung der unseren gleichkam. Meiner Begeisterung«, verbesserte sie sich nachdenklich.

Bei der Aufteilung waren wir ihnen schon entgegengekommen und teilten nicht mehr halbe-halbe, sondern ein Drittel oder sogar nur ein Viertel für sie. Schließlich boten wir die Möglichkeit der Mietbasis an. Doch Evelyn, die einst die treibende Kraft gewesen war, schien kalte Füße bekommen zu haben. Keine Ahnung, weshalb.«

Ich stellte es mir wahnsinnig schwer vor, solch ein immenses Konstrukt zu gleichen oder für jeden zufriedenstellenden Teilen zu erarbeiten. Während die Frage der Finanzierung wohl immer am Anfang stand, folgten die Besitzverhältnisse und Ausgaben- und Einnahmenverteilung.

»Gibt es Freundschaften, die solchen Schwierigkeiten überhaupt auf Dauer gewachsen sind?«, überlegte ich laut. »Ihr müsst durch die Hölle gegangen sein.«

»Ja, so war es auch. Eines Abends stand Robert vor unserer Tür. Er sah schlecht aus. Ein …«

»Bitte nicht!«, stieß ich hervor.

»Doch. Ein Blick in sein blasses Gesicht und meine Vorahnung erhielt in diesem kurzen Augenblick ihre Bestätigung. Er teilte uns mit, dass sie aussteigen würden. Robert litt entsetzlich. Uns allen war der Urheber oder, genauer gesagt, die Urheberin dieser Entscheidung bekannt. Evelyn kam uns auch nicht mehr besuchen.«

»Aber Robert hat mir doch erzählt, dass er jedes Jahr mehrmals komme.«

»So ist es auch. Aber stell dir vor, Gaby, zwischen Robert und Evelyn haben diese heftigen Streitereien zu einem solchen Zerwürfnis geführt, dass ihre Ehe gescheitert ist.«

Ich hatte eine große Traurigkeit in Roberts Augen gesehen und kannte jetzt auch den Grund dafür. »Julie, ich kann dir gar nicht sagen, wie leid ihr mir tut.«

»Robert ist uns als bester Freund geblieben, leider jedoch nicht als Mitbesitzer dieser Domäne, da ihm die finanziellen Mittel fehlen. Aber auf Robert können wir uns hundertprozentig verlassen, und wenn oder falls er wieder heiraten sollte, dann hier in unserer restaurierten Kapelle. Und wir werden ihm auch die Feier ausrichten.«

Bei ihren Worten hatte ich, trotz der noch herrschenden großen Hitze, eine Gänsehaut bekommen. Das nannte ich Freundschaft! Eine große Bereicherung im Leben.

»Eine Hochzeit! Hier in dieser Umgebung! Wahnsinn!«, rief ich.

Eine Idee streifte kurz meine Überlegungen: Es soll Ehepaare geben, die ihre Hochzeit nach vielen Jahren noch einmal in großem Stil feierten oder ihre Silberne oder Goldene Hochzeit. Zu all diesen Anlässen hatten unsere finanziellen Mittel nie gereicht. Weg mit diesen Gedanken, rief mich eine innere Stimme zur Vernunft.

Mittlerweile war die Mittagszeit angebrochen, mehrmals waren wir durch Telefonate unterbrochen worden, deshalb stand ich auf, wollte jedoch, bevor ich ging, noch etwas loswerden, was mir auf dem Herzen lag.

»Euch als Freunde, besonders dich, Julie, als Freundin zu haben, muss etwas Wunderbares sein!«

Schnell umarmte ich sie und lief zu meinem Wagen. Verdutzt ließ ich sie zurück.

Was verstehst du unter Freundschaft? Julies Frage ließ mich auch in den nächsten Tagen nicht los. Meine Gedanken wanderten viele Jahre zurück und blieben im Zeitraum der Jahrhundertwende in Deutschland hängen. Ich hatte der Freundschaft mit einer ganz lieben Freundin keinen Pfifferling mehr gegeben, da stand sie eines Abends vor unserer Tür.

Es war ein kalter Novembertag gewesen. Der Wind hatte zugenommen und rüttelte an den Fensterläden. Draußen bogen sich die Zweige der Bäume.

»Willst du mich nicht hereinbitten?«, fragte mich Sylvia.

Mit gemischten Gefühlen, eher abwehrend als freundlich, nahm ich ihr gegenüber am Tisch Platz. Weshalb war sie gekommen? In unserer Freundesgruppe hatte es Missverständnisse gegeben, soweit erinnerte ich mich. Abwehr pur, so saß ich auf der Kante meines Stuhls. Die Diskussion nahm heftige Ausmaße an, jedoch eine Eskalation der Situation wollten wir wohl beide verhindern.

»Das kann doch nichts mehr werden, Sylvia!«, rief ich heftig aus.

Und doch, irgendwann an diesem Abend bemerkte ich das langsame Hinübergleiten in eine angenehmere Atmosphäre, und heute erinnere ich mich an das Zitat von Friedrich Hebbel (1813–1863):

»Es gehört oft mehr Mut dazu,
seine Meinung zu ändern,
als ihr treu zu bleiben!«

Viele Jahre sind seit jenem Abend vergangen, und ich denke oft an diesen Abend zurück. Schön, dass es uns gelungen war, unsere Freundschaft zu retten!

Als sich Sylvia verabschiedete, blickte ich hinauf in einen tiefschwarzen Nachthimmel. Der Wind hatte sich gelegt.

Während der folgenden Tage gab ich Julies Frage an meine

Freunde oder solche, die ich dafürhielt, weiter. Von allen Antworten am meisten berührt hatte mich der Satz: »Freundschaft zeigt sich in schlechten Zeiten.«

Das Gedicht von Clemens Kunze sollte man ganz langsam lesen und sich dann überlegen, wem man ES sagen sollte.

Manche Menschen wissen nicht,
wie wichtig es ist,
dass sie da sind.

Manche Menschen wissen nicht,
wie gut es ist,
sie nur zu sehen.

Manche Menschen wissen nicht,
wie tröstlich
ihr gütiges Lächeln ist.

Manche Menschen wissen nicht,
wie wohltuend
ihre Nähe ist.

Manche Menschen wissen nicht,
wie viel ärmer wir
ohne sie wären.

Manche Menschen wissen nicht,
dass sie ein Geschenk des
Himmels sind.

Sie wüssten es,
würden wir es ihnen sagen.
Wissen wir, WEM wir es sagen würden?

Der Sommer war definitiv vorbei. Auch der Herbst wollte sich so langsam verabschieden. Die Wärme des Tages war nun schon von Anzeichen des nahenden Winters durchzogen.

Erfahrungsgemäß rückt Weihnachten auf dem Kalenderblatt immer sehr plötzlich auf uns zu, in unserer Gefühlswelt wohlgemerkt.

Und da die Idee zu Julies Weihnachtsfeier in die Tat umgesetzt werden sollte, fuhr ich eines Morgens im November zur Domäne hinaus. Wie üblich fuhr ich der gerade aufgehenden Sonne entgegen. Zarte Aquarelltöne in Gelb und leichtem Orange wechselten sich ab mit schmalen Wolkenformationen. Das Spiel der Wolken erinnerte mich an ein Gedicht unseres Freundes Jean-Paul:

Nuages

Quand des nuages planent, c'est plutôt mauvais signe,
Ils cachent le soleil et ils menacent tout,
Formant une barrière entre le bleu et nous,
Mais, pour leurs fantaisies, ils méritent ces lignes.

Indicible énigme Ô nuages insensés!
Je voudrais bien un jour, par la main vous toucher,
Puisqu'il m'est difficile, c'est vrai, d'imaginer
De quoi vous êtes faits, rêve ou réalité.
(Jean-Paul Lozinguez)

Wolken

Wenn die Wolken schweben, ist dies manchmal ein schlechtes Zeichen,
sie verdecken die Sonne und bedrohen alles,
sie bilden eine Barriere zwischen dem Blau und uns,
aber für ihre fantastischen Gebilde verdienen sie diese Zeilen.

Unsagbar geheimnisvoll, oh törichte Wolken!
Gern möchte ich eines Tages mit der Hand euch berühren,
es ist jedoch schwierig, sich dies wahrhaftig vorzustellen.
Wofür seid ihr gemacht, Traum oder Wirklichkeit?
(Aus dem Französischen übersetzt)

Heute verhießen die Wolken erneut einen herrlichen Tag. Der November zeigte angenehme Temperaturen, und jeden Morgen stieg diese Wahnsinnssonne am Horizont empor. Diesen Weg, um diese Uhrzeit am Morgen, genoss ich immer wieder aufs Neue und freute mich riesig darauf.

Auf dem Hof angekommen, lief mir Julie schon erwartungsvoll entgegen: »Da kommt ja meine große Hilfe! Bonjour, Gaby, ça va? Bist du bereit für Pläne und Notizen?«

Heute scheint ein guter Tag zu sein, dachte ich hoffnungsvoll und lachte. »Ach, Julie, Pläne erarbeiten, das war mein Leben als Lehrerin. Planen und Notieren. Übrigens, sag bloß, du hast etwas notiert?«

»Mais oui, habe ich! Und heute Morgen fiel mir noch etwas ein. Was hältst du vom ›Wichteln‹? Kennst du das?«

»Wahnsinn, das wäre schön! Ich bin begeistert, habe aber noch nie teilgenommen. Sabine erzählte davon, dass die Namen der Teilnehmer auf kleine Zettel geschrieben, zusammengefaltet und in einem Behältnis durchgeschüttelt würden. Nun zieht jeder Teilnehmer einen Zettel mit dem Namen des von ihm zu Beschenkenden. So ist es doch, Julie?«

»Ja, und niemand weiß, wer ihn beschenkt.«

Hoffnungsfroh nahm ich wie üblich zusammen mit Julie Platz an diesem kleinen Tisch mit den marokkanischen Fliesen. Die Fensterflügel standen weit geöffnet, und ich genoss die leichte Brise, die zu uns hereindrang und zart die duftig weißen Gardinen bewegte. Die Novemberluft war kühl, aber unvermindert lieblich, so war mein Empfinden.

Zunächst begannen wir Vorschläge zu notieren: Holzhaus zimmern, basteln, Kränze binden, Wichteln, Lichterketten, Feuerstellen, Kerzen, Tische und Bänke, Plätzchen backen, Kürbiscremesuppe und Gulaschsuppe kochen, Baguettes besorgen, Glühwein und, und, und.

Durch die Lage der Domäne in U-Form bot sich auch die Veranstaltung eines Weihnachtsmarktes an. Ja sie schien mir geradezu prädestiniert dafür zu sein. Allerdings stellten wir beide fest, dass Stress unbedingt vermieden werden sollte.

»By the way, besteht schon eine Gästeliste? Und wenn nicht, so erstellen wir sogleich eine, und wann und wie sollen die Wichtelmänner gezogen werden?«, fragte ich.

»Keine Ahnung! Ich weiß ja noch nicht einmal, wen ich einladen soll ... will. Vielleicht heben wir die Wichtel-Idee für das nächste Jahr auf, denn sie bedarf einer eindeutigen Erklärung.« Julie schien mir leicht überfordert, und schade, dachte ich, wäre nett gewesen, das Wichteln. Allerdings musste ich ihr recht geben, nicht zu viel auf einmal.

Also plante ich weiter: »Okay, gehen wir einfach von dreißig Personen aus. Dann schreiben wir Essen und Getränke auf und notieren die Bestellungen. Die Winterzeit erfordert warme und heiße Gerichte und Getränke.« Ich war so recht in meinem Element. Hoffentlich fühlte sie sich nicht überfahren von mir, denn sie war still geworden und ich nicht mehr zu bremsen. »Bei dem Umzug meiner Freundin Steffi habe ich eine Gulaschsuppe für zwanzig Personen gekocht, dann kriege ich auch eine für dreißig hin. Dazu reicht man verschiedene Baguettes-Sorten. Dann kochen wir noch eine Kürbiscremesuppe mit frischem Ingwer ...«

Zweifelnd sah mich meine neue Freundin an: »Und wenn das nicht reicht?«

Ich lachte laut und antwortete ihr: »Na, auch dafür kenne ich ein ganz einfaches Rezept. Auf dem Geschirrtuch meiner Großmutter stand folgender Spruch:

Fünf sind geladen,
zehn sind gekommen.
Gieß Wasser zur Suppe,
heiß alle willkommen!«

Zum ersten Mal, seit ich Julie kannte, lachte sie schallend los, und dann lachten wir beide, bis uns die Tränen kamen.

»Na, du legst ja los!«, prustete sie. »Das hätte ich nicht von dir gedacht! Kochst du nach diesem Plan?«

»Mais non! Das geht natürlich nicht immer. Aber der Spruch ist doch klasse, oder? Übrigens, wenn du mich kochen lässt, bin ich bei deinem Fest dabei.« Nun blickte ich sie in dem Wissen, dass sie auf keinen Fall ablehnen würde, erwartungsvoll an.

»Avec plaisir überlasse ich dir die Küche. Da hast du liebevolle Hilfskräfte, die du selbst einteilen kannst.«

»Mal dumm gefragt: Wen zählst du zu diesen Hilfskräften?«

»Zuerst einmal haben wir mit Sicherheit Céline und Robert vor Ort, dann ...«

»Robert?«

»Ja sicher, Kochen ist seine Leidenschaft. Kartoffeln, Salat, Gemüse und Kräuter pflanzt er im Garten an, wie du ja gesehen hast, und Hokkaido-Kürbisse gab es in diesem Jahr eine Menge. Céline wird auch behilflich sein, und falls ihr mehr Hilfe benötigen solltet ...«

Das Ende des Satzes schwebte in der Luft, und so antwortete ich schnell: »Nein, nein! Die beiden werden mir eine große Hilfe sein, oder ich ihnen.«

Julie zog die Stirn in Falten und fragte: »Sag mal, hast du schon unsere Küche gesehen?«, und als ich verneinte: »Na, dann wird es aber Zeit! Die Köchin kennt ihre Küche nicht! Unverantwortlich!«

Also ging es zur Küchenbesichtigung. Ich freute mich. Wir durchschritten den leeren Frühstücksraum, traten durch eine doppelflügelige Holztür, und wieder einmal war ich nicht vorbereitet auf diese Überraschung, die sich meinen Augen bot. Dieser Raum übertraf all meine Wunschvorstellungen. Hier war eine Küche, ausgestattet mit allem Pipapo und mit allen erdenklichen Küchengerätschaften.

»Du hast einen Delaubrac! Wahnsinn!«, rief ich aus und sank vor diesem legendären Luxusherd in die Knie. Onyx schwarz, Messing und Chromhaltegriffe, mit Gas- und Elektroplatten, Glühplatte aus Gusseisen, Kochmulden, Grillplatte, Wok-Ring und, und, und. Das Kochen auf diesem Luxusdampfer musste unbeschreiblich schön sein, sofern man sich auskannte. Jedoch neben diesem »Angeber« bestehen zu können – für normale Geräte eine schier unüberwindbare Aufgabe. Obwohl ... auch die übrigen kannte ich nur aus Katalogen.

»Zwei Meter fünfzig Länge?«

»Fast drei Meter fünfzig, sofern man alles zusammenrechnet.«

»Oh!«

Himmlisch, hier muss viel gekocht werden, überlegte ich während meiner Küchenwanderung. Ich hatte die Küche von der rechten Seite, also gegen den Uhrzeigersinn betreten, und gegen zehn Uhr stellte sich mir die ehemalige, fast antike Küche vor.

Wahnsinn! Wahnsinn!

Sie hatten die alte Kücheneinrichtung nicht abmontiert, sondern sie in ihr neues Küchenkonzept einbezogen. Neben einem angerosteten Kohleherd eine Doppelspüle aus rot geädertem Marmor. Daran anschließend eine Reihe hölzerner und marmorner Arbeitsflächen.

Während sich die »Kollegen« gegenüber an blitzendem und blinkendem Edelstahl übertrafen, standen hier liebevoll angeordnet Töpfe und Schüsseln verschiedenster Größen auf tönernen Füßen.

Meine Sprachlosigkeit äußerte sich dann doch in der berechtigten Frage: »Sag mal, Julie, was hat das hier denn alles gekostet? Mit Sicherheit ein Vermögen.«

Langsam über eine blinkende Arbeitsfläche streichend, schloss sie zu mir auf und sprach so leise, dass ich sie nur mit Mühe verstehen konnte: »Du hast es erfasst! Wir haben einen sehr hohen Kredit aufnehmen müssen, allein für die Küche ... Deshalb ist Laurent in der letzten Zeit auch so missmutig und lässt sich so selten blicken. Er werkelt allein vor sich hin, ja, er frisst alles in sich hinein, während er alle Alternativen der Abzahlung durchrechnet.«

Ich war geschockt. »Bringen denn die Vermietungen an die Touristen nicht genug ein?«, fragte ich, und sogleich war mir klar, eine blöde Frage gestellt zu haben. »Ach so, das betrifft nur die Hauptsaison, danach stehen die Wohnungen leer ... Aber, Julie, warum bietet ihr keine Kurse an, wie Yoga, Kochen, Wandern, Sprach- oder Tanzkurse? Ja, Tanzkurse, oh ja, hier bietet sich so viel Platz für die verschiedensten Aktivitäten an, die man ausprobieren sollte. Oh Julie, eine Weihnachtsfeier auf eurer Domäne mit Übernachtung, Weinprobe, zusammen mit einem Winzer aus der Umgebung. Malkurse und so weiter.« Überschäumend vor meiner eigenen Begeisterung holte ich Luft. »Sag, Julie, was hältst du davon?«

Wir standen noch immer in der Küche, und mittlerweile wurde es lebendig um uns herum. Robert brachte einen großen Korb voll Gemüse, in seinem Schlepptau Céline, ein hübsches junges Mädchen, das sich sogleich herzlich vorstellte. Da sich die lebhafte Umgebung für unser weiterführendes Gespräch wenig vorteilhaft erwies, wanderten wir wieder einmal in Julies gemütliches Büro.

Als wir Platz genommen hatten, setzte Julie ihr begonnenes Gespräch fort: »Um auf deine Frage zurückzukommen, Gaby, Laurent gibt mir die Schuld an unserer momentanen finanziellen Misere. Zu Anfang waren unsere Eltern eine große Hilfe, aber auch wir mussten Hypotheken aufnehmen. Na ja, und dann wollte ich diese Küche, weil Robert und ich die Gäste bekochen wollten. Unseren Helfern können wir wenig zahlen. Céline bekommt ein Taschengeld und Roberts Idealismus kennt keine Grenzen. Er fühlt sich irgendwie mitschuldig, da er und Evelyn einen Teil der Finanzen beisteuern wollten. Silvie und Emilie werden nach Stunden bezahlt.«

»Entschuldige, Julie, das wusste ich nicht. Das tut mir so leid.« Ich war sprachlos, und sie schien mir wieder einmal unendlich traurig.

»Weißt du, so etwas hängt man auch nicht an die große Glocke, aber alle wissen, dass wir sparen müssen.«

Das überraschte mich eigentlich nicht. Schon immer hatte ich so eine Ahnung, denn diese Größenordnung verlangte nach großen finanziellen Mitteln, und ich überlegte: »Falls ihr zusätzlich zur Vermietung Kurse anbieten würdet, dann nähme vielleicht die Anzahl der Mieter auch außerhalb der Saison zu. Weißt du, während der Vor- und Nachsaison. Sag, Julie, warum nicht?«

»Ja, schon, aber ...«

Noch immer schien ich den Ernst der Lage überhaupt nicht erfasst zu haben: »Es gibt immer ein Aber. Vorher jedoch sollte man alle Alternativen ausgeschöpft haben. Und was genau würde passieren, falls ihr die erforderlichen Abzahlungen nicht leisten könntet?«, fragte ich ängstlich, und im selben Augenblick kam ich mir dämlich vor. Schon ihre Mimik gab mir die Antwort.

Sie schlug die Hände vors Gesicht und stammelte: »Schon beim Gedanken daran überfallen mich Horrorvorstellungen, denn dann müssten wir verkaufen oder die Bank würde versteigern, keine Ahnung. Dieser Besitz ist mein Ein und Alles. Er ist auch alles, was ich mir immer erträumt und gewünscht habe.«

»So schlimm?«, flüsterte ich und stützte meinen Kopf in die Hände. »Das darf nicht passieren!«

Julie konnte die Tränen nicht zurückhalten, na, und ich auch nicht.

Was für ein Tag! Wieder einmal!

Ich musste ihr einfach helfen, wenn schon nicht finanziell, dann doch moralisch und mit meiner Hände Arbeit. Eine Zeit lang hielten wir uns in den Armen und schnieften schluchzend vor uns hin, dann gab ich mir einen Ruck:

»Jetzt pass mal auf, als Erstes veranstalten wir eure Weihnachtsfeier, und gleich im neuen Jahr setzen wir uns alle vier zusammen, du, Laurent, Ditmar und ich und, wenn du willst, auch mit Robert, und erstellen Listen für anzubietende Kurse und überlegen, wer diese leiten könnte. Mit Sicherheit gibt es hier im Ort jemanden, der sich etwas dazuverdienen möchte. Die Kurse werden zusammen mit den Appartements und mit Halb- oder Vollpension angeboten.«

»Du kennst dich, glaube ich, ein wenig mit Wohnungsvermietung und -verwaltung aus.« Julie schien sich leicht beruhigt zu haben. Sie wirkte gefasster und hoffnungsvoller, als sie mich aufforderte, einmal von dieser Tätigkeit zu erzählen. Ja, sie sei gespannt darauf. Und ich, ich freute mich auf unser Vorhaben, einmal, um Julie Hilfestellung geben zu können, und zum anderen aus rein egoistischen Gründen. Mir würde es einen Wahnsinnsspaß bereiten.

Zunächst einmal nahmen wir uns die Rezepte vor, die für die Weihnachtsfeier benötigt werden würden. Für ungefähr dreißig Personen würden wir selbstverständlich vom Grundrezept für sechs Personen die doppelte oder sogar dreifache Menge benötigen.

Kürbiscremesuppe mit frischem Ingwer

1 Hokkaido-Kürbis
2 kleine Karotten
Etwa ½ l Gemüsebouillon
Etwa 10 cl flüssige Sahne
1 sehr kleine Ingwerknolle (nach Belieben)
Etwas Orangensaft mit Fruchtfleisch
Salz
Muskatnuss, gerieben

1. Den Kürbis aufschneiden (nicht schälen!!!)
2. Kerne und Fäden entfernen
3. Kürbis und Karotten in kleine Würfel schneiden
4. In so viel Wasser, dass alles knapp bedeckt ist, weichkochen
5. (mehrmals umrühren)
6. Vom Herd nehmen, pürieren
7. Die Gemüsebouillon in etwas Wasser auflösen, dazugeben
8. Nach Belieben die flüssige Sahne, den klein gehackten Ingwer und die Gewürze unterrühren
9. Zum Schluss etwas frisch gepressten Orangensaft zugießen

Vorsicht: Die Konsistenz der Suppe sollte weder zu dünnflüssig noch zu breiig werden.
   Deshalb mit mehr oder weniger Sahne und/oder Orangensaft arbeiten.

Die Suppe nun portionsweise in Gläser füllen und mit Milchschaum auffüllen oder mit geschlagener Sahne verzieren und servieren. Dazu reichen wir Roggenbaguette.

Käsegebäck von Tante Lilibeth

250 g geriebenen Käse
300 g Mehl
200 g kalte Butter
1 Eigelb
Salz
(2 Eigelbe mit etwas Milch verquirlt)

Zum Bestreuen:
Mohn, Sesam, schwarz und gelb, Kümmel, Senfkörner, zerstoßen, Paprikapulver, Currypulver, bunte Pfefferkörner, zerstoßen, Cashewkerne, Erdnüsse oder Pistazien, halbe Kerne

Zuerst Mehl mit etwas Salz und Butter in Flöckchen mit den Händen verarbeiten, dann mit dem geriebenen Käse und dem Eigelb verkneten. Aus dem Teig 2 bis 3 kleine Kugeln formen, in Klarsichtfolie wickeln und in den Kühlschrank stellen. Dort können die Kugeln auch einige Tage warten.

Jede Kugel nochmals kurz durchkneten, dünn ausrollen, mit dem Zackenrädchen in Rhomben ausradeln und mit dem Eigelb dünn bestreichen.

Nun je nach Belieben bestreuen.

Bei 180 Grad ca. 5 bis 7 Minuten backen.
Achtung: Der Bräunungsgrad hängt von der Teigstärke ab!!!

Der Dezemberanfang zeigte sich trocken mit moderaten Tagestemperaturen. So verlief die vorweihnachtliche Feier auf der Domäne zu aller Begeisterung.

Weihnachtsplätzchen waren gebacken und in Klarsichttüten verpackt worden, herrliche Gerüche von goldgelber Kürbiscremesuppe und würziger Gulaschsuppe waren durchs Haus gezogen. Zahlreiche Baguettes mit jeweils eingebackenen Algen, Zwiebeln oder Knoblauch hatte der Bäcker aus Pézenas geliefert. Robert und Laurent war ein hübsches, stabiles Holzhaus gelungen, dem bald die verlockendsten Düfte von warmem Essen und heißen Getränken entstiegen.

Die Männer hatten frische Tannenzweige geschnitten, und gemeinsam waren weihnachtliche Kränze gebunden, mit roten Hagebutten, getrockneten Blüten und roten oder goldenen Schleifen verziert worden. Ein großer Adventskranz, bestückt mit dicken roten Kerzen, hing im festlich geschmückten Frühstücksraum von der hohen Decke herab, und an jedem Adventssonntag wurde eine weitere Kerze entzündet.

Im Laufe des frühen Abends erschienen zahlreiche Freunde in festlicher Kleidung. Das war so recht in Julies Sinn.

Die Luft war noch mild, als die rotglühende Sonne am fernen Horizont verschwand. Da wurden zahlreiche Kerzen und hoch auflodernde Feuerstellen in Eisenbehältnissen entzündet.

Plötzlich und für alle gänzlich unerwartet erklangen aus dem weit geöffneten Tor des Allzweckraums leise Klänge eines Klaviers. Neugierig geworden, wer denn da spielte, ging ich nachsehen.

Robert!

Robert spielte Klavier? Und es klang professionell!

Als die Nacht hereinbrach und die Temperaturen sanken, konnte man im Allzweckraum Platz nehmen, in dem bereits dicke Holzscheite im riesigen, aus Steinblöcken erbauten Kamin angezündet worden waren und nun für Behaglichkeit sorgten.

Als Robert »O du fröhliche« anstimmte, erklangen zuerst einzelne Gesangsstimmen, andere folgten, bis auch die Letzten mitsangen. Vorsichtig zog ich meine dicke Jacke enger um die Schultern, denn ich hatte eine Gänsehaut bekommen.

Nach weiteren gemeinsam gesungenen Weihnachtsliedern war es an der Zeit aufzubrechen. Mit emotionaler Ergriffenheit im Herzen schien nun der passende Augenblick gekommen. Unsere geplante Überraschung war gelungen, als jeder bei der Verabschiedung eine weihnachtlich verpackte Tüte mit selbst gefertigtem Gebäck überreicht bekam und ganz ergriffen »Fröhliche Weihnachten!« wünschte.

Eine Weile saßen wir, Julie und Laurent, Robert und Céline, Ditmar und ich, noch still beisammen und ließen den langen Abend Revue passieren. Robert stellte eine Schale mit Gebäck auf den Tisch, und Laurent spendierte eine Flasche Champagner. Wunderbar!

Am folgenden Morgen sah ich viele bekannte Gesichter vom Abend zuvor, denn nun galt es, sperrige Tische und Bänke in wartende Transporter zu verfrachten und abzutransportieren. Anschließend konnte noch ein kleines spätes Frühstück mit den Resten vom Abend eingenommen werden. Die Suppen hatten regen Anklang gefunden, ohne, wie befürchtet, ihnen Wasser zufügen zu müssen.

Die Vorbereitungen zu Julies erster Weihnachtsfeier auf ihrer Domäne zählen für mich zu den schönsten Erinnerungen meines Koch- und Backvergnügens, denn zusammen mit Robert und Céline hatte ich die Zeit in der Küche sehr genossen. Wir arbeiteten Hand in Hand, und als noch Zeit blieb, fuhren wir drei Köche zum Markt, um Austern zu besorgen.

Austern sind arm an Kalorien, verfügen über wertvolle Inhaltsstoffe und sind ein Teil der berühmten mediterranen Ernährung.

Schon vor vielen, vielen Jahren hatte ich mir bei einem Gang über den herrlich bunten Markt in Aigues-Mortes geschworen, eines Tages hier im Süden Frankreichs einen großen Korb, gefüllt mit Gemüsen, Salaten und Früchten, in mein eigenes Domizil zu tragen, Gäste einzuladen und als Vorspeise überbackene Austern zu servieren. Ein Wunsch aus den Achtzigerjahren, herübergerettet und tatsächlich seitdem mehrfach in Erfüllung gegangen.

Allerdings sind überbackene Austern keineswegs kalorienarm wie ihre natürlichen Schwestern. Sie werden gefüllt mit Crème fraîche, Chorizo, kleinen Tomatenstückchen und anschließend mit geriebenem Käse überbacken.

Aus dem Étang de Thau, in der Nähe von Sète, werden mehr als 7000 Tonnen Austern im Jahr geerntet. Austern sind in Frankreich unverzichtbarer Bestandteil eines Festmenüs. Während der Festtagsperioden kommt es in den Austernbänken im Étang de Thau immer wieder zu Diebstählen von Austern in erheblichem Ausmaß.

Die Gendarmen von Marseillan, Mèze, Bouziges und Sète überwachen daher in der Zeit vor und während der Festtage in Verbindung mit den Produkteuren die Austernbänke. Die Säcke mit den Zuchtaustern werden von ihren Besitzern gekennzeichnet, um die Diebe leichter überführen zu können. Boote und Helikopter sind im Einsatz, Videokameras und Alarmsysteme wurden installiert, denn es geht um die Existenz der Produkteure.

Neuerdings werden Elektronikchips in einige Austern implantiert, sodass man die Austern orten kann. Und dies mit Erfolg.

Auf dem kurzen Weg zum Markt sprach ich das Thema der Halb- oder Vollpension an und war eigentlich nicht überrascht über die positive Bereitschaft der beiden, mitzuhelfen. Auch sie wollten sich vehement für den weiteren Fortbestand der Domäne einsetzen, denn auch ihnen waren die desolaten Finanzen von Julie und Laurent bekannt.

Hier befand sich unzweifelhaft die ideale Partnerin für Robert, sagte ich mir. Dieser Mann hatte so viele Pläne. Außer dem Gewächshaus und dem sehnlichst gewünschten Hofladen möchte er zu meiner großen Begeisterung ein paar Hühner halten und deren Eier im Laden verkaufen. Die Stelle für das zukünftige Hühnerhaus hatte er schon zusammen mit Julie ausgesucht.

»Oh, Robert, wunderbar!«, rief ich aus. »Würdest du mir einmal den Grund und Boden hinter den Gebäuden zeigen? Denn ich habe bis jetzt nur deinen zauberhaften Garten gesehen. Was gibt es dort draußen noch zu entdecken?«

Nach kurzem Überlegen sagte er: »Nun, jetzt im Winter gibt es nicht viel zu sehen ... Ich schlage einen Rundgang im Frühling vor, so Anfang März. Lass dich überraschen, dort wächst vieles, und immer wieder entdeckt man neue Dinge. Ich glaube, Julie und Laurent haben auch noch keine vollständige Inspektion vorgenommen.«

Das konnte ich nun überhaupt nicht nachvollziehen. Sie befanden sich doch schon seit einigen Jahren auf dem Hof. Darauf meinte Robert, es habe wichtigere Dinge an den Gebäuden zu tun gegeben, alles andere sei erst einmal zurückgestellt worden. Es gebe stämmige Olivenbäume, verwachsene Weinstöcke, alte Obstbäume und manchmal auch wilden Spargel und Lauch.

Céline war unserer gemischtsprachigen Unterhaltung aufmerksam gefolgt und bat, an der Besichtigungstour teilnehmen zu dürfen.

»Mais oui!« – »Aber ja!«, riefen wir beide erfreut aus.

D as Jahr war mit kalten Winden und Minusgraden zu Ende gegangen, und auch der Januar zeigte sich kälter als in manchen Jahren zuvor.
Sabine und Malik waren im Wohnmobil angereist, um die

Feiertage bei uns zu verbringen. Unsere Tochter bekam plötzlich und unerwartet Zahnschmerzen, sodass ich am Silvestermorgen unserem Zahnarzt in Maraussan eine Nachricht auf den Anrufbeantworter sprach, jedoch überhaupt nicht mit einem Rückruf am gleichen Tag rechnete. Aufs Höchste überrascht und glücklich waren wir, als Doktor Klemme sich tatsächlich meldete. So eilten wir sofort mit Sabine und Hund im Auto nach Maraussan. In solchen und ähnlichen Situationen reagiere ich leicht hektisch. So auch jetzt, als sich während der Fahrt ein Warnsignal im Auto meldete und ich las: Reifendruck überprüfen!

Es war Samstag, der 31. Dezember! Silvester gegen Mittag! Auf dem Weg zum Zahnarzt! Womöglich mit einem platten Reifen! Erst letzte Woche steckte eine Schraube im rechten Hinterrad, und der Wagen hatte sich auch gemeldet mit: Reifendruck überprüfen. Wie sollte ich das aushalten? Ditmar behindert, Sabine Zahnschmerzen, ein Hund mit Blasenentzündung und wir allesamt mit einem Platten in der Pampa! Aufstehen, Krone richten, weiter geht's, Dr. Klemme wartet!

Mehr als eine Stunde lang bekam Sabine eine Wurzelbehandlung. Danach fanden wir alle Werkstätten geschlossen vor, die Tankstellen ohne oder mit defekten Luftprüfgeräten. Es war zum Verzweifeln!

Also erst einmal nach Hause! Dort konnten wir zum Glück keinen platten Reifen entdecken, folglich bestand das Problem im vermutlich unterschiedlichen Druck der Reifen. Unser Freund Patrick, der Belgier, behob diese Angelegenheit später bei sich zu Hause mithilfe eines Kompressors.

Wo nun die Medikamente für Sabine bekommen? Alle Apotheken in Vias und Agde hatten geschlossen, auch fanden wir keine Notiz für Notfälle an den Türen, wie in Deutschland üblich. Im Internet wurde eine Notdienstapotheke angegeben, die wir ebenfalls geschlossen fanden und ohne Klingel oder Ähnlichem an der

Tür. Spätere Erkundigungen ergaben, dass man die Gendarmerie des Ortes kontaktieren müsse, um zu erfahren, welche Apotheke Notdienst hatte. Die Gendarmerie meldet einen dann bei dieser Apotheke an.

Ich hoffe sehr, dass wir niemals in die unangenehme Lage kommen werden, noch einmal am Wochenende oder an Feiertagen sehr wichtige Medikamente zu benötigen! Und wenn doch, dann hoffe ich, dass dieses System wie beschrieben funktioniert!

Nun denn, Sabine überstand diese Nacht und auch den ersten Tag des neuen Jahres, aber Montag früh »halfen« wir Dr. Klemme, seine Praxis zu öffnen, wegen akuter Schmerzgefahr bei Sabine.

Frohen Mutes saßen wir im Wagen auf dem Weg zum Zahnarzt, und wieder eine Warnmeldung im Wagen. Was war denn nun schon wieder los? Wieder ein platter Autoreifen oder was? Nein: »Mögliche Straßenglätte«, bei fünf Grad plus! Schrecklich, diese kommunikativen Wagen heutzutage!

Sabine mit ihrem heiß geliebten zweiunddreißig Jahre alten Wohnmobil macht sich gern lustig über diesen »modernen Schnickschnack«, der bei ihr schon mit elektrischen Fensterhebern und Intervallscheibenwischern beginnt.

Wie war es nun zu meinem neuen kommunikativen Wagen gekommen? Gelegentlich holt einen die moderne Technik doch ein. Nach dem Kauf eines neuen Handys, heute heißen die Dinger Smartphone, wie auch immer, war nach siebzehn Jahren auch die Anschaffung eines neuen Mazda erforderlich. Sabine meinte allerdings, im Vergleich zu ihrem alten Wohnmobil sei mein alter Mazda 323 gerade mal eben vom Band gelaufen. Na ja, mit mehr als 200.000 Kilometern auf dem Tacho und total rostfrei liebte ich auch meinen 323 heiß und innig. Dies alles muss ein neuer Wagen erst einmal »erfahren«.

Auf die Frage: »Welche Farbe bevorzugen Sie denn, Frau Poweleit?«, antwortete ich Herrn Akdeniz vom Autohaus Lobgesang in Ober-Mörlen: »Bei Automobilen mag ich alle Farben, solange sie schwarz sind.«

Na ja, der Neue kam, die Farbe nannte sich Schwarz, das heißt: »Gunmetal Grey Metallic«. Sehr elegant, jedoch eben nicht »schwarzschwarz«. Und so beschloss ich es mit Eugen Roth zu halten:

> »Ein Mensch erhofft sich fromm und still,
> dass er einst das kriegt, was er will.
> Bis er dann doch dem Wahn erliegt
> und schließlich das will, was er kriegt.«

Alles lief glatt, der neue Wagen strahlte uns auf dem Hof des Autohauses entgegen. Da mein alter Mazda vor zehn Jahren eine deutsche Zulassungsnummer besaß und danach eine französische bekommen hatte, musste nun einiges geändert werden. Abgemeldet worden war er im Jahr 2006 beim deutschen Konsulat in Montpellier in Frankreich.

Die Inzahlungnahme des Händlers – mein alter Wagen lief ja noch immer wunderbar – erforderte nun eine Ummeldung auf deutsche Zulassung und eine erneute Ummeldung, um den Wagen in Deutschland verkaufen zu können.

Hört sich kompliziert an, war es auch!

Am Anfang der Woche standen wir bei unserem Mazda-Händler in Ober-Mörlen mit allen erforderlichen Papieren, also am Montag. Am Dienstag erfuhren wir, dass mein Wagen in Deutschland noch unter der deutschen Nummer gemeldet war und somit angeblich auch noch fuhr.

Das gab es doch nicht!

Im Jahr 2006 beim Konsulat in Montpellier abgemeldet, 50 € Bearbeitungsgebühr bezahlt, Schilder entwertet, und dann???

Folglich fuhr mein Wagen zehn Jahre lang mit deutschen und französischen Zulassungen, also gleichzeitig in zwei Ländern gemeldet! Wie war das möglich?

Anhand von Papieren und eigenen Belegen konnten wir die Richtigkeit unserer Aussagen beweisen, jedoch die Abmeldungsdaten aus Frankreich fehlten. Die Weitergabe der Daten durch das Konsulat an das Kraftfahrtbundesamt war offensichtlich nicht erfolgt, obwohl man dies behauptete, aber nicht belegen konnte, da dort die Unterlagen nur fünf Jahre aufgehoben werden.

An jedem der folgenden Tage gab es eine neue Hiobsbotschaft, und es wunderte mich sehr, dass unser Autohändler, den wir schon seit vierzig Jahren konsultieren, nicht verzweifelte. Ich war nahe daran.

Später erfuhren wir, dass das KBA in einem »Non Paper«, einer inoffiziellen Anweisung an die deutsche Botschaft in Paris, darum bat, die Konsulate aufgrund ähnlicher Vorfälle von diesen Aufgaben zu entbinden. Man bestätigte uns, dass wir wohl alle Bedingungen der Ummeldung nach Frankreich erfüllt hätten, da sonst die Zulassung dort nicht möglich gewesen wäre. Oder hatte man beim KBA entschieden, die Daten nicht weiterzuleiten, da der Wagen aufgrund Ditmars Behinderung in Deutschland steuerfrei war, und dass dies dadurch nicht auffiel?

Hätten wir Steuern zahlen müssen, wäre mit Sicherheit vom Finanzamt eine Nachforderung für zehn Jahre auf uns zugekommen! Wenn das KBA jedoch die Daten erhalten hatte, warum kamen diese nicht bei der zuständigen Zulassungsstelle an, wie man dort behauptete?

Die Abmeldung in Deutschland musste dann trotz Steuerfreiheit nachträglich von uns beim jetzt zuständigen Hauptzollamt durchgeführt werden. Nach weiteren umfangreichen Belegen und Kopien mit Übersetzungen und so weiter und dem unermüdlichen Einsatz unseres Händlers gab man sich schließlich mit den vorgelegten Beweisen und Unterlagen zufrieden und glaubte unseren Angaben.

Und so stand nun auch endlich der Zulassung unseres neuen Mazda 3 am Ende der Woche nichts mehr im Wege.

Merke: Alle wichtigen Unterlagen und Belege mindestens vierzig Jahre oder länger aufheben!!!

R obert fährt einen dreißig Jahre alten 2CV. Der in Deutschland als »Ente« bekannte und sehr beliebte 2CV von Citroën wurde in Frankreich unter anderem auch »4 roues sous un parapluie«, »4 Räder unter einem Regenschirm« genannt.

Die zündende Idee zum Projekt TPV »toute petite voiture«, »Sehr kleines Fahrzeug« wurde im Jahr 1936 geboren. Es sollte die Fähigkeit zur Beförderung von vier Personen und 50 Kilogramm Kartoffeln oder einem Weinfässchen besitzen mit einer Geschwindigkeit von 60 Stundenkilometern. Darüber hinaus sollte der Wagen, beladen mit einem Korb voll Eiern, in der Lage sein, ein Feld zu überqueren, ohne dass ein einziges Ei zu Bruch ginge.

Im Jahr 1939 entwickelt und abgeleitet von »le vilain petit canard«, dem hässlichen kleinen Entchen, entstand die Bezeichnung »Ente«, wie sie jedoch nur in Deutschland genannt wird. Andere Länder, andere Bezeichnungen.

Das Geräusch, das die Ente beim Start des zweizylindrigen luftgekühlten Boxermotors von sich gibt, und das Laufgeräusch des Motors sind so unverkennbar, dass man sie daran sofort identifizieren kann.

»Die erste Version hatte nur einen Scheinwerfer und einen 375-Kubikzentimeter-Motor mit 9 PS«, erklärte Robert, »unvorstellbar für heutige Verhältnisse. Die Ente war für Frankreich, was der VW Käfer für Deutschland war, das beliebteste Fortbewegungsmittel mehrerer Generationen.« Und wie man weiß, waren die Konstruktionsvorgaben für den Volkswagen ganz andere als für die Ente.

»Das Auto passt zu dir«, sagte ich zu Robert. »Du kannst später Obst und Gemüse transportieren und mit einem Korb voll Eiern über die Äcker fahren«, meinte ich lachend. »Und mich nimmst du bitte einmal mit, denn ich bin noch nie in einer Ente gefahren.«

In den ersten Wochen des neuen Jahres war erst einmal Erholung angesagt. Nach Sabines zweiter Wurzelbehandlung beim Zahnarzt, dieses Mal mit tieferer Bohrung und geöffneter Apotheke, ging es unserer Tochter besser. Mit verabreichten Antibiotika wurden auch die Nächte für Hund Malik und uns ruhiger.

Ich genoss das gemeinsame Nähen, Kochen und Backen mit meiner Tochter. Es folgten lange Spaziergänge am Strand. Im Winter, bei klarem Wetter, ein wahrer Hochgenuss.

Irgendwann geht auch die schönste Zeit ihrem Ende entgegen, und der Alltag kehrt ein.

Während die Wochen dahingingen, waren meine Gedanken immer wieder zu Julie und unserem großen Vorhaben gewandert. Schließlich war es an der Zeit, mein Versprechen einzulösen. Raureif lag über den Weinfeldern, als Ditmar und ich auf dem Weg zur Domäne waren und ein gelb gleißender Sonnenball langsam, aber stetig hinter den Wipfeln der schlanken Zypressen emporstieg.

Stille lag über dem imposanten Gehöft, und wieder einmal dachte ich: Hier fehlt eindeutig ein Hund zu unserer Begrüßung. Beim Näherkommen drangen leise Geräusche aus dem Küchentrakt an unsere Ohren. Da wurde auch schon die Tür aufgestoßen und heimelige Wärme empfing uns.

« Bonjour, vous deux, bonne nouvelle année. »

»Auch euch ein gutes neues Jahr!«, wünschten wir zwischen herzlichen Umarmungen.

»Robert wird auch sofort kommen, er wollte noch schnell sein Gemüse im Garten kontrollieren«, erklärte Julie.

»Ja, kann denn zu dieser Jahreszeit Gemüse gedeihen?«, wunderte ich mich.

»Mais oui«, meinte Laurent. »Wir haben aus alten Fenstern ein kleines Gewächshaus gebaut, und nun will Robert schauen, ob sein Gemüse die Kälte überstanden hat.«

»Das ist ja super. Dann wäre ein größeres Gewächshaus von Vorteil, dann könntet ihr ...« Abrupt schloss ich meinen Mund, als Julie und Laurent Seitenblicke wechselten. ... im Hofladen Gemüse verkaufen, wollte ich sagen. Warum musste ich auch immer so vorwitzig meine Meinung kundtun!

Zum Glück betrat im selben Moment Robert die Küche und blickte in erwartungsvoll auf ihn gerichtete Gesichter. Wir begrüßten einander, und dann erst rückte er mit der Sprache heraus. Alle Kohlköpfe hatten überlebt, und die Mahlzeiten für die nächsten Wochen waren gesichert. Erfreut atmeten wir auf und blickten uns lächelnd an. Die Anschaffung eines großen Gewächshauses wurde nicht angesprochen, jedoch der dringende Bedarf eines solchen stand spürbar im Raum.

Im antiken Herd knackten dicke Holzscheite und strahlten eine wohlige Wärme aus. Frisch gebrühter Kaffee stand bereit, und ein Körbchen mit Croissants verhieß einen Gaumengenuss. Wir nahmen an den abgenutzten hölzernen Arbeitstischen Platz, legten unsere kleinen Blöcke und Stifte ab, und aus den Augenwinkeln bemerkte ich so manche beschriftete Seite.

Gleich zu Beginn schien der wichtigste Punkt die Vermietung zu sein. Breit gefächert sollten die Anzeigen gestreut werden, im Internet sowie in deutschen Tageszeitungen, einmal ohne und einmal mit Kursangeboten. Meine Freundin Annette hatte mir zugesichert, die Leitung der Yogakurse zu übernehmen. Von einem benachbarten Winzer hatte Laurent das Okay für die Veranstaltungen von Weinverkostungen erhalten, selbstverständlich auf Basis von Prozenten. Dazu würde Fingerfood gereicht werden. Sobald die Domäne selbst Wein produzierte, sollte dieser ausgeschenkt werden.

Eine Fahrt mit Wanderung zum Cirque de Mourèze, verbunden mit einem Picknick am Lac du Salagou, wäre ein weiterer interessanter Punkt auf der Angebotsliste. Eine Besichtigung von Saint-Guilhem, ein Stück des Weges des Saint-Jacques de Compostelle, dem Jakobsweg, wäre im September und Oktober zu empfehlen. Sprachkurse, eine Woche lang, ein Tanzabend mit Musik vom Band, später mit Livemusik, wurden notiert. Alles musste auch rechtlich abgesichert werden.

»So, nun aber Butter bei die Fische«, meldete sich Laurent zu Wort. Vier erstaunte Augenpaare trafen ihn. Wo hatte Laurent diesen Spruch aufgeschnappt? »Wie finanzieren wir all diese Ideen, und wo fangen wir an?«

»Zuerst einmal Anzeigen schalten. Die Vermietungen bringen die ersten größeren Einnahmen«, versicherte Robert. »Im Internet erfahre ich die Preise von anderen Kursanbietern.«

»Gaby, du erwähntest doch, dass du Erfahrung mit Wohnungsvermietung und Verwaltung hättest«, wandte sich Julie an mich. »Erzähl uns doch bitte davon.«

»Na ja, ich musste mich nicht um die Annoncen und so weiter kümmern. Marion schickte mir die Namen und die Adressen der Mieter per E-Mail, dann erst legte ich los. Ich setzte mich mit den zukünftigen Mietern in Verbindung, vereinbarte einen Treffpunkt, traf mich mit ihnen zur Schlüsselübergabe, zur Wohnungseinweisung und -abnahme zum Ende der Vermietung. Danach hieß es die Wohnung wieder herrichten für die nächsten Mieter.«

»Hört sich stressig an«, meinte Laurent.

»Ach ja, schon, aber ich fühlte mich gebraucht und gefordert.«
Und plötzlich redeten alle auf einmal. Jeder hatte Fragen nach besonderen Erlebnissen.

Ich sah zu Ditmar hinüber. Sollte ich?

»Erzählen könnte ich schon einiges, aber haben wir denn Zeit dafür?« Zweifelnd blickte ich vom einen zum anderen, und nachdem alle genickt hatten, schmunzelte Ditmar: »An deiner Stelle würde ich mit den ersten Mietern anfangen, denn diese Erfahrung war doch wohl deine oder unsere nachhaltigste.«

»Also gut. Ihr wisst, ich erinnere mich, als wäre es im Augenblick.«

»Ja, das wissen wir, und wir werden es mit dir erleben«, wurde ich ermuntert.

»Es war August vor zwei Jahren, ein schwüler Hochsommerabend. Ditmar und ich stehen vor dem geschlossenen Tor der Cave Molière in Pézenas in der hoffnungsfrohen Erwartung der Ankunft einer deutschen Familie, die das Appartement unserer Freunde gemietet hatte. Dieser Familie will ich nun die Wohnungsschlüssel aushändigen.

Wie war ich zu dieser vertrauenswürdigen Aufgabe gekommen? Ein Anruf zu später Stunde und die dringende Bitte um Hilfe hatten mich nicht ablehnen lassen können, da unsere Freunde verhindert waren. Ich sollte mich mit einer Familie Schlüter in Verbindung setzen, und es sei ja nur dies eine Mal, dann seien sie selbst wieder vor Ort. Mir stockte kurz der Atem. Konnte ich das überhaupt? Ach so, nur dies eine Mal, ich als »Lord ...«, nein, »Lady Schlüsselbewahrer«. Klar, mache ich doch gern! Die abendliche Ruhe war verflogen, ein kurzer Augenblick und weg damit. Mein heftiges Herzklopfen wird mich nicht schlafen lassen, sondern mich bis drei Uhr früh zum Lesen verdammen. Ditmar sieht mich fragend an, mit halbem Ohr bei den Fernsehnachrichten. Ich berichte ihm schnell das Wichtigste ...«

»Stopp mal bitte kurz, Gaby«, unterbrach mich Laurent. »Du erzählst, als sei dies gerade eben?«

»Sag ich doch! Erzähl einfach weiter, Gaby. Und du, Laurent, hör zu!«, fuhr Julie dazwischen, und Ditmar schmunzelte: »Ja, sie kann sich so in eine Sache hineinsteigern, dass es für mich manchmal richtig unheimlich wird. Wenn irgendwelche Aufgaben bevorstehen, ist sie zunächst einmal völlig gelähmt, um dann ihr Hirn Tag und Nacht mit der Lösung der jeweiligen Aufgabe zu überfordern.«

»Ach Ditmar, bitte! Das interessiert doch keinen«, flüsterte ich peinlich berührt.

»Oh doch, das interessiert uns sogar sehr!«, warf Julie dazwischen, und alle lachten, gaben heftig nickend ihre Zustimmung kund und ermunterten Ditmar weiterzusprechen.

»Da wird mitunter so weit in die Zukunft gedacht, dass man beim Mitdenken kaum hinterherkommt.«

»Ach Ditmar, nun ist aber gut! Du kommst doch immer mit, oder?« Ich umarmte ihn kurz, nahm schnell einen Schluck Kaffee und fuhr fort: »Nun aber weiter zu dieser Nacht. Ich laufe ins Arbeitszimmer zwecks Datenkontrolle. Alles passt. Marion würde mir eine Mail schicken mit Telefonnummer und E-Mail-Adresse der betreffenden Familie, sodass ich mich mit dieser in Verbindung setzen könnte. Schnell rekapituliere ich das kurze Gespräch mit Marion. Hatte ich Wichtiges überhört? Meine Gehirnwindungen rattern alle Möglichkeiten von To-do-Listen herunter. Ditmar hört und sieht die Rädchen sich drehen und versucht mich zu bremsen. Ich jedoch kann nicht abschalten wegen dieser unbekannten Situation.

Pézenas also!

Pézenas, eine alte römische Kolonie, war in der Antike für seine Stoffe berühmt. Im Mittelalter wurde Pézenas das Versailles du Languedoc‹ genannt und war einmal die Hauptstadt des Languedoc.

Heute eine historische und lebhafte Stadt mit liebenswerten Gassen, eleganten Gebäuden mit detailreichen Fassaden, malerischen Innenhöfen, imposanten Treppenaufgängen, aber auch engen und steilen Treppchen. Es gibt ein Theater in italienischem Stil und viele Gebäude mit interessanter Vergangenheit. Der berühmte Poet Jean Baptiste Poquelin wurde durch die Auftritte seiner Theatergruppe unter dem Namen Molière zur bekanntesten Person der Stadt.

Pézenas beherbergt heute viele Antiquitätenläden und Kunsthandwerker, wie Eisenschmiede, Kunsttischler und Schmuckdesigner. Zur ›Foire d'Antiquité‹, zu den zwei großen Ausstellungen auf den Hauptstraßen der Stadt im Mai und im Oktober, kommen jedes Jahr Tausende Besucher.

So, und jetzt zu dem Abend. Zuerst sind wir nach Pézenas gefahren, hatten einen Treffpunkt und ein Erkennungszeichen vereinbart. Stellt euch vor, es war wie ein Blind Date, ohne Rose oder so ähnlich. Ja, lacht nur!

Ich will es abkürzen: Die Uhrzeiger rücken vor, die letzten Sonnenstrahlen wärmen uns noch. Dann bricht schnell die Dunkelheit herein. Jeder sich nähernde Wagen wird begutachtet, denn Autotyp, Farbe und Nummernschild sind uns bekannt. Die Uhr zeigt mittlerweile 22.30 Uhr an. Die Familie hatte sich gegen 21 Uhr telefonisch bei uns gemeldet, sie seien spät dran und hätten ein Hotel gesucht, jedoch seien alle ausgebucht gewesen ...«

Ich sehe, dass Robert die Hände über dem Kopf zusammenschlägt: »Wie in aller Welt kommt man auf die Idee, während der Hochsaison nach achtzehn Uhr ein Hotel suchen zu wollen? Impossible!«

»Genau das sagte ich ihnen auch«, fahre ich fort, »allerdings eher diplomatisch, denn die Familie befand sich wahrscheinlich seit zehn Stunden auf der Autobahn. Außerdem wusste ich, dass sie mit einem kleinen Kind unterwegs waren, das sich in der Rekonvaleszenz befand, und so war für mich »ein gerüttelt Maß« an Mitleid angebracht. Zum Zeitpunkt ihres Anrufs befanden sie sich wieder auf der Autobahn hinter Orange. Es würde etwas später werden und ob ich trotzdem bitte auf sie warten könne. Musste ich ja wohl und sagte: Kein Problem.

So stehen wir hier am festgesetzten Treffpunkt, zwei ältliche Gestalten. Ditmar lässt mich zu später Stunde nicht allein fahren, und wir kommen uns vor wie bestellt und nicht abgeholt.

Mehrere Jugendliche nutzen die abendliche Ruhe und jagen ihre röhrenden Scooter rund um ein Blumenrondell. Bis auf einige Halbwüchsige, die ihre getunten Wagen mit schriller Musik auf den leeren Straßen bewegen, hat Pézenas die Bürgersteige bereits hochgeklappt ...«

Allgemeines Gelächter ließ mich innehalten.

»Atme durch und nimm dir Kaffee oder ein Glas Wasser. Merkst du, dass du wieder im Präsens gelandet bist?« Julie ist immer um mein Wohl bedacht.

Ich lachte: »Das ist zu eurem besseren Verständnis, das Präsens, sonst könnt ihr mir nicht folgen«, sagte ich und trank schnell einen Schluck. »Ich muss weiter, sonst komme ich aus meinem Flow.«

»Ja, Präsens macht es spannender, jedenfalls was mich betrifft«, sagte Laurent, »und ich bin gespannt, wie es weitergeht, war ja nur das eine Mal.«

Schnell genehmigte ich mir einen Schluck warmen Kaffee und bemerkte, dass sie mich offensichtlich ständig damit versorgten, atmete tief durch und fuhr fort: »Nee, aus dem einen Mal wurden viele Male. Aber es bereitete mir riesigen Spaß, so sehr, dass ich es ein Leben lang ausüben wollte. Also, mein Handy ist zu damaliger Zeit schon ein antikes Stück Kleinbrikett. Bisher hatte es mir gute Dienste geleistet. Nach Ditmars Schlaganfall im Jahr 1998 hatte ich sein altes Handy übernommen. Es war ein Siemens S45, mit kleiner Antenne, robust und bewährt.

Ich wurde allseits belächelt, ich lächelte zurück. Die hatten ja alle keine Ahnung!

Mehr als Anrufe tätigen und kurze SMS mit meiner Tochter austauschen schien mir nicht notwendig. Jeder Anruf erforderte die erneute Eingabe der Telefonnummer, und dies jedes Mal aufs Neue. Ich kannte alle Nummern auswendig. Für mich total problemlos, bis damals.

Nun plötzlich meldet sich Herr Schlüter und klingt recht niedergeschlagen: »Wir können Sie nicht finden. Wir fahren schon mehrmals um alle Ecken, wissen jedoch nicht wohin.«

»Und wir warten auf Sie bei der Cave Molière«, erwidere ich. »Wo sind Sie denn?« Er scheint sich umzusehen und sagt, dort sei ein Restaurant Molière. Aha, jetzt ist mir alles klar, er ist bei der Post in der Innenstadt. Ich fasse es nicht, sie haben sich nicht an unseren vereinbarten Treffpunkt gehalten beziehungsweise ihn nicht gefunden.

»Bleiben Sie, wo Sie sind, ich komme!«, rufe ich, springe in den Wagen und fahre mit quietschenden Reifen los. Habe es mir von den Jungen abgeguckt. Brause rein in die nächste Straße, stelle den Wagen mit Ditmar auf dem Parkplatz beim Friedhof ab und stürme los ... Keine Angst, Ditmar lebt, es geht ihm gut! Der Parkplatz am Friedhof ist nun mal der nächste. Im Laufen suche ich die Telefonnummer in meinem Filofax, bleibe kurz stehen, um Herrn Schlüters Nummer einzugeben. Aha, er meldet sich. Ich laufe weiter, Handy am Ohr.

»Herr Schlüter, wo stehen Sie?«

»Hier ist ein großer Brunnen.«

« Ja, dies ist der Place de la Liberté. Bin sofort bei Ihnen!«

Am Brunnen lehnt ein junger Mann mit Handy am Ohr. Erkennungszeichen für unser Blind Date denke ich und schmunzle insgeheim. Erst einmal geschafft. Dann lotse ich die Familie auf einen Parkplatz in der Nähe der Wohnung. Während die junge

Mutter das schlafende Kleinkind und den vollgepackten Wagen bewacht, zeige ich dem Vater die Wohnung. Und um in die historische Altstadt, in der die Wohnung liegt, zu kommen, benötigt die Familie für die Ampel eine kleine Fernbedienung, die das versenkbare Einfahrtshindernis betätigt.

Mitternacht.

Eine sozialere Uhrzeit hätte mich bewogen, beim Transport ihrer zahlreichen Gepäckstücke behilflich zu sein. Deshalb laufe ich nun schlechten Gewissens durch die unheimlich stillen Gassen zurück zu meinem schon unruhig wartenden Mann.«

»Wow«, kam Roberts Kommentar, »das war heftig für euch! Warst du denn sonst immer behilflich mit den Gepäckstücken?«

»Ja, schon. So hatte es damals begonnen. Die gelegentliche Wohnungsverwaltung bereitete mir große Freude, sofern sie sich nicht gerade um mitternächtliche Zeit abspielte. Hätten wir vor vielen Jahren unser geliebtes Ferienhaus behalten, so hätte ich die Vermietungen gern selbst übernommen. Aber, c'est la vie!

Durch diese, nun doch häufigeren Schlüsselübergaben lernte ich Deutsche, Franzosen, Schweden, Engländer, Schweizer, Spanier und Australier kennen. Neben meiner Muttersprache belebte sich mein Französisch und mein fast verschollen geglaubtes Englisch aufs Neue.

Die Erkenntnis der dringenden Notwendigkeit eines neueren Handys, Smartphones, überlief mich siedend heiß. Das heißt, mein Widerwillen, meine Abneigung gegen eine Neuanschaffung nach zehn Jahren war sehr groß. Ich liebte meinen kleinen, robusten Brikett und sträubte mich lange, bis Ditmars Suche im Internet erfolgreich verlief. Er fand das ideale Smartphone für seine nicht leicht zu überzeugende Frau. Das Gerät sollte einfach zu bedienen sein, Nummern speichern, SMS und WhatsApp schreiben können, kurzum, alles wie bisher, nur etwas mehr und moderner.

Wenn man sich von der Vorstellung der ewigen Jugend löst,

dann kann man sich zum Kauf eines Senioren-Smartphones Doro Liberto 820 verleiten lassen. Bei der Eingabe der wichtigsten Stationen erklärte mich meine Tochter für durchaus lernfähig, und mein beständiger fehlerfreier Umgang mit dem neuen Gerät bereitete Sabine große Freude.

Dieses Smartphone, man behauptet, man sehe ihm die Seniorenversion nicht unbedingt an, verschaffte mir nun eine stressfreiere Kommunikation mit den zukünftigen Mietern.«

Unsere Freunde schienen neugierig geworden zu sein, denn sogar Laurent fragte, ob ich noch weitere Mietergeschichten auf Lager habe.

»Oh, Laurent interessiert sich für Gabys Erzählungen«, wunderte sich Julie und freute sich, dass Laurent am Geschehen teilnahm. »Das nenne ich mal ein gutes Zeichen.«

Laurent blickte zu seiner Frau hinüber und verdrehte die Augen.

Schnell sprach ich weiter: »Es gab schon noch einige Begegnungen, die mir persönlich viel bedeuteten. Wollt ihr wirklich ...?«

»Mais oui! Bitte, das ist so spannend.«

»Nachdem wir mit verschiedenen Treffpunkten experimentiert hatten, schien uns das Café d'Arts der beste zu sein. Einmal traf ich mich noch auf dem Parkplatz am Friedhof mit einer jungen deutschen Familie und deren zwei Jungen. Der Vater entlud seinem VW-Bus einen Bollerwagen, vollgepackt mit Fußbällen und etlichen Naturalien. Dann ging es zur Innenstadt, Vater und Söhne mit Bollerwagen vorneweg, die Mutter und ich trabten hinterdrein.

Ein anderes Mal kam eine spanische Familie mit Kleinkind und zwei Hunden. Treffpunkt war wieder der Friedhof gewesen. Der Wagen, beladen bis unters Dach und darüber noch ein Koffer-Boy. Während die Mutter ihre Taschen, das Kind von etwa zwei Jahren und einen kleinen blinden Mischlingshund zu halten versuchte, machte sich der Vater am Dach zu schaffen, und der auf ihn fixierte Galgo, ein Spanischer Windhund, lief an der Leine zwischen des Vaters Beinen herum.

Der kleine Blinde war plötzlich zwischen den anderen geparkten Autos verschwunden, während das Kleinkind auf dem heißen Asphalt saß und sich zu entkleiden versuchte. Es war aber auch wirklich ein extrem heißer Tag. Das konnte ich so nicht mitansehen. Also kramte ich den Blinden unter den Wagen hervor und zog ihn an die Leine, dann half ich dem Vater, sich vom Galgo zu befreien. Auf einmal stand ich da, an jeder Hand eine Leine mit je einem Hund. Das war so recht nach meinem »bon pour le moral«.

Während ich zu Beginn unserer Bekanntschaft vom Galgo ignoriert worden war, spürte ich bei ihrer Abreise nach zehn Tagen eine sanfte feuchte Berührung an meiner Hand und einen Augenaufschlag ... zum Dahinschmelzen.«

Sie hatten mir still und aufmerksam zugehört, bis sich Laurent wieder zu Wort meldete und Julie mir zunickte: »Man merkt dir die Liebe zu Mensch und Tier an, Gaby, du solltest weiterhin Vermietungen betreuen.«

Ich freute mich, dass Laurent mich ansprach, da er sich doch sonst so abweisend verhielt: »Ach, Laurent, es war eine schöne und interessante Zeit, aber leider vorbei. Wie gesagt, alles hat seine Zeit«, sagte ich traurig.

»Übrigens, ich vergaß zu erwähnen, dass wir ein Gästebuch ausliegen hatten. Habt ihr denn ein Gästebuch oder Goldenes Buch, wie es auch genannt wird?« Ich blickte in fragende Gesichter.

»Also, wie ich sehe, ist eure Antwort: Nein! Wir hatten eines in unserem Ferienhaus in Vias Plage und in Pézenas ausliegen. Ihr glaubt ja nicht, mit welcher Freude manche Gäste sich darin verewigten. Meistens haben die Kinder kleine Texte geschrieben und dazu gemalt, auch Hundepfoten waren abgedruckt. Es gibt Zeiten, da schaue ich mir die Eintragungen noch einmal an und denke an die schöne Zeit zurück.

Also, ihr braucht unbedingt ein ganz dickes Gästebuch, und dies legt ihr auf einen kleinen Tisch mit Stuhl davor und am allerbesten am Eingang zum Frühstücksraum.«

Plötzlich redeten alle durcheinander, was mir zeigte, dass meine Idee auf Zustimmung gestoßen war. Ich freute mich.

Mit einem Gästebuch sollte man sofort zu einer Hauseinweihung oder zur ersten Einladung ins neue Haus oder in eine Wohnung anfangen. Später würden die ersten Gäste im Buch fehlen, und das scheint mir traurig.

Wie üblich hatte ich länger nichts von Carola und Esbjörn gehört, als eine kurze Nachricht ihre Ankunft meldete. Nun galt es die gemeinsamen Tage mit wohldurchdachten Unternehmungen zu füllen, einmal mit Esbjörn und einmal ohne ihn, denn wir wussten nicht, wie es nach dem Unfall um seine Kondition bestellt war. Würde er längere Strecken marschieren können oder würde er sich mit Ditmar in ein Café setzen?

Gemeinsam fuhren wir nach Villeneuvette, in der Nähe von Clermont l'Hérault gelegen, einem kleinen Ort, in dem im 17. Jahrhundert die königliche Tuchmanufaktur gegründet worden war. In den niedrigen Häuschen befanden sich im Erdgeschoss die Webstühle der Tuchmacher und in den Obergeschossen ihre Wohnräume. Um 1800 ging Villeneuvette in den Besitz einer Unternehmerfamilie aus dem Languedoc über. Diese Familie sorgte auch für die soziale Absicherung ihrer Arbeiter, was zur damaligen Zeit nicht üblich war. Heute sind die kleinen Häuschen zum Teil noch bewohnt und mit den dazugehörigen Gärtchen zu besichtigen.

Bis zum Jahr 1954 produzierte die Tuchfabrik und verfiel nach ihrer Schließung teilweise in einen Dornröschenschlaf, aus dem sie Holländer, Belgier und Engländer wieder erlösten, soll heißen aufweckten. Das Hotel »La Source« und das dazugehörige Restaurant werden von Belgiern geführt. Nach der Besichtigung dieses charmanten Ortes mit seinen vielen Sehenswürdigkeiten trafen wir uns im Restaurant mit unseren wartenden Männern, die sich schon ihr vielversprechendes Menü auf der interessanten Speisekarte zusammengestellt hatten.

Da Esbjörns Unfall und damit verbunden die zahlreichen Brüche zu einer leichten Gehbehinderung geführt hatten, suchten wir für ihn und Ditmar geeignete Ausflugsziele aus.

Eines davon war »Saint-Guilhem-le-Désert«. Auf dem Weg dorthin fährt man über die berühmte »Pont du Diable«, die Teufelsbrücke.

Der Legende nach zerstörte der Teufel jede Nacht das am Tag aufgebaute Werk der Brücke. Um dem ein Ende zu setzen und die Konstruktion bestehen zu lassen, forderte der Teufel, dass die erste lebende Seele, die die Brücke überquerte, ihm gehören solle. Da sich kein Mensch opfern wollte, schickte man hier einen Hund über die Brücke. Außer sich vor Wut, betrogen worden zu sein, versuchte der Teufel die Brücke durch einen Blitzschlag zu zerstören, dessen Spuren noch heute sichtbar sein sollen.

Diese Geschichte, mal mit Hund, mal mit Katze, mal mit Ziege, gilt im Grunde genommen in unterschiedlichen Variationen für alle Brücken dieses Namens, von denen es zahlreiche in Frankreich gibt. Diese Brücke hier jedoch ist die älteste erhalten gebliebene römische Brücke in Frankreich. Trotz strengen Verbots springt so mancher waghalsige Jugendliche von dieser Brücke in den zwanzig Meter darunter fließenden Fluss Hérault.

Saint-Guilhem-le-Désert mit seinen malerischen Gässchen, Winkeln und kleinen Boutiquen ist eine Wanderung wert. Für Carola und mich. Unsere Männer nahmen mitten im Ort auf dem

»Place de la Liberté« unter der Königsplatane mit ihrem mächtigen Stamm von sechs Metern Durchmesser Platz und bestellten erst einmal für jeden einen Espresso.

Gemeinsam besuchten wir die imposante »Abbaye de Gellone«, die Abtei, die sich zu einem Wallfahrtsort entwickelte und zur Pilgerstation auf dem »Chemin de Saint Jacques«, dem Jakobsweg nach Santiago de Compostella. Seit dem Jahr 1998 sind die Jakobswege Weltkulturerbe, und das Ziel dieser Wege ist die Kathedrale von Santiago de Compostella in Spanien.

Zum Abschluss ihrer Reise nach Südfrankreich luden uns unsere schwedischen Freunde ins Restaurant »L'Ecluse« am Canal du Midi in Villeneuve les Béziers ein. Hier kann man hervorragend auf verschiedenen Terrassen am und über dem Kanal die angenehme und gastfreundliche Atmosphäre bei Tapas und Wein genießen. Auch im Restaurantgebäude selbst, das architektonisch innen und außen dem Aufbau einer Péniche nachempfunden ist, kann man bei jedem Wetter mit regionalen und frisch zubereiteten Speisen verwöhnt werden. Die Zutaten kommen aus der Region, »und nach dieser Devise handeln wir seit über fünfundzwanzig Jahren«, versicherte uns Monsieur de Vielder, der Chef des Restaurants. Seit dem Jahr 1991 ist L'Ecluse in den Händen der zwei Brüder de Vielder.

Die »Péniche Durandel« ist ein Frachtkahn, der im Jahr 1961 in Straßburg von der Werft »Forges« gebaut wurde. In ihrem ersten Leben transportierte sie Getreide auf den Kanälen von Benelux nach Südfrankreich und wurde, nachdem der Kapitän und Besitzer im Jahr 2007 in den Ruhestand ging, ebenfalls außer Dienst gestellt. Die Péniche wurde dann von dem Gastronomen Alain de Vielder, der, aus Belgien stammend, seit 1968 in Béziers lebt, erworben und zum schwimmenden Gästehaus umgebaut. Auf 130 Quadratmetern bietet die Péniche vier Gästezimmer mit Bad und Toilette, Sonnendeck mit Liegestühlen sowie kontinentalem Frühstück.

Im Schatten mächtiger Platanen ein ruhiger Ort, um das Leben auf dem Kanal zu genießen und zu beobachten. Seit 2010 liegt die »Péniche Durandel« fest vertäut auf dem Canal du Midi.

Der Canal du Midi verläuft auf 241 Kilometern Länge von Toulouse bis zum Etang de Thau bei Marseillan. Von Paul Riquet entwickelt, wurde der Canal in der Zeit von 1667 bis 1681 erbaut und im Jahr 1996 von der UNESCO als Weltkulturerbe eingestuft.

Die Idee, den Canal zu bauen, war folgende: Man wollte den Umweg von Bordeaux am Atlantik zum Mittelmeer um die spanische Halbinsel herum und durch die Meerenge von Gibraltar vermeiden. Ebenso wollte man den Gefahren durch spanische Piraten und dem Zugriff der spanischen Krone auf Passagerechte entgehen.

Im Sommer ist der Canal von bis zu 10.000 Booten mit Freizeitkapitänen befahren. Schon nach kurzer Einweisung darf man ein Boot steuern, ohne einen Bootsführerschein zu besitzen.

Die Ufer des Canal du Midi sind seit Bestehen des Canals mit alten Platanen gesäumt. Die Platane ist der bevorzugte Baum im Süden Frankreichs. Diese Bäume finden wir im Hérault in den Stadtzentren, den Plätzen der Dörfer und an den Alleen entlang. Lässt man sie ungestört wachsen, entwickelt sie ihre ganze Pracht. Es ist wieder einmal der Eingriff des Menschen, der Krankheiten fördert.

Ein Beispiel dafür zeigt der Zustand der Platanen am Canal du Midi. 17.370 Platanen sind von einem sehr ansteckenden Pilz befallen, der bisher jeder Behandlungsmethode widersteht. Die bis dahin unbekannte Krankheit wurde durch die kontaminierten Munitionskisten der Amerikaner während ihrer Landung in der Provence im Jahr 1944 eingeschleppt.

Das Projekt der Fällung der kranken Bäume, die an Ort und Stelle verbrannt werden, um die Ausbreitung des Pilzes zu verhindern, und die Neuanpflanzung werden zwischen fünfzehn und

zwanzig Jahre dauern und insgesamt wohl 220 Millionen Euro
kosten. Bis zum heutigen Zeitpunkt wurden 3,3 Millionen Euro
an Spenden für die Finanzierung gesammelt.

Im Jahr 2017 mit seinem extrem heißen Juni fiel die Rinde der
Bäume großflächig durch ihre Austrocknung ab.

D er Frühling war angebrochen, und die Natur begann vor
Freude darüber schier zu explodieren. Tag für Tag konnte
man den zarten Blütenknospen bei ihrer Entfaltung zu-
sehen. Weiß, Rosa, ein helles Grün und hie und da weiße Blüten-
teppiche zwischen den Weinstöcken. Carola und Esbjörn hatten
den Beginn dieses Blütenrausches noch miterlebt und traurig Ab-
schied vom Süden genommen.

Eines Vormittags Anfang März folgten Céline und ich Robert zu
seiner versprochenen Führung. Wir starteten hinter der Küche in Roberts Garten, in dem schon die ersten hellgrünen Salatkräuter eifrig
sprossen. Und während wir durch die engen Beete staksten, ängstlich darauf bedacht, nichts zu zertreten, zupfte Robert hier und da,
begrüßte einige aus der Erde herauslugende Pflänzchen und sprach
ihnen guten Mut zum Gedeihen zu. Aha, dachte ich, das ist also der
sprichwörtliche »grüne Daumen«. Dann blieb mein Blick an einer
Stelle in der Gebäudemauer hängen. »War das einmal eine Tür?«

Robert blieb stehen und drehte sich um: »Ja, eine Küchentür,
die praktischerweise zum Garten führte. Sie war aber schon vor
unserer Ankunft zugemauert. Ich denke mal, aus Sicherheitsgrün-
den«, fügte er hinzu.

War das wirklich erforderlich gewesen, überlegte ich.

Vom Garten aus blickte man über ein von der Sonne in Gold
getauchtes Tal mit verwilderten Weinstöcken, von Unkraut über-
wuchert.

»Gehört das Weinfeld etwa auch zur Domäne?«, fragte ich ungläubig. Robert lachte, holte weit mit beiden Armen aus und schwenkte sie weiter nach links und nach rechts. Ich traute meinen Augen nicht und auch Céline atmete hörbar die Luft ein. Diese immense Weite hatte sich unserer Vorstellung entzogen. Dieses Land zu bearbeiten und auch zu bewirtschaften, da waren viele bereitwillige Hilfskräfte erforderlich. Von wildem Brombeerwuchs umrankt, standen einige sich selbst überlassene Olivenbäume. Nach Roberts Äußerungen sollten sich irgendwo noch zahlreiche befinden.

Froh darüber, Roberts Rat, Gummistiefel zu tragen, befolgt zu haben, stapften wir weiter durch die Wildnis. Plötzlich war Céline bei einer Gruppe von Obstbäumen stehen geblieben und rief: »Ich erkenne einen Aprikosen- und einen Pfirsichbaum, aber die beiden anderen ...?« Fragend zog sie die Schultern hoch.

»Die anderen sind Apfel und Kirsche«, erklärte Robert. »Ihre mickrigen Früchte fand ich im letzten Jahr zwischen dem Brombeergestrüpp. Alles müsste halt mehr gepflegt werden ... Aber ich glaube, dass Laurent sich bald darum kümmern will«, meinte er zuversichtlich.

Ein schmaler verwunschener Pfad führte uns hinter den Gebäuden entlang an einigen Krüppelkiefern und Pinien vorbei, und plötzlich standen wir vor der kleinen Kapelle. Robert öffnete das rostige Schloss mit einem wuchtigen eisernen Schlüssel, schob dann schwere Riegel auf. Mit hoch quietschenden Tönen gab die schwere Holztür den Eingang frei, und Robert murmelte kurz, dass er Schloss und Eisenbeschläge ölen müsse.

Ehrfürchtig betraten wir das kleine Gotteshaus und damit eine andere Welt. Eine feierliche Stille trat ein. Alle Unbill blieb ausgeschlossen. Ich fühlte mich umfangen und beschützt. Diese gewaltigen Steinquader schlossen die lauten Geräusche der Außenwelt vollkommen aus.

Geradeaus ein kleiner Altar, dem die linke Seite fehlte, oder täuschte ich mich? Dahinter drei hohe farbige Fenster, in Blautönen gehalten, ließen spärliches Licht eindringen. Ein überdimensioniertes, kunstvoll verziertes Taufbecken hatte allen Widerständen getrotzt, wie ich später erfahren sollte. Vor meinem geistigen Auge entstand eine feierliche Taufzeremonie. In den Armen des Paten liegt ein Täufling, in ein cremefarbenes Spitzengewand gekleidet. Ich sehe eine festlich gekleidete Gesellschaft, auf den Häuptern der Damen thronen fantasievolle Hutkreationen. Da beginnt der Täufling zu weinen, ich erschrecke, komme zurück in die wirkliche Welt und sehe mich schnell um. Zu beiden Seiten des Mittelgangs jeweils fünf einfache hölzerne Bankreihen.

Leise schritt ich nach vorn, setzte mich an den Rand der mittleren Bank und studierte die Inschrift einer goldfarbenen Plakette, die an der Lehne vor mir angebracht war. Man hatte versucht, so schien es mir, diese schmale Scheibe mithilfe eines spitzen Gegenstands, zum Beispiel einer Feile, abzulösen. Dies war dem Dieb zum Glück nicht gelungen, jedoch hatte er die Inschrift stark beschädigt.

Nun wanderten meine Blicke die hohe Decke und die Wände des Seitenschiffs entlang und bemerkten mit Erschrecken, dass Undichtigkeiten Wasser hatten eindringen lassen, denn an vielen Stellen blätterte der feuchte Putz ab.

Auch in der Kapelle wartete viel Arbeit, und eine finanzielle Spritze käme hier sehr gelegen, dachte ich so bei mir. Völlig utopisch, dies mit ein paar Eiern und etwas Gemüse in einem Hofladen zu schaffen! Total frustriert verließ ich die Kapelle, nicht ahnend, wie nahe sich Julie und Laurent zu diesem Zeitpunkt der eventuellen Finanzhilfe befanden.

Nachdem Robert wieder abgeschlossen hatte, sah ich die beiden fragend an: »Was ist da drinnen geschehen?«

Er holte tief Luft: »Nun, bevor Julie und Laurent die Domäne erwarben, hatte sie längere Zeit verlassen gestanden, und schau dich doch mal um, Gaby, hier in der Umgebung wohnt weit und breit keine Menschenseele, folglich hört und sieht auch niemand, was hier geschieht. Während dieser Zeit hatten hier die Vandalen gehaust. Die hatten versucht, alles abzumontieren, was einen gewissen Wert für sie zu haben schien.«

»Und diese Gold- oder Messingplaketten in der Kapelle ... ich versuchte ihre Inschriften zu entziffern. Ich finde sie sehr schön.«

»Da stehen, glaube ich, die Namen der Stifter oder Besitzer der betreffenden Bank eingraviert, ich weiß es auch nicht so genau. Wir sollten wirklich mal Einsicht in die alten Grundbucheintragungen nehmen, denn stellt euch vor, die Namen sollen bis ins 17. Jahrhundert zurückgehen«, erklärte Robert.

»Oh, das ist ja hochinteressant, was man hier so alles erfährt«, staunte ich. »Aber was du von den Einbrüchen erzählst, ist schlimm. Konntet ihr wenigstens aus diesem Grund den Preis drücken?«

»Ja, schon, denn die Vandalen waren in fast allen Räumen gewesen, sie hatten ja über viele Jahre Zeit. In Julies Wohnung wurden ein Marmorkamin und ein Waschtisch aus den Wänden gerissen. Das festzustellen, war für uns alle entsetzlich.«

Ich war schockiert: »Das müssen mehrere Männer gewesen sein mit schwerem Gerät und Lastwagen, unvorstellbar!«

Nachdenklich blickte Robert uns an und sagte: »Tja, vielleicht sogar Leute aus der näheren Umgebung.«

»Stell dir mal vor, diese Leute kannten euch ja noch nicht und werden bald zu euren guten Nachbarn oder Freunden ... Deren schlechtes Gewissen möchte ich nicht haben!«

Ein milder Wind wehte übers Land und trug die schrillen Geräusche von Motorsägen und Heckenscheren über das Tal. Und so war ich auch nicht überrascht, die dazugehörenden Männer vorzufinden, die sich am Wildwuchs hinter den Gebäuden zu schaffen machten. Zu früher Stunde waren sie angerückt mit schwerem Gerät, Traktoren und Anhängern und hatten bereits die Weinstöcke von Ranken und Unkräutern freigelegt. Stolz standen die zurechtgestutzten Olivenbäume, zehn oder mehr an der Zahl, und streckten ihre Äste der Sonne entgegen. Bereit zur reichhaltigen Ölproduktion, dachte ich. Auch die einst vollkommen verwilderten Obstbäume ließen nun, nach dem Baumbeschnitt eines Fachmanns, eine reiche Ernte erhoffen.

Die Gerätschaften liefen problemlos, keines hatte bis jetzt seinen Geist aufgegeben, als plötzlich laute Schreie ertönten und das rechte Vorderrad eines Traktors im Erdboden versank. Der erschrockene Fahrer war behände vom Fahrerhaus gesprungen. Bei näherer Kontrolle entpuppte sich das Erdloch als ein tiefer Schacht. Nachdem man den Traktor mithilfe des zweiten befreit hatte, wurde ein stark verschütteter Brunnenschacht freigelegt. Danach lagen, ein Bild für die Götter, sechs Männer sternförmig auf der Erde und versuchten das dunkle Innere des Brunnens zu ergründen. Leider ergebnislos, der einst kunstvoll gemauerte Schacht befand sich in einem desolaten Zustand, teilweise eingestürzt und zugewachsen. Unmöglich, bis auf seinen Grund zu blicken. Ich war mir jedoch sicher, dass er bald aus seinem Dornröschenschlaf erweckt werden würde, denn mit Spannung sahen alle Beteiligten seiner baldigen Freilegung entgegen, konnten sich doch höchst wertvolle Schätze darin entdecken lassen. Antike Goldstücke oder geheimnisvolle Gebeine. Wer weiß? Diese Situation barg ganz plötzlich das Potenzial zu ungeahnten Möglichkeiten.

Immer mal wieder liest man in der französischen Tageszeitung von wertvollen Funden in alten Häusern oder Scheunen. So hatte eine Familie ein altes Haus erstanden und im Keller eine Eisenkiste mit der Aufschrift »Explosiv« gefunden. Selbstverständlich wagte man sich nicht selbst an deren Öffnung, konnte man doch dabei mit dem gesamten Haus in die Luft fliegen. Eine Spezialeinheit zur Bombenentschärfung rückte an, die ganze Umgebung wurde evakuiert. Eine höchst dramatische Angelegenheit. Polizei und Feuerwehr riegelten die weitere Umgebung ab und Straßen wurden gesperrt. Als dann der Zeitpunkt der Öffnung gekommen war und ganz vorsichtig der schwere Deckel angehoben wurde, da wurden alle Augen groß, denn da bot sich der Mannschaft ein erstaunliches Bild.

Es blitzte und blinkte. Gold und Silber, Schmuckstücke und alte Münzen, silbernes Tafelgeschirr und Bestecke vom Boden bis zum Deckel der Kiste. Ein immenser Schatz. Leider erfährt man nun niemals, wer diese Schätze erhält.

Nun, welche Schätze würde wohl der Brunnenschacht der Domäne beherbergen?

Die struppige Brombeerhecke erfuhr eine starke Dezimierung, wurde jedoch wegen der zu erwartenden herrlichen Früchte nicht vollständig entfernt. An einer gesicherten Stelle wurden Äste und Sträucher kontrolliert abgebrannt. Das heißt, wegen der hohen Brandgefahr während der trockenen Monate, also im Hochsommer, ist das Verbrennen von Ästen und dergleichen nur zu bestimmten Zeiten und bei Windstärken unter zwanzig Stundenkilometern erlaubt, und dies auch nicht für jedermann. Andere Materialien, wie Eisenteile, Plastik und Metall, lagen schon auf dem Anhänger bereit, um zum örtlichen Bauhof gebracht zu werden. Jeder Ort besitzt solch eine »déchetterie« (Wertstoffhof), zu der man unentgeltlich jeglichen Abfall bringen kann, sofern dieser nicht von der Müllabfuhr abgefahren wird. Auch Sondermüll gibt man dort unter Aufsicht in die entsprechenden Behältnisse.

Am Ende des Tages, als die Arbeit ruhte, gab es ein kleines Grillfest, zu dem sich auch die jeweiligen Partnerinnen einfanden. Robert hatte eine hervorragende Leistung erbracht, Plan und Einweisungen des Grünschnitts waren nach seinen Vorstellungen ausgeführt worden.

Nachdem am Abend ein leichter Wind aufgekommen war, zeigte sich nun der folgende Morgen mit einem strahlend blauen, wolkenlosen Himmel. Als wir uns alle zu einer Begehung mit Robert trafen, staunten wir sehr, die Rebstöcke in all ihrer Pracht vor uns zu sehen. Die Sonne schien warm über das weite Tal, die Vögel zwitscherten in den Bäumen, und wir atmeten tief die frische Luft ein. Der Zeitpunkt für das Beschneiden der Triebe war verstrichen, und so musste diese Tätigkeit bis zum kommenden Winteranfang warten.

In der Zwischenzeit konnten wichtige Fragen zur Weinlese und Olivenernte geklärt werden. Da ich wieder erhebliche Kosten auf die Eheleute zukommen sah, fragte ich: »Wer wird denn die Triebe beschneiden, Julie? Müsst ihr Leute anheuern?«

Sie schüttelte vehement den Kopf: »Mais non, die könnten wir gar nicht bezahlen. Das werden Robert und Laurent machen, denn während ihrer Studienzeit haben sich die beiden bei der Weinernte auf einem Weingut kennengelernt, und während Laurent weiterzog, war Robert geblieben und hatte so auch den Schnitt der Rebstöcke erlernt. Davon profitieren wir heute.«

»Ein Glück, dass ihr Robert habt! Er ist so vielseitig.«

»Tja, hoffentlich bleibt er auch bei uns, denn ich glaube ... nein, ich bin mir sicher, ohne ihn liefe hier gar nichts.«

Julie ignorierte meinen erstaunten Blick und sprach schnell weiter: »Er wird Laurent anlernen müssen, denn allein ist diese Arbeit nicht zu schaffen.«

»Könnte nicht auch Céline helfen? Oder ist das keine Tätigkeit für Frauen in Frankreich? Auch ich würde dies gern erlernen und mithelfen. Meinst du, Julie, dass Robert Céline und mir eine Lehrstunde geben würde?«, fragte ich hoffnungsvoll.

»Da bin ich ganz zuversichtlich, denn in Roberts Wortschatz existiert das Wort Nein fast nie«, bekräftigte sie aus vollster Überzeugung.

Wie gut sie ihn doch kannte ...

Julies Geburtstag rückte in greifbare Nähe. Laurent und Robert tuschelten schon eine geraume Zeit sehr geheimnisvoll miteinander. Schließlich, zu meiner großen Freude, bezogen sie mich in ihr Vorhaben mit ein, und ich fühlte mich sehr geehrt ob ihres großen Vertrauens.

Schon seit Tagen wurde gekocht und gebraten, und am frühen Morgen des Geburtstags fing die Küchencrew mit dem Kuchenbacken an. Denn ab elf Uhr erwartete im geschmückten Frühstücksraum ein reichhaltiges Brunch-Büfett die Geburtstagsgäste. Außer dem kalten Frühstück konnte zwischen heißen Gerichten gewählt werden wie Fleisch und Fisch, Reis, Kartoffeln, Kroketten, Soßen und Salat- und Gemüsevariationen. Zum Dessert warteten Crème Caramel, Rote Grütze mit Vanillesoße und Früchte aller Art. Zum Kaffee wurden verschiedene Käsetorten, Schwarzwälder-Kirsch-Torte und Hefekuchen verschiedenster Sorten gereicht. An Getränken gab es zuallererst Champagner, später Weißwein, Rotwein, Säfte, Kaffee und Tee.

Als alle Gäste versammelt waren, ertönte ein leiser Gong. Stille kehrte ein und wir wurden nach draußen gebeten. Dort schien sich des Rätsels Lösung in Form eines großen, mit Luftlöchern versehenen Kartons lebenden Inhalts zu befinden.

Liebevoll nahm Laurent Julie an die Hand und führte sie hinaus. Die Gongschläge wurden intensiver, waren aber noch immer sehr leise. Extrem gespannt, jedoch auch ängstlich darauf bedacht, nicht von einem wilden Tier angefallen zu werden, folgte die Geburtstagsgesellschaft den beiden in einigem Abstand.

Als dann Julie zusammen mit Laurent die Laschen des Kartons löste, sprang freudig bellend ein kleiner Hund heraus, hüpfte um Julie herum und holte sich seine Streicheleinheiten. Ein allgemeines »Oh, wie süß!« ertönte.

Unsere Überraschung war gelungen. Nach langem Suchen in verschiedenen Tierheimen, versehen mit Sabines Instruktionen, hatten wir den perfekten Rüden gefunden. Einen Mischlingsrüden von gelblich brauner Farbe, mittelgroß, circa fünf Jahre alt und kastriert. Perfekt! Schon einige Tage vor dem Geburtstagstermin hatten wir ihn zusammen mit Julie abgeholt, um ihn nicht den für ihn so aufregenden Feierlichkeiten auszusetzen. Er sollte sich vor dem Festtag in aller Ruhe eingewöhnt haben. Deshalb heute diese Inszenierung für die Gäste. Ihm fehlten noch ein Chip und ein passender Name.

Haustiere (Hunde) sind in Frankreich steuerfrei, das heißt: Anders als in Deutschland kann man hier auch mehrere Hunde halten, ohne auch nur für einen Steuern zahlen zu müssen. Das führt oftmals dazu, dass in manchen kleinen Gärten bis zu fünf oder mehr Hunde ums kleine Haus herumlaufen, dort ihre Geschäfte verrichten und die Nachbarschaft, gestört durch das Gebelle, ihr Haus verkauft und wegzieht.

Das Problem mit den »crottes«, den Häufchen, in den Städten ist allgegenwärtig. Die Verpflichtung, die crottes mit einer Tüte zu entsorgen, wird in Frankreich nur als Empfehlung verstanden. Wer dennoch sein Tütchen zückt, wird befremdlich angesehen oder sofort als Ausländer erkannt.

Der Termin beim Tierarzt war bereits festgelegt worden. Barney, so hatte ihn Julie inzwischen getauft, sollte seinen Chip erhalten, mit dem er jederzeit zu seiner Besitzerin zurückverfolgt werden konnte.

Es war, so schien es mir, langsam an der Zeit, Julies Manuskript zu erwähnen. Ich hatte einige Wochen verstreichen lassen, in der Hoffnung, Julie käme selbst darauf zu sprechen, was sie jedoch aus mir unerfindlichen Gründen nicht tat.

»Ach, Gaby, willst du es wirklich lesen?«

Unfassbar, diese Frage! Natürlich wollte ich es lesen.

»Weißt du, ich war mir nicht sicher, ob du dies neulich ernst meintest und nicht nur freundlich sein wolltest.«

Ich konnte es nicht fassen, umarmte sie und sagte: »Meine liebe Julie, du kleines Sensibelchen! Du hast ja keine Ahnung, wie sehr mich dein Manuskript interessiert. Schon seit Wochen warte ich darauf.«

»Da bis jetzt noch niemand danach fragte, nahm ich an, es interessiere sich wirklich niemand dafür. Darf ich dich dann auch um einen Gefallen bitten?«

Ich drückte liebevoll ihren Arm und bestätigte mit heftigem Kopfnicken.

»Würdest du bitte Fehler und Ungenauigkeiten am Rand vermerken?«

»Selbstverständlich, gern. Und hinterher werden wir drüber diskutieren, und du kannst eventuell Veränderungen vornehmen, okay?«

Und während ich im Büro auf sie wartete, lief sie flink in ihre Wohnung, um das Manuskript zu holen, auf dessen Umfang und Inhalt ich mit Spannung wartete. Also durfte ich ihr selbstverständlich noch unvollständiges Manuskript mit nach Hause nehmen.

Es war ein warmer Frühlingstag Mitte März. Voller Vorfreude setzte ich mich auf unsere Terrasse, spannte den Sonnenschirm auf, nachdem ich mir eine Tasse frischen Kaffee aufgebrüht hatte. Dann begann ich zu lesen.

Das große Thema, die Domäne, läuft wie ein roter Faden durch alle Kapitel ihres recht umfangreichen Manuskripts. Selbst ihr anschaulicher Bericht über die Eltern und die Disharmonie mit ihrer Schwester können nicht darüber hinwegtäuschen, dass alles im Zusammenhang mit der Domäne geschah. Diese ältere Schwester, eine Galeristin aus München, fühlte sich von den Eltern gegenüber Julie benachteiligt, als die Eltern die jüngere Tochter beim Kauf der Domäne großzügig unterstützten. Julie litt und leidet immer noch sehr unter diesen Zwistigkeiten, die ihre Familie fast auseinanderbrechen ließ.

Im Rückblick erzählt Julie von ihrer Liebe zu Laurent und der Verwirklichung ihres großen Traums: eine Domäne in Frankreich. Ihres gemeinsamen Traums, fragte ich mich.

Ihre Ängste und Zweifel bringt sie ebenso zum Ausdruck wie die Aufarbeitung von Lösungen für »die großen Fragen der Menschheit«, wie sie diese nennt. Ja, einige dieser Fragen hatte ich schon von Julie gestellt bekommen und zu beantworten versucht.

Dann erfahre ich, dass Julie Dolmetscherin für Englisch und Französisch ist. Wie hatte sie das nur zu verheimlichen gewusst und weshalb? Na warte, dachte ich, nun kenne ich jemanden für die Leitung der Sprachkurse! Schnell nahm ich Block und Stift zur Hand.

Das Verhältnis zu ihren Eltern war merklich abgekühlt, nachdem diese anfangs den Kauf des Anwesens zu verhindern versucht hatten. Später dann jedoch aushalfen. Warum, fragte ich mich, dieser Sinneswandel? Mein anfängliches Gefühl gab mir wieder mal recht, denn wieso hatte ich die Eltern noch nicht einmal auf dem Hof gesehen?

Das unschöne Auseinanderfallen ihrer besten Freundschaften hatte Julie sehr persönlich genommen, was ich verstehen konnte. Sie litt ja noch immer darunter. Irgendwie verknüpfte sie ihr Leid im Zusammenhang mit der Domäne, anstatt ihren Wirklichkeit gewordenen Traum als Glück zu begreifen. Dieses Anwesen bedeutete Glück auch mit all seinen Unzulänglichkeiten wie Schulden, Arbeit und Ärger. Es gab doch täglich so viel Positives und so viel Freude auf dem Hof. Man musste sie als solche erkennen und wahrnehmen wollen.

Aha, einige Seiten weiter lese ich, dass ihre Ehe mit Laurent fast zerbrochen wäre. Deshalb also hatten ihre Eltern eingelenkt und finanziell ausgeholfen.

Auf meinem Block vermerke ich: Aufarbeiten ihrer Traurigkeit. Julie fehlte ein Aha-Erlebnis, ein Glücksmoment. War ihr Geburtstag ein solcher Moment gewesen? Und was würde sie als Nächstes über Barney schreiben, ihren Hund, dem sie all ihre Liebe zukommen ließ, der sie auf Schritt und Tritt begleitete? Der aber auch schon seinen angestammten Platz neben dem Eingang zum Frühstücksraum hatte. Robert hatte ihm eine geräumige Hundehütte gebaut, die Barney nach Belieben aufsuchen konnte. Barney sollte nicht das Schicksal seiner französischen Genossen teilen, die nach draußen verbannt wurden und sehnsüchtig ins Innere der Häuser blickten, wohin ihre Familie ihren Blicken entschwand.

Bei jeder meiner Ankünfte auf der Domäne kam Barney schwanzwedelnd auf mich zu, und mit großer Freude umarmten wir uns, sofern man das so nennen konnte. Genauso hatte ich mir das für Julie gewünscht und auch ein bisschen für mich.

Plötzlich stutzte ich! Da wird Evelyns Brief erwähnt. Der mysteriöse Brief, den Julie später allein lesen wollte.

Wie? Evelyn will kommen? Roberts Ex? Sie waren oder sind doch geschieden, oder etwa noch nicht? Ich habe keine Ahnung.

Arme Julie, ihr bleibt aber auch rein gar nichts erspart, denke ich. Diese Neuigkeit hatte sie vor mir geheim gehalten. Wahrscheinlich kämpfte sie innerlich noch damit.

Den Zeitpunkt ihrer Ankunft lässt Evelyn offen, denn offensichtlich ist ihr bewusst, dass diese Nachricht wie eine Bombe einschlagen würde. Roberts Frau erwähnt ein gemeinsames Haus in Deutschland, durch dessen Verkauf sie das Kapital für ihren Einkauf in die Domäne besäßen.

Plötzlich geht mir ein Licht auf! Da war der so dringend benötigte finanzielle Segen im Anmarsch. Jedoch ein ungeliebter Segen.

Mit ihrem Pro und Kontra zu diesem Thema endet Julies Manuskript mit einem vorerst offenen Schluss.

Welche Alternativen gab es nun, um diese Schuldenlast von Julie und Laurent zu nehmen? In Gedanken spielte ich verschiedene Möglichkeiten durch. Vorstellen könnte ich mir, dass Robert und Evelyn wieder ein Paar werden würden. Eigentlich unvorstellbar, aber nicht unmöglich. Ihre materiellen Mittel in die Domäne einbringen und dort getrennt leben? Würden sich alle zusammenraufen und hier in Frieden getrennt leben können? Fast nicht möglich. Allerdings soll es getrenntlebende Eheleute geben, die mit jeweils neuen Partnern in Freundschaft unter einem Dach wohnen.

Eine Möglichkeit schien mir die wahrscheinlichste, obwohl sie einen Kompromiss darstellte: Robert und Evelyn verkauften ihr gemeinsames Haus in Deutschland und Robert allein brachte seinen Teil des Verkaufserlöses in die Domäne ein. Vielleicht sahen meine Gedankengänge auch nicht alle Varianten. Ein gemeinsames Gespräch zwischen Julie, Laurent und Robert hatte mit Sicherheit bereits stattgefunden, und zu welchem Ergebnis waren sie gekommen? Ich tat mich schwer mit der Zügelung meiner Neugierde. Und so begann ich mich zu fragen, ob ich etwas übersehen hatte, denn im Leben ist das Unvorhergesehene die einzige Konstante.

Der April rückte näher und mit ihm die Osterfeiertage. Die Luft roch schon sehr stark nach Frühling und zahlreiche fleißige Bienen summten um die bereits weit geöffneten Blüten.

Julies Idee des deutschen Brauchs der Ostereiersuche war bei mir auf fruchtbaren Boden getroffen. Wir kochten unzählige Hühnereier etwa zehn Minuten lang und legten diese in vorbereitete Gläser mit Lebensmittel- oder Pflanzenfarbe. Sowohl die beiden Kinder der Mieter als auch die Erwachsenen sollten an der Eiersuche beteiligt werden.

Das Osterbrauchtum in Frankreich unterscheidet sich in einigen Details von unseren deutschen Gepflogenheiten. In Frankreich wird den Kindern erklärt, dass die Glocken am Gründonnerstag vom Papst in Rom den neuen Segen holen und von dort mit Süßigkeiten beladen am Ostersonntag zurückkehren. Die Glocken transportieren so viele Schokoladeneier, dass sie unterwegs viele davon verlieren. Deshalb suchen die französischen Kinder überall im Freien nach versteckten Süßigkeiten. Statt unseres Osterhasen gibt es hier Glocken mit Flügeln. Gefärbte Ostereier, wie in Deutschland, sind nur in Elsass-Lothringen bekannt. Während der Zeit von Gründonnerstag an konnten die Kirchenglocken nicht läuten. Erst am Ostersonntag läuten sie wieder.

Am Morgen des Ostersonntags fuhren Ditmar und ich zur Domäne hinaus, im Kofferraum des Wagens vier durchlöcherte Kartons lebenden Inhalts. Außerdem viele kleine Weidenkörbchen, gefüllt mit grünem Ostergras, bunt gefärbten und gekochten Hühnereiern und kleinen Schokoladeneiern. Die Körbchen waren schnell versteckt, Barney befand sich im Haus, und zum Schluss verteilte ich die mit Namensschildchen versehenen Kartons, deren Inhalte sich bewegten.

Ditmar betätigte den Gong, und ich rief mehrmals laut: »Der Osterhase war da!«

Erwartungsfroh kamen die Kinder gerannt, dicht gefolgt von den Erwachsenen. Die gefüllten Körbchen waren schnell gefunden, und was sollte nun mit den Kartons geschehen, die mitten auf dem Rasen vor sich hin wackelten? Die neugierigen Kinder entdeckten plötzlich die Namensschildchen und lasen die Namen laut vor: »Julie, Laurent, Robert und Céline.« Verdutzt blickten die vier sich an und traten vorsichtig auf ihren jeweiligen Karton zu.

Groß war das Hallo, als aus jedem Karton ein Huhn flatterte und sich sogleich über die von mir zuvor auf dem Rasen ausgestreuten Körner hermachte.

Mithilfe französischer Freunde war es Ditmar und mir gelungen, für Julie, Laurent, Robert und Céline je ein lebendes Huhn zu erwerben. Ich bevorzugte eine braune Rasse, erinnerte diese mich doch sehr an meine Kindheit. Robert und Laurent hatten bereits einen, wie ich fand, Luxushühnerstall fertiggestellt, und ich hatte sie überredet, mit dem Hühnerkauf zu warten. Der Stall mit weitem Auslauf war gegen Einbruch von außen gesichert wie der Hochsicherheitstrakt eines Gefängnisses. Ein starkes Drahtgeflecht als Dach würde auch Greifvögel abhalten können. Das Innere des Hühnerhauses war groß, mit Schlafstangen verschiedenster Stärken aus der Natur entnommen. Gemütliche Legenester, ausgelegt mit frischem Stroh, luden seine gefiederten Bewohner zum fleißigen Eierlegen ein. Alles war für die Mädels vorbereitet.

Wenig später nahmen die vier Hühnerchen, die sich gewiss nicht nur um einen Regenwurm würden streiten müssen, ihre neue Behausung in Besitz, und in freudiger Erwartung hofften wir in unserer naiven Vorstellung auf zahlreiche schmackhafte Eier. Erreichte nun auch der erträumte Hofladen seine baldige Eröffnung, fragte ich mich erneut. In Roberts Garten hinterm Haus grünte und blühte es bereits.

Zunächst jedoch würde Robert nach Deutschland fahren, wo er Agrarwissenschaften und Umweltmanagement studiert hatte.

Nun gab er Seminare für Studenten, und mit diesen würde er im Mai zur Domäne kommen, um hier ein Praktikum vor Ort abzuhalten.

D er Sommer hatte Einzug gehalten und ließ den Frühling zu einer schönen Erinnerung verblassen.
Ich bemerkte dies an den unzähligen Holunderblüten in unserem Garten. Schnell schnitt ich circa fünfzig Stück, um daraus ein zartes Holunderblütengelee für Ditmar zu kochen. Die Dolden wurden gut ausgeschüttelt, dann in eine große Schüssel gelegt, mit Wasser bedeckt und zwei Tage im Kühlschrank ruhen gelassen. Danach durch ein sauberes Baumwolltuch gesiebt, die Blüten gut ausgedrückt und ihre Flüssigkeit aufgefangen. Daraus kocht man ein feines Gelee. Kurz vor Ende der Kochzeit gab ich stets noch einige kleine abgezupfte Blüten hinzu. Ergibt eine interessante Optik.

Während des Sommers musste ich meine Zeit gut einteilen und konnte Julie nicht oft besuchen, denn von Yolande und Silvain, unseren französischen Freunden, wurden wir reichlich mit reifen blauen und grünen Feigen versorgt. Außerdem gab es verschiedene Arten von Tomaten, ebenso Paprika und Zucchini aus Yolandes eigenem großen Garten. Da bei uns vom täglichen Verzehr noch erheblich übrigblieb, kochte und pürierte ich die Gemüsesorten, versehen mit klein geschnittenen Zwiebeln und Knoblauch, zu köstlichen Soßen und füllte alles portionsweise in Schraubgläser. Diese hielten sich viele Monate neben ihren Kürbissuppenbrüdern und -schwestern im Regal.

Ende Juli, Anfang August, je nachdem, wie heiß oder auch trocken der Sommer war, gingen wir in die Brombeeren. Eingemummt in lange Hosen und langärmelige Jacken stiegen wir ins dornige Gebüsch. Das erste Mal mit Yolande und Silvain, die die besten Fundorte kannten. Meistens wachsen die wilden Brombeeren in und an schlecht zugänglichen Gräben, und in einen solchen rutschte ich ganz langsam hinein, immer tiefer und tiefer. Ein eigenes Befreien war schier unmöglich, die Dornen griffen von überall nach mir. Mit äußerster Anstrengung gelang es Silvain, mich aus der Dornenumklammerung zu befreien.

Nachdem wir einige Kilos gesammelt hatten, wurden die gewaschenen und gekochten Früchte durch die »Flotte Lotte« gedreht und durch ein Haarsieb gestrichen, sodass ein feines Püree übrigblieb. Daraus koche ich jedes Jahr ein samtiges Brombeerpüree, auch als Coulis verwendbar.

Seit Tagen war es heiß, verbunden mit einer sehr hohen Luftfeuchtigkeit. In den Nächten kühlte die Temperatur auf 25 Grad ab und stieg am Tag erneut auf 38 bis 40 Grad. Selbst bei diesen Temperaturen kletterte ich erneut in die dichte Brombeerhecke, bevor die Früchte vollends vertrockneten. Die große Trockenheit dieses Jahres hatte die Früchte in ihrem Wachstum stark behindert. So hatte ich mir eine Sisyphusarbeit vorgenommen, denn trotz aller Widrigkeiten, ich konnte einfach nicht aufhören zu sammeln. Immer wieder streckte ich die Arme höher und weiter und musste enttäuscht die besten, reifen, dunkelblau glänzenden Früchte in unerreichbarer Höhe sich selbst überlassen.

Ende August sollte nun das diesjährige Sommerfest auf der Domäne stattfinden. Über das erste Fest des Vorjahres hatte ich noch nichts von Julie erfahren können, bekam jedoch aus kurzen Andeutungen mit, dass man aus Fehlern gelernt habe. Nun denn!

Hoffnungsfroh erwartete man den täglichen Wetterbericht. Besorgte Blicke wanderten zum trügerischen Himmel, während Tische und Bänke geliefert wurden. Sobald sich eine kleine Summe abzweigen ließe, wollte man eigene Sitzgelegenheiten anschaffen, da diese in Zukunft oft benötigt werden würden. Alle Wohnungen waren zurzeit vermietet, und auch die Gäste hatten fleißig bei den vielfältigen Aufgaben mitgeholfen.

Der Allzweckraum erstrahlte in seiner vollen Größe und Pracht. Der zur Wand geschobene Refektoriums Tisch sollte das reichhaltige Büfett tragen, und die gestapelten Stühle warteten im neuen Yoga Raum. Ja, und in der Weite des so entstandenen freien Raums konnte zu fortgeschrittener Zeit getanzt werden. In diesem Jahr würde die Musik noch vom Band kommen, im folgenden Jahr möglicherweise von einer Live Band. Erste Gespräche hatten schon mit einer jungen Interpretin und Komponistin stattgefunden, die sich »Alone and Me« nannte. Hörte sich doch schon mal recht vielversprechend an!

Meine Gedanken wanderten ein wenig zurück zu meiner Jugendzeit, und ich ließ ihnen reichlich Zeit dazu. Damals, in den Fünfziger- und Sechzigerjahren, wurden Schallplatten aufgelegt, und niemand wollte diese Aufgabe übernehmen. Bedeutete es doch, seinem jeweiligen Partner oder seiner Partnerin entrissen zu werden und später die durch die gefühlvolle Musik entstandenen Emotionen neu aufbauen zu müssen.

Das Land lag still im Morgengrauen. Leichte Nebel zogen über das Tal, als Ditmar und ich, noch ganz erfüllt von diesen grandiosen Stunden auf der Domäne, nach Hause fuhren. Das Wetter war beständig geblieben, die wohlschmeckenden Gerichte des immens großen Büfetts geplündert worden. Die Küchenmädchen – und hui, dazu zählte auch ich – und ein Küchenjunge hatten exzellente Gerichte nach Julies Rezepten und mit den Inhalten von Roberts gefüllten Gartenkörben gezaubert. Zuvor hatte Julie verkündet, dass es all ihren Rezepten an Genauigkeit mangele. Sie wiege selten ab, gebe hier etwas dazu, nehme dort etwas weg oder stelle sich sekundenschnell die Frage: Dazugeben, ja, nein, vielleicht? Meist erreichten die Hauptzutaten wie Mehl und Fett ihr erforderliches Gewicht, sodass da nichts misslingen konnte und sich die Butter nicht verselbstständigen und aus der Form zu fließen gedachte. Deshalb gebe es für alle Zutaten nur Circa-Angaben und ließen dem intelligenten Bäcker/Koch oder der intelligenten Bäckerin/Köchin ein großes Maß an Freiheit.

Nun denn, gemeinsam würden wir stark sein!

Es entstanden fruchtige gemischte Salate aus grünem Salat, Gurken, sonnengereiften Tomaten, Paprika, rot, grün und gelb, Artischockenherzen, grünem Spargel, belegt mit duftenden Erdbeeren. Mehrere Quiches mit den unterschiedlichsten Füllungen waren entworfen und mit Zopfmuster umrandet worden. Die grandiose Küche hatte alles Erdenkliche aufgeboten und wieder einmal gezeigt, welch phänomenale Möglichkeiten darin geschaffen werden konnten.

Ja, und dann wurde getanzt ...

Mieter, Freunde, Gäste, Helfer! Allmählich füllte sich der Tanzboden. Und das liebe ich so an den Franzosen, sie tanzen nicht nur paarweise, sondern in kleinen oder größeren Gruppen. Super! Julie und ich mittendrin. Schon lange hatte ich sie nicht mehr so befreit gesehen. Sie schien mir regelrecht von einer schweren Last befreit. Hatte Robert etwa positive Neuigkeiten aus Deutschland im Gepäck mitgebracht? Ich hoffte es sehr!

Folgende Musiktitel wurden gespielt:
1. Johnny Hallyday: »Gabrielle«; »Allumez le feu«; »Oh Marie«
2. Adele: »Rolling in the deep«
3. Jerry Lee Lewis: »Great balls of fire«
4. Jonny Cash: »Walk the line«
5. Cher: »If I could turn back time«

6.	Righteous Brothers: »Unchained melody«(aus Ghost-Nachricht von Sam)
7.	Rednex: »Cotton Eye Joe«
	Und viele altbekannte mehr.

Irgendwann schlenderten Ditmar und ich nach draußen, nahmen auf einer kühlen Steinbank Platz und schauten in den jungen Morgen. Die Sonne begann den Frühnebel aufzulösen und die Frische der Nacht zu vertreiben.

Weit schallte die Wahnsinnsmusik über das Tal.

Einige Gedenkminuten später stürzte ich mich noch einmal auf die Tanzfläche, tanzte und stimmte in die fröhlichen und lauten, jedoch nicht immer wohlklingenden Gesänge mit ein.

Sommerfestrezepte

Tiramisù von Palazzuolo (eine italienische Erinnerung)

Für 8 Personen

4 Eigelbe
500 g Mascarpone
2 P. Vanillezucker
1/2 l starker Kaffee, kalt
300 g Löffelbiskuits
100 g Zucker
1/2 Orange, Saft
4 Eiweiße
Kaffeelikör
Kakaopulver

1. Eigelb und Zucker schaumig schlagen
2. Eiweiß steif schlagen und die Eigelbmasse unterheben
3. Vanillezucker und den Saft der halben Orange unter die Mascarponecreme geben, glattrühren
4. Eiermasse vorsichtig darunterheben
5. Eine große Glasschüssel (rechteckig oder oval) mit einer Lage Löffelbiskuits auslegen
6. Mit etwas Kaffee und Kaffeelikör beträufeln, mit der Creme bestreichen
7. Nummer 6 mehrmals wiederholen
8. Zum Abschluss mit der Creme bestreichen und mit viel Kakaopulver bestäuben

Einige Stunden im Kühlschrank durchziehen lassen!

Käsetarte

500 g Speisequark
100 g Crème fraîche
3 Eier (getrennt)
1 P. Vanillezucker
2 Esslöffel Mehl (oder 1 Essl. Mehl/1 Essl. Maizena)
150 g Zucker
25 g Butter
Etwas Zitronensaft und Zesten einer Zitrone oder einer Orange
1 Teigboden pâte brisée, aus dem Kühlregal
(oder ein Mürbeteigboden)

Backofen auf 200 Grad vorheizen

1. Quark und Crème fraîche in einer Schüssel verrühren
2. In einer zweiten Schüssel Zucker, 3 Eigelbe und die zerkleinerte *kalte* Butter zu einem gelben Flan verrühren
3. Quark und Crème fraîche mit dem Flan vermischen, dazu die 2 Esslöffel Mehl/Maizena, Zitronen-/Orangensaft und die Zesten geben
4. Eiweiß steif schlagen und untermischen
5. Kuchenform (Tarteform mit höherem Rand) buttern, Teig einlegen und die Masse darüber geben

30 bis 45 Minuten im Ofen backen

Salziger Käsekuchen

Keksboden:
150 g TUC-Kekse
120 g Butter

Füllung:
350 g Mascarpone
350 g Magerquark
150 g geriebenen Käse
6 Eier (getrennt)
400 g saure Sahne
1 Biozitrone oder -orange
60 g Speisestärke
Salz, Pfeffer, Muskatnuss (gerieben)

Backofen auf 200 Grad vorheizen

Die Kekse in einen Gefrierbeutel geben und mit einem Nudelholz zerdrücken.

Butter schmelzen und mit den Keksbröseln verkneten. Eine Springform (26 cm Durchmesser) mit Backpapier auslegen und die Butterbrösel mit den Händen am Boden festdrücken. In den Kühlschrank stellen.

Mascarpone, Quark und Käse miteinander verrühren. Eigelbe und saure Sahne unterrühren. Die Schale der Zitrone oder Orange abreiben, Saft auspressen und mit der Speisestärke unter die Quarkmasse rühren. Salz, Pfeffer und Muskatnuss je nach Belieben dazugeben.

Eiweiß sehr steif schlagen und vorsichtig unterheben. Nun die Käsemasse auf dem Tortenboden verteilen und den Käsekuchen im vorgeheizten Backofen auf der unteren Schiene ca. eine Stunde backen. Nach ca. 40 Minuten mit Backpapier oder Silberfolie abdecken, damit der Kuchen nicht zu dunkel wird.

Nach der Backzeit im geöffneten Backofen noch ca. 15 Minuten ruhen lassen. Danach in der Form abkühlen lassen.

Die übrig gebliebenen Kuchenstücke lassen sich gut in einer verschlossenen Dose im Kühlschrank aufheben.

Gemüse-Eier-Pfanne

Man nehme nach Wunsch alle frischen Gemüse, die der Garten oder der Kühlschrank hergeben, wie:
Zucchini, Broccoli, Karotten, Rosenkohlröschen, Blumenkohlröschen, Tomaten
5 bis 6 Eier, getrennt
Lauch, Schnittlauch, Petersilie, Nüsse, Pfeffer, Salz
Butter
Ofen auf 200 Grad vorheizen

Alle Gemüse sollten nicht zu klein und nicht zu weich vorgekocht sein. Tomaten roh belassen und in Stücke schneiden.

1. Eier trennen und Eiweiß zu steifem Schnee schlagen
2. Eigelbe vorsichtig unterheben
3. Etwas Butter in die heiße Pfanne mit hohem Rand geben
4. Habe ich im Kühlschrank gekochte Nudeln oder Kartoffeln, so verteile ich eine Handvoll davon in die Pfanne und lasse alles mit der Butter auf der Herdplatte anbräunen.
5. Nun das Gemüse, die Tomaten und Gewürze in der Pfanne verteilen, Butter zugeben
6. Die Eiermasse darüber geben und einige Zeit in der Pfanne leicht anbraten
7. Nüsse und geriebenen Käse darüber streuen
8. Pfanne auf die oberste Schiene in den Ofen stellen und nach Wunsch bräunen lassen
9. Danach die Pfanne aus dem Ofen nehmen. VORSICHT: Griff ist heiß. Den Gemüsekuchen auf eine große Platte gleiten lassen.

Dazu reiche ich einen großen gemischten Salat und Baguette.

Frankreich wurde am 6. Dezember 2017 in seinen Grundfesten schwer erschüttert.

Johnny Hallyday starb mit 74 Jahren. Der Rockstar war im Laufe seiner Karriere bis heute zu einem nationalen Monument geworden. Ganz Frankreich trauerte und weinte. Den Höhepunkt bildete die Trauerfeier in Paris, die einem Staatsbegräbnis gleichkam. Vergleichbar auch mit dem Aufwand der am 14. Juli, dem Nationalfeiertag Frankreichs, stattfindenden Veranstaltungen.

Überall sangen die Menschen seine Lieder, seine Bandmitglieder spielten auf einer Open-Air-Bühne und auch in der Kirche.

Der amtierende Präsident, Emmanuel Macron, sowie seine beiden Vorgänger Sarkozy und Hollande nahmen an der dreistündigen Trauerfeier teil, wie wir im französischen Fernsehen verfolgen konnten. Der Trauerzug bewegte sich, begleitet von einem Konvoi von siebenhundert Bikern auf ihren schweren Maschinen, auf den Champs-Élysées entlang zur Kirche La Madeleine. Bis zu einer Million Menschen säumten die Straßen.

Viele Stars aus Film und Musik und seine Familie hielten teilweise ergreifende Reden.

Johnny Hallyday wurde am 15. Juni als Jean-Philippe Léo Smet in Paris geboren.

Beigesetzt wurde er auf seiner Urlaubsinsel St. Barth in der Karibik.

In jungen Jahren brachte er den Rock'n Roll nach Frankreich. Und während seiner siebenundfünfzigjährigen Karriere veröffentlichte er neunundsiebzig Alben. Seine Bühnenauftritte im Stade de France waren legendär, ebenso seine Shows im Parc de Prince im Jahr 1993 und am Tour d'Eiffel im Jahr 1998 nach dem Gewinn der Fußball-WM der Franzosen.

In Frankreich war er einfach als »Johnny« bekannt und beliebt, während er in der englischsprachigen Welt nahezu unbekannt war.

Die Erfahrung hatte mich gelehrt, immer zuerst das Positive einer Sache zu sehen, was mir, sehr zu meinem Leidwesen, jedoch nicht immer gelang.

Julies Manuskript enthielt so viel Spannung, dass man die Fortsetzung kaum erwarten konnte. Meine neue Freundin gab viel Privates aus ihrem Leben und dem ihrer Familie preis, sodass eine Veröffentlichung nicht zu aller Begeisterung beitragen würde, eher zu einem noch größeren Zerwürfnis.

Meine Fragen bezogen sich nun auf die Eltern, auf Julies Dolmetscherausbildung und die beiden Kinder. Ein ganz wichtiger Punkt würde Evelyn sein.

Wollte Julie dieses Manuskript tatsächlich irgendwann veröffentlichen, oder schrieb sie sich einfach nur ihre Gedanken von der Seele in Form eines Tagebuchs? Gern hätte ich sie zwecks Besprechung ihres Manuskripts zu mir nach Hause eingeladen, sie schien mir allerdings zurzeit überhaupt nicht abkömmlich zu sein. So befanden wir uns, zusammen mit Barney, wieder einmal in ihrem kleinen Büro.

Barney hatte sich schnell und gut eingelebt. Er lag nun zusammengerollt zu meinen Füßen und ließ sich von mir kraulen. Eine Wohltat für uns beide.

Nachdem wir uns alle bequem eingerichtet hatten, konnte ich nicht mehr warten: »Julie, zuerst einmal danke ich dir sehr für dein Vertrauen, dein Manuskript lesen zu dürfen. Es ist einfach super geschrieben. Meine Bedenken gehen allerdings in die private Richtung. Was würde deine Familie zu einer Veröffentlichung sagen, deine Eltern, deine Schwester und deine Kinder?«

Nachdenklich blickte sie mich an: »Weißt du, Gaby, im Grunde genommen habe ich mich noch überhaupt nicht entschieden. Ich musste mir einfach gewisse Dinge, mich stark bewegende Dinge von der Seele schreiben, ohne dass ich mir weitere Gedanken gemacht habe ... Und dann kamst du«, sagte sie, mich umarmend,

»hörst dir meine Probleme an und bringst meine Gedanken in ganz andere Richtungen. Zuerst dachte ich, ich sollte es überhaupt nicht veröffentlichen. Was meinst du dazu?«

Oje, ohne weiter darüber nachzudenken entgegnete ich: »Das wäre aber auch wieder schade, denn dein Schreibstil ist so genial, dass du dein Manuskript weiter ausbauen solltest ... Da kommt mir eine Idee, Julie, nimm doch deinen Text und ändere die Namen der Personen.« Meine Gedanken überschlugen sich. »Lass eine andere Person erzählen. Und du könntest auch unter Pseudonym schreiben. Sag, Julie, bin ich gut oder bin ich gut?« Ich lachte verlegen.

Verblüfft schaute sie mich an: »Ach, solche Alternativen habe ich noch gar nicht in Erwägung gezogen. Eigentlich eine tolle Idee.«

»Übrigens, deine Dolmetscherausbildung hast du einfallsreich zu verheimlichen gewusst, meine Liebe«, sagte ich und sah sie strafend an. Sie lachte.

Aber so leicht kam sie mir nicht davon, deshalb fuhr ich fort: »Ich will doch sehr hoffen, dass ihr auch Sprachkurse angeboten habt. Während du deine Kurse gibst, besetze ich gern dein verwaistes Büro.« Und komisch, wieso erahnte ich schon im Voraus ihre Antwort auf meine Frage?

»Na ja, ich fühle mich nicht mehr sicher genug.«

»Wie?«

Okay, das verstand ich ja noch irgendwie. »Aber Malkurse, die habt ihr ... hast du angeboten, oder?«

»Eigentlich auch noch nicht, nur den Yogakursus, der auch gut angenommen wurde.«

»Da ist ja kein einziger Kurs von dir dabei«, echauffierte ich mich. »Ach, Julie!«

Es war rein zum Verzweifeln, sie traute sich zu wenig zu. Und auf meine Frage nach ihren beiden Kindern erfuhr ich, dass ihr Sohn demnächst auf der Domäne heiraten möchte und ihre Tochter sich wenig bis gar nicht bei ihr melde. Und über allen hänge Evelyns Brief wie ein Damoklesschwert. Oft hatten Julie, Laurent und Robert zusammengesessen und viele Alternativen durchgespielt, ohne zu einem für alle befriedigenden Ergebnis zu kommen.

»Um noch einmal auf dein Manuskript zu sprechen zu kommen«, griff ich den Faden wieder auf, »in diesem Zusammenhang wollte ich dir noch von WICM erzählen, bei denen ich seit einigen Jahren Mitglied bin. Das ist dieser Internationale Club für Frauen im Mittelmeerraum: Women's International Club Méditerranée. Sehr interessant sind ihre zahlreichen Aktivitäten wie: Wohltätigkeitsarbeit, Bridge-Gruppe, Wandergruppe, Buchclub, Kreatives Schreiben, englische und französische Konversation und vieles mehr, wie gemeinsame Reiseveranstaltungen und Restaurantbesuche. Es ist ein reiner Frauenclub, bestehend aus Frauen aller Nationalitäten, zuvorkommend und äußerst hilfsbereit. Probleme werden besprochen und gelöst, Krankenbesuche und gegenseitige Unterstützung werden geleistet. Die Vielfalt der Angebote ist immens. So, und nun komme ich zum eigentlichen Punkt meiner Erzählung: Bei einem dieser wöchentlichen Treffen stellte eine in Frankreich lebende Engländerin ihr neues Buch vor und berichtete über dessen Entstehung.«

Ich machte eine Pause und hoffte auf Julies Interesse. Als dies jedoch ausblieb, fuhr ich fort:»Und sofort wusste ich, dass ich dir davon würde erzählen müssen. Ich will nur die interessantesten Details wiedergeben, um dich nicht zu langweilen. Also, pass auf, ihre Jugend verbrachte Barbara zusammen mit ihrer Schwester und den Eltern in Kenia. Später ging die eine der Schwestern nach Frankreich, die andere nach England. Ich weiß nicht mehr so recht, welche Schwester genau wohin ging, ist auch nebensächlich, denn eines Tages schrieb Barbara aus Frankreich ihrer Schwester: Wir haben unsere Mühle renoviert, was machen wir nun?

Die Antwort folgte prompt: Wir schreiben ein Buch.

Barbara fragte: Aber worüber?

Gib mir drei Wochen Zeit, und ich weiß es, schrieb ihre Schwester zurück.

Der darauffolgende rege Briefwechsel zwischen England und Frankreich füllte viele Seiten, und die Schwestern boten ihr Buch einem Verlag an. Dieser verlangte eine Reduzierung um 60.000 Wörter. Dies lehnten die Schwestern ab, suchten weiter und fanden einen Verlag, der sofort zusagte. Das Buch erschien in England unter dem Titel: My French Sister.«

Nun hatte ich sie! Ihre Aufmerksamkeit war geweckt.

»Hast du das Buch gelesen? Mich würde es auch interessieren.«

»Leider hatte ich es nirgends finden können, da ich auch nicht mehr den genauen Titel und den Verlag kannte. Mein verzweifeltes Suchen im Internet war ergebnislos geblieben. Dieser interessante Bericht, Julie, hatte mich darin bestätigt, dass meine Idee, mein nächstes Buch mit einer Partnerin zusammen zu schreiben, so verkehrt nicht sein konnte. Auf mein Angebot hin hatte ich leider nur Absagen bekommen, sei es aus Desinteresse oder Mangel an Ideen. Die eine interessierte sich nur für Horrorgeschichten oder Fantasy, eine andere nur für Kriminalromane oder erotische Geschichten, die zwar alle im Trend, mir jedoch überhaupt nicht liegen. Ich mag mich weder mit den negativen Seiten der Menschheit noch mit anderen befassen, davon gibt es doch schon hinreichend genug.«

Aufgeregt wartete ich auf Julies Reaktion. Hatte sie angebissen? Ich meinte ein gewisses Interesse bemerkt zu haben. Manchmal hatte sie zustimmend genickt oder auch den Kopf geschüttelt.

Schließlich sagte sie:»Gehen deine Gedanken etwa in die gleiche Richtung wie meine ...? Denkst du auch, dass wir einmal zusammen versuchen sollten, ein Buch zu schreiben?«

Ich strahlte sie an.

»Hm, einen kleinen Teil habe ich bereits, fehlen würde jedoch noch eine ganze Menge«, überlegte sie.

Sie hatte angebissen! Sie hatte angebissen! Ich frohlockte innerlich.

»Es wäre doch möglich«, antwortete ich vorsichtig, »den Anfang deines Manuskripts mit geänderten Namen und gemeinsam weiterzuschreiben. Ich bin begeistert! Du musst mir glauben, Julie, als ich dir die Geschichte der beiden Schwestern erzählte, hatte ich im Traum nicht an eine Zusammenarbeit von uns beiden gedacht. Umso freudiger überrascht bin ich jetzt.«

Die Vorfreude und Spannung ließen uns recht hibbelig werden. Wir würden den großen Rahmen besprechen, die handelnden Personen festlegen und uns die Texte zuschicken, entweder per Bleistift auf Papier oder per PC. Schleierhaft war uns beiden noch, wie genau das funktionieren sollte, aber wir wohnten nicht weit entfernt voneinander. Lustig und überaus interessant.

Julie grübelte und grübelte. Das gefiel mir, denn unser Thema war ja positiver Natur. Allerdings würde unser Vorhaben nicht einfach werden, so viel war mir schon klar und ihr auch, dachte ich.

»Wird bestimmt schwierig werden, Gaby. Vielleicht sind wir zu euphorisch, oder? Aber erzähl doch erst einmal von dir. Wann hast du eigentlich begonnen zu schreiben?«

»Ach, ich habe schon immer so vor mich hingeschrieben. Während der Schulzeit fing ich mit einem Tagebuch an. Daraus wurde mit der Zeit immer mehr.«

»Und was hast du so geschrieben?«

»Na, was man halt in der Pubertät erlebt. Nichts Weltbewegendes. Auf dem Gymnasium entdeckte ich dann meine Liebe zu den Werken des amerikanischen Schriftstellers John Steinbeck. Alles begann mit »Meine Reise mit Charly«. Darin beschreibt Steinbeck seine Reise durch die USA im Wohnmobil mit seinem Hund Charly. Steinbeck wurde später auch mein Wahlautor für die Prüfung an der Uni.«

»Wie das? Du hattest einen englischsprachigen Schriftsteller ...?«, unterbrach sie mich.

»Ja, ich hatte Englisch als Studienfach gewählt.«

»Ach!«

»In den Achtzigerjahren führte ich dann ein Reisetagebuch, bei unseren Reisen im eigenen Wohnmobil ...«

»Und immer nach Frankreich?«

»Die großen Touren immer durch Frankreich, aber auch Fahrten innerhalb Deutschlands, den Benelux-Ländern, Dänemark, Schweiz und Italien.«

»Über Frankreich hast du einen Artikel für eine Zeitschrift verfasst, hörte ich, ich weiß nur nicht mehr, von wem.«

Vor Überraschung bekam ich erst einmal keinen Ton heraus. Perplex sagte ich schließlich: »Das würde ich aber auch liebend gern erfahren, wer dir das erzählt hat, denn das ist schon so lange her! Dieser Artikel erschien zusammen mit meinen Fotos in einer Wohnmobil-Zeitschrift. Die Fotos waren super gelungen mit weißen Pferden aus der Camargue und einer Ansicht von Aigues-Mortes.«

»Tut mir echt leid, keine Ahnung, wer mir das erzählt hat.«

»Ist ja auch egal. Auf diesen Reisen begegneten wir interessanten Leuten, denn Wohnmobilisten parken meistens nicht weit voneinander entfernt. Einmal während der Osterferien trafen wir am Strand von Grande-Motte einen Schriftsteller mit Wohnmobil, der sein Manuskript dort auf einer Schreibmaschine tippte. Während unserer Unterhaltung erzählte er, dass sein Buch unter dem Mädchennamen seiner Großmutter erscheine. Das fand ich damals vor fast vierzig Jahren höchst spannend und bewunderte ihn ob seiner Möglichkeiten. Dummerweise vergaß ich, mich nach seinem oder Großmutters Namen zu erkundigen.«

»Wenn ich es recht überlege, Gaby, dann läuft das Schreiben wie ein roter Faden durch dein Leben, oder?«

»Von dieser Warte aus habe ich mein Leben noch nie betrachtet«, sagte ich verblüfft. »Aber eigentlich hast du recht.«

»Nun sag schon, wann hast du so richtig mit dem Schreiben begonnen?«

»Weißt du, Julie, da muss ich weit in die Vergangenheit zurückgehen. Nach all diesen Erfahrungen begann ich ernsthaft in Erwägung zu ziehen, ein Buch anhand meiner Fahrtenbücher zu schreiben. Dieses Manuskript lag dann über dreißig Jahre im Schreibtisch, ich unterrichtete ja damals noch, bis die Notizen die Basis für mein erstes Buch bildeten, das im Jahr 2009 erschien unter dem Titel »Allez, on y va! Mein langer Weg nach Südfrankreich«.

In den Achtzigerjahren fuhren wir eine Tour von 5000 Kilometern im gemieteten Wohnmobil an Frankreichs Umrissen, dem Hexagon, entlang.

Zuerst ging es nach Paris, dann weiter zum Versailler Schloss mit exklusiver Übernachtung auf dem großen Parkplatz davor, direkt unter dem Schutz des Sonnenkönigs Ludwig XIV.«

»War das denn erlaubt?«, unterbrach mich Julie. »Heute sind doch überall Schranken mit Verbotsschildern angebracht.«

»Damals ging das noch. Der Parkplatz war auch für Busse freigegeben, und abends sammelten sich unzählige Wohnmobile dort. Polizisten wanderten kontrollierend und freundlich grüßend vorbei. Wir empfanden diese Zeit als eine überaus freiheitliche und friedliche. Wenige Jahre später wurden, für uns nachvollziehbar, überall diese Schranken angebracht, da viele Besitzer der Wohnmobile ihre Übernachtungsplätze oft in totaler Unsauberkeit verließen. Schade eigentlich!

Für echte Mobilisten ist es eine Selbstverständlichkeit und Ehrensache, seinen Stellplatz sauber zu hinterlassen. Außerdem, mit dem Wohnmobil zu reisen, ist eine eigene Weltanschauung, die ein gewöhnlicher Wohnwagencamper wohl nie begreifen wird und von manchen Ignoranten nicht differenziert gesehen wird.

Am Morgen fuhren wir weiter über Rouen nach Dieppe an der Kanalküste entlang nach Le Havre. Da unser nächstes Etappenziel Caen sein sollte, überquerten wir bei Honfleur die Seinemündung und kamen über Deauville nach Caen. Nach Cherbourg nahe dem Cap de la Hague erreichten wir den Mont-Saint-Michel. Diese imposante, im Meer gelegene Felsinselburg aus dem 8. Jahrhundert wurde als Benediktinerabtei gegründet. Die heutigen zu besichtigenden Bauten stammen aus dem II.–13. Jahrhundert. Gemeinsam mit anderen Touristen schlossen wir uns dem Gedränge an, bestaunten die Abtei mit ihrem 87 Meter hohen Glockenturm und die Statue des heiligen Michael.«

Schon seit einiger Zeit bemerkte ich, dass Julies Augen auf ihre an der Wand angebrachte Landkarte von Frankreich gerichtet waren und dort mit meinen Ausführungen entlangwanderten. Davon ließ ich mich jedoch nicht beirren und fuhr fort: »Weiter ging es zur Côte d'Emeraude, der Smaragdküste, deren Hauptstadt Saint-Malo ist, die du, Julie, auf der Karte findest«, sagte ich lachend. »Von der Wallmauer aus hatten wir einen beeindruckenden Blick auf das alte Seeräubernest, dessen …«

»Gaby, darf ich dich mal kurz unterbrechen? Wenn ich diesen Verlauf eurer Reise so mitverfolge, frage ich mich doch, wie groß euer Zeitraum bemessen war.«

»Dies war unser längster Urlaub, den wir bisher und auch später gemacht haben, vier Wochen während der Sommerferien. Man kann sich kaum vorstellen, was man während dieser Zeit alles entdecken kann.«

»Das glaube ich dir gern. Mit dem PKW stelle ich mir solch eine Tour wesentlich schwieriger vor. Die abendliche Hotelsuche zum

Beispiel oder eine Planung im Voraus. Nein, das wäre nichts für mich. Wie alt war denn eure Tochter damals?«

»Sabine war etwa zwölf Jahre alt und unser Zwergschnauzer fünf.«

»Ach, ihr hattet auch einen Hund?«

»Ja, weißt du, mit Kind und Hund war das Wohnmobil äußerst ideal, und durch diese erste lange Tour hatte es auch seine Kompatibilität bewiesen, und wir erstanden daraufhin ein gebrauchtes eigenes.«

»Sag bloß, ihr besitzt das heute noch!«

»Leider nicht! Als das Kind erwachsen und der kleine Hund über den Regenbogen gegangen war, verkauften wir schweren Herzens unser Wohnmobil. Und stell dir vor, offensichtlich hatte unsere Tochter diese Zeit so sehr genossen, dass sie in späterer Zeit auch für sich ein gebrauchtes Wohnmobil erwarb, das sie heute exzessiv nutzt. Dieses Wohnmobil hat inzwischen seine dreißig Jahre überschritten und ist nach umfassender Renovierung mit H-Kennzeichen als historischer Oldtimer anerkannt.«

In Erinnerung an eine herrliche Zeit hing ich meinen Gedanken an die Vergangenheit nach. Sehnsüchtig vermisste ich das süße, am Strand nach Muscheln suchende Kind und den kleinen, mutigen Reisebegleiter, unseren schwarzhaarigen Zwergschnauzer. Julie hatte wohl meine aufsteigende Rührung mitbekommen, und schnell wischte ich eine kleine Träne beiseite.

»Du siehst, wenn man älter wird, dann holt einen die Vergangenheit in Form von emotionalen Erinnerungen ein«, sagte ich, mir die Nase putzend.

Julie ließ mir etwas Zeit, mich zu sammeln und zurückzufinden in die Gegenwart. Dann fragte sie: »Und wie seid ihr dann weitergefahren? Von dort nach Brest?«

»Nein, runter nach Nantes, der bedeutenden Industrie- und Hafenstadt, an der Loire gelegen, wo diese sich zur Mündung ins

Meer ausbreitet. Nach La Rochelle, und jetzt pass auf, Julie, nach La Rochelle erreichten wir den kleinen, auf einer Landzunge gelegenen Ort Fouras. Damals, Julie, bei Fouras, entdeckte ich eine alte Villa, von einer hohen verwitterten Steinmauer umgeben. Schon damals stand ich, den morbiden Charme des mir unbekannten Anwesens erahnend und mir irgendeinen Unsinn zusammenträumend, hinter der Mauer.« Ich legte eine Pause ein und fuhr eindringlich fort: »Kannst du jetzt meine Begeisterung für eure Domäne nachvollziehen? Ich fühle mich nicht außerhalb der Mauer stehend, sondern habe die Erlaubnis, dahinter zu blicken.«

»Dann freut es mich sehr, dir einen lang gehegten Wunsch erfüllen zu können«, meinte sie lachend.

»Ja, bereits erfüllt gehabt zu haben!«

Intuitiv erhob ich mich von meinem Sessel, ging auf Julie zu, da kam sie mir auch schon entgegen, und wir umarmten uns herzlich. Ja, dachte ich, wir zwei, irgendwie hatten wir uns gesucht und gefunden. Eine starke, emotionale Verbindung!

»Komisch, Gaby, wir verschwendeten niemals einen Gedanken an ein Wohnmobil oder einen Campingurlaub.«

»Ha, meine Liebe, ihr habt euch ja auch ganz andere Prioritäten gesetzt. Oder, besser gesagt, du hast sie gesetzt«, fügte ich hinzu. »Ich glaube, ich hätte auch liebend gern eine Domäne dem Wohnmobil vorgezogen. Diese Alternativen stellten sich uns schon aus finanziellen Gründen überhaupt nicht, und außerdem waren wir noch berufstätig. In jenen Sommerferien wollten wir Frankreich erkunden, und diese Ungebundenheit im Wohnmobil schafft ungeahnte Möglichkeiten. Man hält sich an einem Ort so lange auf wie erforderlich, dann geht es weiter.«

»Bitte erzähle weiter, dann nehme ich teil an eurer Tour.«

Ich freute mich sehr über Julies Interesse und erzählte weiter: »Bei Bordeaux, einer sehr lebhaften Hafenstadt, überquerten wir die Gironde auf einer völlig überfüllten Flussfähre und wähnten uns angesichts der Breite des Flusses auf dem Meer, dann ...«

»Ab Toulouse ging eure Fahrt am Canal du Midi entlang nach Carcassonne«, führte sie meinen Bericht weiter.

Überrascht blickte ich sie an, worauf sie lachend den weiteren Verlauf unserer Reise bis zum Mittelmeer deklamierte. Über meinem Kopf musste ein riesiges Fragezeichen erschienen sein, bis es bei mir klickte. »Du hast mein Buch gelesen!«

»Absolut! Ich habe es zum wiederholten Male gelesen und bin auf der Landkarte, mithilfe meines Fingers, die Strecke abgefahren. Ein landschaftlicher Genuss.«

»Das freut mich sehr, Julie. Konntest du auch meine Angst auf der »Grande Corniche« nachfühlen?«

»Ja, konnte ich! Die Grande Corniche, die Napoleon I. in die Berge zwischen Nizza und Menton hat schlagen lassen, windet sich in 30 Kilometer Länge und in 500 Meter Höhe über dem Meeresspiegel entlang«, protokollierte Julie weiter.

Diese spektakuläre Küstenstraße schlängelt sich an steil abfallenden Klippen vorbei, an denen so manches Fahrzeug hing, ohne geborgen werden zu können. Während man oberhalb des Fürstentums Monaco entlangfährt, erhascht man einen traumhaften Blick auf im Hafen ankernde, prächtige weiße Luxusyachten.

»Drei Panoramarouten verbinden Nizza mit Menton. Eine Corniche ist eine kurvenreiche Küstenstraße an einem felsigen Steilhang.« Julie hielt kurz inne. »Sag mal, stürzte dort nicht auch Gracia Patricia in den Tod?«

»Ja, in späteren Jahren kamen wir an dieser unheilvollen Stelle vorbei. Schrecklich! Diese Straßen sind aber auch äußerst gefährlich.«

»Es gibt die untere, die »Petite Corniche«, die mittlere, die »Moyenne Corniche«, und ihr seid die obere, die »Grande Corniche« gefahren, wie du so treffend schreibst.«

»Das hast du schön beschrieben, Julie. Aber du hast mir damit noch immer keine zufriedenstellende Antwort auf meine Frage gegeben. Hast du meine Angst gefühlt?«

»Ja, ich habe mit dir gelitten und mich zum wiederholten Mal gefragt, weshalb Ditmar ausgerechnet diese Grande Corniche auswählte.«

»Ich weiß es bis heute nicht«, antwortete ich. »Halt, doch! Er meinte, diese Straße müsse man einmal befahren haben.«

Julie schüttelte heftig den Kopf: »Männer müssen sich halt immer etwas beweisen.«

»Ja, so sehe ich das auch. Aber irgendwie muss ich ihm recht geben. Jedoch befand sich sein Platz auf der Straßeninnenseite und meiner dicht am Abgrund. Angstvoll starrte ich auf die Straße vor mir, ohne die herrlichen Ausblicke genießen zu können.«

Trotz allem war es eine wunderschöne Zeit gewesen. Und hatte ich diese Momente vollends ausgekostet? Diese Zeit ist unverrückbar vorbei, kommt nie mehr zurück. Und nichts ist mehr genau so zurückzuholen, nie mehr. Oje, wo war ich jetzt hingeraten? Während ich in alten Zeiten wühlte und emotional wurde, hatte Julie ein Telefonat geführt, das nun glücklicherweise beendet war und mich aus meinen Erinnerungen herausholte.

Abwartend schaute ich sie an, die wiederum mich kopfschüttelnd anblickte. Was gab es denn nun schon wieder?

»Stell dir vor, da kam eine Anfrage nach einer Möglichkeit, eine Geburtstagsfeier mit circa fünfzig Personen hier auf der Domäne zu veranstalten. Wie kommen die Leute bloß darauf?«

Elektrisiert sprang ich auf und rief: »Das wäre doch super! Was hast du geantwortet? Nur keine Absage! Julie, hoffentlich hast du gesagt, du müsstest erst deinen Terminkalender inspizieren.«

»Ja, so was in der Art schon.«

»Das hast du prima gemacht. Niemals sofort absagen, das kommt nicht gut an. Gemeinsame Überlegungen anstellen, vielleicht ergibt sich eine Möglichkeit zur Bestätigung.«

Auf diese Art und Weise verliefen meine Treffen mit Julie. Schon zu Beginn unserer Freundschaft hatte sie mich vorgewarnt. Diese spannenden Unterbrechungen sah ich nicht als Störung an, im Gegenteil, sie stellten ständig neue Perspektiven dar. Gern hätte ich diese Anfrage weiter mit Julie ausgebaut, aber mir war auch klar, dass sie dies mit Laurent besprechen musste. Und so wunderte ich mich, als sie zurück zu unserem begonnenen Gespräch wollte.

»Julie, du willst doch sicherlich jetzt sofort mit Laurent diesen tollen Auftrag besprechen. Ich kann jederzeit fahren; du weißt, du kannst es mir immer sagen.«

Sie überlegte kurz: »Eigentlich würde ich sofort mit ihnen sprechen, jedoch die beiden sind anderweitig beschäftigt. Folglich muss ich bis zum Mittag warten. Aber interessant wäre es schon ... Was meinst du?«

»Na, meine Meinung kennst du. Ich bin begeistert! Und von welchen beiden sprichst du? Gehe ich recht in der Annahme, wenn du Laurent und Robert meinst?«

»Genau die beiden. Aber komm, Gaby, lassen wir dieses Thema jetzt ruhen und besprechen es später. Sicherlich werden wir auch deine Meinung und Hilfe dazu einholen. Also, ihr hattet ein Wohnmobil. Wie viele Jahre habt ihr es besessen, und verlief diese Zeit problemlos?«

»Da muss ich nicht lange überlegen, denn während all dieser Fahrten führte ich ja diese Reisetagebücher, und dies über mehr als zehn Jahre. Du fragst, problemlos? Na ja, es passierten keine wirklich schlimmen Dinge, nur einmal wanderte eine Ameisenstraße während unserer Abwesenheit an den Rädern hinauf ins Wohnmobil. Alle Lebensmittel mussten entsorgt werden, denn die Tierchen krabbelten in allen Tüten herum. Und einmal, während eines starken Sturms, das war aber meine Unvorsichtigkeit, da wurde mir die Fahrertür aus der Hand gerissen. Die Tür schlug nach vorn um, verschob die Scharniere, sodass die Tür in den Angeln hing und nicht mehr zu bewegen war.«

»Oje!«

»So, Fahrertür! Gemietetes Wohnmobil. Die Kaution von damals 500 DM futsch! Du kannst dir denken, wie uns zumute war. Wir befanden uns in der Nähe von Toulon, Saint-Mandrier-sur-Mer, La Seyne-sur-Mer. Der Wind heulte und pfiff und rüttelte, kleinere Boote flogen durch die Gegend, der Dampfer aus Toulon hatte seine Fahrten eingestellt, Chaos pur. Du kennst ja auch die Stürme im Süden und direkt am Meer.

Schweißüberströmt klopfte und bog und hämmerte Ditmar draußen im Sturm an der Tür. Es knackte und krachte. Im Hintergrund des Wagens schluchzte Sabine vor sich hin, und ich hatte ein schlechtes Gewissen bei der Vorstellung, mit offener Fahrertür nach Hause fahren zu müssen. Schließlich gelang Ditmar in mühevoller Arbeit und mithilfe seiner mitgeführten Werkzeuge eine vollendete Reparatur. Ich kann dir sagen, Julie, uns war ein Stein vom Herzen gefallen. Eine Lehre nahmen wir davon mit, nicht mehr direkt am Meer, sondern windgeschützt zu parken.«

»Das war noch mal gut gegangen. Ein Glück, dass Ditmar die Tür reparieren konnte.«

»Aber, Julie, glaube mir, er war ganz schön sauer und hat vor sich hin geschimpft. Und weißt du, was schön ist am Wohnmobilfahren? Man kann von dem Sturm wegfahren. Wir fuhren so lange nach Westen, bis wir in ruhigere Zonen kamen. Und das war direkt an der Stadtmauer von Aigues-Mortes. Dort übernachteten wir völlig geräuschfrei.«

»Nein!«

»Doch, und ganz selbstverständlich neben vielen anderen Wohnmobilen. Fotos davon wurden später in der Wohnmobil-Zeitschrift abgedruckt.«

»Schade eigentlich, diese Freiheit gibt es heute nicht mehr«, stellte Julie fest.

»Schon seit Ende der Achtzigerjahre nicht mehr.«

Leider war auch diese Zeit unwiederbringlich vorbei.

»Hm, und das alles hast du aufgeschrieben, Gaby.« Ihre Augen wanderten umher und blieben schließlich bei mir hängen. »Wenn ich dir so zuhöre, überfällt mich auch die Lust aufs Schreiben.«

Wir kamen der Sache immer näher: »Deine Erfahrungen im Zusammenhang mit der Domäne bieten so viel Potenzial, Dinge, die nur du erlebt hast. Und deine Sicht dieser Dinge wiederzugeben, interessiert auch andere, die sich in der ähnlichen Lage befinden. Ich werde immer hellhörig, wenn ich etwas von schreibenden Frauen höre. Eine englische Schauspielerin schrieb zum Beispiel mehrere Bände über ihre Olivenfarm an der Côte d'Azur.

Ein anderes fantastisches Buch ist »Wild Garlic« von Peggy Tolleson, die darin über ihr Leben und ihre herrliche Farm bei Montpellier schreibt. Angereichert ist ihr Werk mit ihren eigenen Rezepten, Fotos, Zeichnungen und Aquarellen. So ähnlich könnte ich mir ein Buch von dir vorstellen, Julie, mit Fotos aus dem Garten und deiner Gemälde.«

»Wahnsinn! Was für ein Projekt!«

Wahnsinn, sie hatte meinen Wortschatz aufgegriffen! Nach dieser Äußerung konnte ich Julie direkt die Begeisterung ansehen.

»Du kommst ständig mit neuen Ideen, Gaby, und steckst mich damit an. Nennt man das nicht infizieren?« Sie lachte.

»Tja, mein Kopf produziert ständig neue Ideen, die jedoch leider oftmals nicht in die Tat umgesetzt werden können. Das ist sehr frustrierend, glaube mir. Aber falls ich dir damit auf die Nerven gehe, musst du es mir sofort mitteilen, ich bin dir bestimmt nicht böse deswegen.«

»Nein, nein! So darfst du das nicht sehen!«, rief sie aus. »Durch dich bekomme ich so viele Sichtweisen zu verstehen, dass mir oftmals leicht schwindelig wird, nur ganz leicht, verstehst du? Aber ich freue mich riesig, nur weiter so! Mir ist nur noch unklar, wie es wirklich ist, ernsthaft ein Buch zu schreiben und dann auch zu veröffentlichen.«

»Ach, Julie, dein Kopf ist übervoll, du willst nur noch schreiben, denkst an nichts anderes mehr, möchtest jeden deiner Gedankengänge sofort festhalten. Diese Gedanken, sie kommen am Tag und vermehrt während der Nacht. Bei mir ist es jedenfalls so.

Da fällt mir ein Beitrag aus dem Fernsehen ein: Eine bekannte Schriftstellerin berichtete von ihren Anfängen. Wenn man am Schreiben sei, dann wolle man nur noch schreiben, kein Telefon, keine Haustürklingel hören. Nichts hören und nichts sehen, sagte sie. Man sehe sehr wohl den Staub im Haus, das Unkraut im Garten und die Familie auf die Mahlzeiten warten. Bliebe man da nicht hart, so habe man schon verloren und große Probleme, zurück zur Thematik zu finden. Freunde fühlten sich versetzt, da man keine Einladungen gab oder annehmen wollte. Sie sagte, sie sei jenen geschätzten alten Freunden dankbar, die Verständnis dafür hatten, dass ihre Arbeit oft lange Perioden ungeselliger Klausur mit sich bringe.«

»Wobei wir wieder einmal beim Thema Freunde wären«, sinnierte Julie. »Wirklich gute müssten das doch verstehen. Kannst du dich noch an den Namen der Schriftstellerin erinnern?« Bedauernd schüttelte ich den Kopf. »Schade, dass du all diese wichtigen Sachen vergisst.«

»Ich müsste mir alles sofort aufschreiben, ich weiß. Immer wieder grüble ich darüber nach, der Name will mir einfach nicht einfallen. Ist auch egal, jedenfalls meinte sie noch, einige wenige Freunde hätten sie damals in ihrem Vorhaben bestärkt, und das habe sich sehr positiv auf ihre Psyche ausgewirkt. Da musste ich ihr zustimmen.

So, und nun kommt's! Dann berichtete sie von dem Tag, an dem ihr erstes Buch wie eine Bombe einschlug. Kritiker überschlugen sich vor Begeisterung, sie wurde zu Interviews eingeladen, und plötzlich standen auch wieder ehemalige Freunde vor ihrer Tür.«

»Siehst du, Gaby!«

»Und auf die Frage der Moderatorin, wie sie damit umgegangen sei, meinte die Schriftstellerin, sie habe gelernt zu differenzieren. Mehr wolle sie zu diesem Thema nicht sagen. So, Julie, und nun höre, diese Frau schreibt ihre Texte per Stift und Papier vor und ihre Sekretärin tippt diese dann ins Reine.«

Verwundert schlug Julie die Hände über dem Kopf zusammen: »Nein, hör auf! So also geht das! Ich frage mich oft, wie manche Schriftsteller mehrere Bücher in einem Jahr herausgeben können. Schon für ein einziges Buch benötigt man Recherchezeit, und ich kann nicht schnell tippen. Du etwa?«

Lachend sagte ich: »Nein, überhaupt nicht. Also, wenn du so bekannt bist, stellt dir dein Verlag, sofern du einen hast, die benötigten Mittel zur Verfügung, auch finanzieller Art, denke ich.«

»Oh, wir armen Schweine«, jammerte Julie, »warum kommen wir nur auf solche Ideen? Zuerst einmal wird es für uns fast unmöglich sein, die erforderliche Zeit zu finden. Zweitens sind wir Amateure und keine Profis. Die Kritiker werden unser Buch in der Luft zerreißen.«

Dem hatte ich nichts entgegenzusetzen, so sehr ich es mir und ihr auch wünschte.

Und plötzlich überraschte sie mich: »Weißt du, die Kritiker können uns auf dem Mond besuchen! Wir wollen uns weder mit Goethe, Schiller noch mit Hermann Hesse messen. Wem unser Buch nicht gefällt, der muss es ja nicht erwerben, oder?«

Hey, so kannte ich Julie gar nicht, so selbstsicher und kampfbereit. Hatte sie auf diese Weise für die Domäne gekämpft? Besser so als anders, dachte ich und lachte erleichtert.

»So sehe ich das mittlerweile auch. Bei meinem ersten Buch meinten einige sogenannte Kritiker, sich das Recht herausnehmen und sich über den Preis und anderes beschweren zu müssen. Deshalb habe ich mir bei dem nun Folgenden Name und Verlag aufgeschrieben:

Felicitas von Lovenberg, Verlegerin Piper Verlag und ehemalige Literaturkritikerin sagte: »Es kann unterhaltsam sein, 150 Zeilen Verriss zu lesen. Für mich ist das menschenverachtend. Damit zerstört man jahrelange Arbeit und zeigt keinerlei Respekt dem Autor gegenüber.« (Aus: Brigitte Wir, Nr. 5, 2017)

»Höchst interessant. Frau Lovenberg hat es auf den Punkt gebracht. Gut, dass du dir diesmal alles genau aufgeschrieben hast.«

»Na ja, ich habe mir den Artikel aus der Zeitschrift ausgeschnitten. Und auch ich muss mein Buch beim Verlag bezahlen, sofern ich es bestelle.«

»Ach, das wusste ich nicht, ich dachte ...«

»Auch die Werbung fällt in meinen Bereich, oder ich zahle dafür.«

»Dachtest du nicht auch zu Anfang, dein Buch schlage ein wie eine Bombe?«

»Ja, schon, so denkt fast jeder, glaube ich. Aber mir war von vornherein klar, dass ich nicht bekannt war und keine große Werbung veranstalten konnte.«

Julies anfängliche Begeisterung machte einer Demoralisierung Platz. Niedergeschlagen stützte sie ihren Kopf in die Hände: »Und es gibt für uns gar keine Alternative?«

»Doch, natürlich. Falls du Bekannte in einem Verlag hast, die dein Buch so richtig herausbringen würden, weißt du, wie bei den beiden Schwestern. Dann, ja dann ...«

Da horchte sie auf: »Lass mich mal überlegen. Wir hatten einmal Mieter, die beruflich mit Schreiben oder mit Büchern zu tun hatten. Waren es Journalisten? Keine Ahnung.«

Hoffnungsfroh sprang sie auf und kramte bereits in ihrem Adressenverzeichnis: »Ihre Adresse muss hier noch irgendwo sein, die suche ich nachher heraus. Vielleicht kann es ein kleiner Hoffnungsschimmer sein. Aber sag einmal, Gaby, hast du wirklich vor, dein nächstes Buch zweisprachig zu veröffentlichen? Hast du auch bedacht, dass jeder Käufer oder jede Käuferin für beide Sprachen zu zahlen hat, auch für den Teil, den er gar nicht haben möchte oder nicht verstehen kann?«

Oh nein, warum hörte sie nicht auf und bohrte immer tiefer in dieser Wunde?

Schnell nahm ich sie in Schutz, sie konnte ja nicht wissen, dass sie mir aus dem Herzen sprach, ich es jedoch tief dort vergraben hatte. Auch wenn es noch so weh tat, die eigenen unschönen Gedanken von einem anderen ausgesprochen hören zu müssen, konnte ich ihr nicht übelnehmen und ihr auch nicht den Mund verbieten.

»Gaby, bist du wirklich überzeugt davon, dass dein Buch auf diese Weise viele Käufer finden wird, sodass wenigstens deine Auslagen wieder hereinkommen? Du musst doch alles selbst bezahlen und bekommst höchstens ein Sechstel des eigentlichen Preises für jedes verkaufte Buch.«

Ich blieb weiterhin still, als sie auch schon fortfuhr: »Meine Liebe, ich will dir keine Vorhaltungen machen. Ich sehe schon, dass dir meine Fragen nicht gefallen, aber wie viel kostet dich effektiv die Herstellung deines Buches? Du bezahlst sowohl die deutsche Lektorin als auch die französische. Dazu kommen die Kosten des Verlags. Bis dahin hast du nur bezahlt, bezahlt, bezahlt.«

Kleinlaut gab ich ihr recht: »Ich weiß das alles, und das Wissen macht es für mich auch nicht leichter. Zuerst war da die Idee, ein Traum. Dann kam das Schreiben. Und erst danach kamen die unheilvollen Gedanken: Was wäre, wenn ...? Mein Buch müsste einer breiteren Öffentlichkeit zugänglich gemacht werden können. Das kann ich jedoch nicht selbst. Sicher, es ist im Internet zu finden, aber in den Buchläden ist es nicht vorrätig ... Ach, Julie, ich fahre jetzt nach Hause. Diskutieren wir ein anderes Mal, ja?«

Schuldbewusst sah sie mich an: »Oje, Gaby, tut mir echt leid! Aber ich glaube, dass auch dieses Thema einmal angeschnitten werden musste. Auch Laurent und Robert sind meiner Meinung, und du weißt, wir meinen es nur gut mit dir.«

Dieses Mal war ich den Tränen nahe: »Ach, ihr habt darüber gesprochen!«

»Robert weiß von meinem Manuskript und dass ich es dir zum Lesen gegeben habe, und so kam unweigerlich das Gespräch auch auf dein Buch. Bitte, es war nicht wertend gemeint, nur hilfsbereit.«

»Das weiß ich doch, Julie«, beruhigte ich sie. »Ich danke euch auch dafür, nur, die eigenen geheimen Gedanken von anderen ausgesprochen zu hören, hat mich einfach umgehauen. Ist aber schon okay. Zuerst werde ich in deutscher Sprache schreiben, und falls ein Segen vom Himmel fällt, dann werden wir weitersehen.«

Fest umarmten wir uns, und mit diesen etwas traurigen Gedanken im Hinterkopf fuhr ich nach Hause und dachte an einen Spruch von »Jean de la Fontaine«:

»Mit den Flügeln der Zeit fliegt die Traurigkeit davon.«

On verra!

Endlich war die Dürre vorbei, und der Regen hatte neues Wachstum gebracht. Anfang Oktober, an einem milden Morgen, starteten etwa fünfzehn Personen, darunter zwei Kinder, und Barney zum »Cirque de Mourèze«.

Der Cirque de Mourèze ist ein karstiger Talkessel, der früher vom Meer bedeckt war. Wasser, Wind und Erosion haben das circa 250 bis 535 Meter hoch gelegene Dolomite-Kalkstein »Chaos de Roches«, das Felsenchaos, geschaffen. Im Herbst erblüht der Talkessel in den kräftigen Farben der Garrigue. Bunte Wildkräuter und die Heide blühen um die Wette, überragt von beeindruckenden bizarren Felsformationen. Um diese faszinierende prähistorische Sehenswürdigkeit entdecken zu können, gibt es drei ausgeschilderte Rundwege mit unterschiedlichen Schwierigkeitsgraden von jeweils drei bis vier Kilometern Länge.

Zweimal zuvor wanderte ich mit großer Begeisterung durch dieses Gebiet, sowohl im schweißtreibenden August mit Trixi und Rolf als auch im blühenden Oktober mit Sabine und Malik. Man steigt über Stock und über Stein, hoch und runter und manchmal kletternd unter Zuhilfenahme beider Hände. Falls ein Schlaumeier meint, seine beiden Nordic-Walking-Stöcke mitnehmen zu wollen, so ist er auf der falschen Fährte. Denn diese Stöcke erweisen sich hier als ein lästiges Mitbringsel. Du bekommst sie sehr bald flehentlich großzügig angeboten, lehnst sie jedoch dankend ab. Die Dinger sind lästig, ständig im Weg und äußerst hinderlich auf diesen Steigungen.

An diesem Tag hatten wir den einfachen Schwierigkeitsgrad gewählt, um niemanden zu überfordern, und waren danach alle froh, wieder ebenen Boden unter den Füßen zu haben.

Von hier fuhren wir nach »Celles«, einem aufgegebenen Ort am Ufer des »Lac du Salagou«, und gönnten uns zuerst einmal unser wohlverdientes Picknick.

Der See ist ein beliebtes Touristenziel. Die Landschaft um den

See herum ist stark durch die geologischen Verhältnisse geprägt, die eine sehr charakteristische Atmosphäre schaffen. Auffällig sind die tiefroten Farben der dort abgelagerten Sedimente.

Geplant war der See als Wasserreservoir zur Bewässerung von Obstplantagen und Weinfeldern. Nachdem sich herausgestellt hatte, dass diese zu weit entfernt lagen, wurde das Bewässerungsprojekt aufgegeben, sodass der See nun fast ausschließlich dem Tourismus dient.

Im Jahr 1964 wurde das Stauwerk errichtet und der See 1969 aufgestaut. Durch starke Unwetter war der Wasserzufluss so groß, dass das Staubecken innerhalb weniger Monate gefüllt war und in der Nähe liegende kleinere Ortschaften aufgegeben werden mussten. So auch der Weiler Celles, wo wir unser Picknick mit den mitgebrachten Köstlichkeiten veranstalteten.

Vom Meer her zogen Bodennebel über das Land, und so begann der Monat November mit einer extrem hohen Luftfeuchtigkeit. Die Sonne strengte sich an, den Nebel aufzulösen und uns wieder einen erneut warmen Tag zu bescheren.

Am frühen Morgen gingen Robert und Laurent und später auch Céline hinaus in die Weinfelder und fingen an mit dem Beschneiden der Triebe. Eine harte Arbeit, wie ich feststellen sollte. Und zur Traubenlese im folgenden Jahr hatte ich mich nichtsahnend angemeldet. Na, ich würde es guten Willens versuchen.

Hoffnungsvoll erwarteten nun alle auf der Domäne eine reiche Ernte für das kommende Jahr. Mithilfe eines benachbarten Winzers hatten Robert und Laurent erfahren, dass die Rebsorte »Syrah« auf einem Großteil der zur Domäne gehörenden Felder wuchs.

Die »Syrah«-Traube ist eine edle Rotweintraube, die eine hohe

Bedeutung erlangt hat und sehr begehrt ist in der Wein Welt. Sie ist bestens geeignet für die beliebten Rosé-Sommerweine und begeistert durch ihren angenehmen fruchtigen Geschmack und einen großartigen Farbton.

Der Rebstock weist ein aufrechtes Wachstum auf, die Augen treiben spät aus und die Beeren sind klein und mit dünner Beerenhaut versehen. Während der Reifezeit wird man für einen guten Ertrag zum Himmel beten müssen: Zu wenig Sonne ist genauso schlecht wie zu viel Sonne. Die Sorte wird spät reif und benötigt karge Böden. Ist der Boden zu fruchtbar, ist der Ertrag zu hoch und von minderer Qualität.

Oje, Wein zu produzieren ist keine einfache Angelegenheit, stellte ich fest. Dazu kommen die verschiedenen Schädlinge und möglichen Krankheiten, und Julie möchte ohne chemische Bekämpfungsmittel auskommen. Also Biowein. Das bedeutete niedrige Erträge und weniger Erlös. Wäre es möglich, die Differenz mit dem höherpreisigen Biowein auszugleichen, fragte ich mich.

Das Languedoc ist eines der größten zusammenhängenden Weinanbaugebiete der Welt. Würde diese im Großen und Ganzen gesehen doch verhältnismäßig kleine Domäne ein wenig des großen Ruhms von Südfrankreichs Weinen abbekommen können?

Die Verhandlungen mit der »Cooperative« waren positiv verlaufen, und die Ernte des nächsten Jahres würde dort verarbeitet werden können. Jedoch die Bio Frage, die stand auf einem anderen Blatt, denn sehr großzügig würden die Zertifikate nicht vergeben werden. Vieles musste beachtet werden. Positiv wirkten sich hierbei allerdings die Jahre des Brachliegens aus, so erfuhr Robert auf den Ämtern.

In besonders guten Lagen bringen die Trauben mit geringen Erträgen sehr gute Weine hervor. Jedoch erst bei längerer Lagerung werden hervorragende Qualitäten erzielt.

Julie hatte schon sehr konkrete Vorstellungen, was den Weinanbau betraf. Sie wollte wenige, hochwertige Bioweine produzieren und diese besonders spezialisierten Händlern im In- und Ausland anbieten. Ein weiterer Traum von ihr war ein interessantes Flaschenlabel mit dem Namen der Domäne. Zuallererst musste sie erfahren, auf welche Art sie ohne chemische Mittel auskommen konnte.

In einem Ratgeber las ich Folgendes:

Biologischer Weinbau bedarf sorgfältiger Vorbereitungen und Überlegungen. Richtige Rebsortenauswahl unter Beachtung der Bodenbeschaffenheit ...

Mehr Gründünger ...

Weniger Ertrag, circa 25–50 %, als beim herkömmlichen Anbau, dafür bessere Qualität.

Den ursprünglichen Geschmack der Rebsorte bewahren ...

Dies waren nur einige der zu beachtenden Punkte.

Im Mai würde die Saison der »sexuellen Konfusion« beginnen, der Bekämpfung des Feindes Nummer eins der Winzer, des »ravageur Eudémis«, der Weinmotte »Lobesia botrana«. Das Prinzip ist relativ einfach, am »pied de vigne«, am Weinstock, wird eine Pheromonfalle mit Kapseln sexuellen Lockstoffes angebracht. Wenn nun der Schmetterling auf der Suche nach seiner »belle de vigne«, seiner »Schönen des Weinfeldes«, seine Fortpflanzungsmittel irritiert vergeblich platziert, so lassen sich damit über 90 % der Weinfelder schützen.

Es gab eine Zeit, so in den Sechziger- bis Siebzigerjahren, da waren die Weine des Languedoc wegen ihrer schlechten Qualität verrufen. Daraufhin bauten die Winzer neue Rebsorten höherer Qualitäten an. Dies zahlte sich aus, und heute gibt es viele prestigeträchtige Domänen. Darüber hinaus hatte man durch den Preisanstieg den einfachen Konsumenten vergessen, den es in die Supermärkte trieb. Da der Preiskampf die ausländische Konkurrenz begünstigte, gab es aus Protest gegen die Weininvasion aus

Spanien gelegentlich bizarre Aktionen. So räumten französische Winzer spanische Weine aus den Regalen der Märkte und zerstörten die Flaschen oder leerten an den Grenzübergängen und Zahlstellen der Autobahn den Wein aus spanischen Tankfahrzeugen auf die Fahrbahnen.

Auch in diesem Jahr hatte schon der frühe März mit hohen Temperaturen begonnen, doch nun schien das Wetter umzuschlagen.

Das Gewitter hatte sich Zeit gelassen, nun aber rollten die schwarzen Wolken mit umso größerer Macht heran. Ein unangenehmer Regen prasselte gegen die Autoscheiben, als ich auf dem Weg zur Domäne war. Am Himmel spielten dunkle Wolken Fangen, und mir fiel ein Spruch von »Wandtatoo.com« ein:

Leben
heißt nicht zu warten,
dass der Sturm vorüberzieht,
sondern lernen, im Regen zu tanzen.

Ja, zusammen mit Julie würde ich heute im Regen tanzen!

Schnell stellte ich den Wagen ab, sprang hinaus, hüpfte über tiefe Pfützen, und schon von Weitem rief ich nach Julie, die geschützt im Türrahmen stand, zusammen mit Barney auf mich wartete und mir zurief: »Ich habe keine Ahnung, warum du nach mir rufst, aber ich mache mit!«

Trotz des Regens dieser fröhliche Ausruf! Ich freute mich. Schnell zog ich sie vor die Tür, umfasste sie, wir drehten uns tanzend durch hoch aufspritzende Pfützen und sangen lauthals: »We are dancing in the rain!« Lachend drehten wir uns, und nachdem uns der Text ausgegangen war, sangen wir irgendeinen Blödsinn. Klatschnass hingen uns die Haare vom Kopf, die T-Shirts klebten am Oberkörper, und wie die Verrückten lachend, stolperten wir in den zum Glück leeren Frühstücksraum. So müsste jeder Tag beginnen!

Nachdem wir uns in Julies Wohnung trockene Kleidung angezogen und die Haare geföhnt hatten, unterbrochen von lautem Gelächter, kochte Julie frischen Kaffee, und ich rubbelte Barney mit einem großen Handtuch trocken. Verwundert ob der irren Weiber hatte sich Barney freudig bellend an unserem Tänzchen beteiligt.

Als wir uns wieder etwas beruhigt hatten, sagte Julie: »Ei, ei, ei, Gaby, du kommst manchmal auf echt verrückte Ideen ...« Sie lachte noch immer. »Meinst du, uns hat jemand gesehen?«

»Und wenn? Derjenige hätte doch teilnehmen können, oder? Ich habe mir gedacht, bevor uns das graue Wetter den Tag vermiesen will, sollten wir gegensteuern. Ist uns doch auch gelungen. Und weißt du, solch kurze Momente des Glücks oder der Fröhlichkeit darf man nicht vorüberziehen lassen, sondern sie auffangen und festhalten. Etwas daraus machen, nur kurz, aber doch heftig. Solch einen Augenblick hatte ich im letzten Jahr, Julie, das muss ich dir noch schnell erzählen. Also pass auf, wir waren einer Einladung zu Marianne und Bernd gefolgt, die in Frankreich in einem kleinen Ort mit nur achtundzwanzig Einwohnern leben. Dieser kleine Ort hat auch eine Kirche, die ich bei jedem Besuch aufsuche und dort eine Kerze anzünde. So auch an diesem Tag. Trixi und Rolf hatten uns zusammen mit ihrer Tochter Bernadette im Wagen mitgenommen.

Nachdem wir uns an Bernds exzellenten Pizzen aus dem selbstgebauten Holzofen gestärkt hatten, wanderten wir vier Frauen zur Kirche und jede von uns entzündete eine Kerze. Dann nahmen wir in einer der kleinen Kirchenbänke Platz und jede – zwei ehemalige Lehrerinnen, die Tochter der einen und Marianne, eine gute Freundin – hing ihren Gedanken nach. Ich weiß nicht mehr genau, wer sich umgedreht und auf der hinteren Bank Notenblätter mit Liedtexten gefunden hatte. Bedenke, Julie, in einer Kirche in Frankreich, Notenblätter mit deutschen Wanderliedern!

Das war mal eine Idee! Lehrerinnen und Wanderlieder, na, da gab's kein Halten mehr. Wir schmetterten los: Aus grauer Städte Mauern, Im Frühtau zu Berge, Halli, hallo, wir fahren, wir fahren in die Welt ...

Hell und fröhlich schallten unsere Stimmen durch das leere Kirchenschiff zum Portal und in die Welt hinaus. Noch intensiver sangen wir den jeweiligen Refrain eines Liedes und selbst einen Kanon brachten wir zustande. Groß war unser Erstaunen über die vorgefundenen deutschen Liedtexte, wunderten uns jedoch nicht mehr, als wir erfuhren, dass der Ort auf dem Jakobsweg liege und viele Wanderer hier Zwischenstation machten.

Mit übervollen Herzen und leichten Schritten liefen wir zurück zu unseren Männern.«

Still hatte Julie meinen begeisterten Worten gelauscht. Dann sagte sie: »Wunderschön! In unserer Kapelle sollten wir auch einmal singen. Einfach fröhliche Lieder.« Fragend hob sie die Augenbrauen.

»Ich bin jederzeit dabei. Aber eigentlich bin ich nicht gekommen, um dir von meinen Glücksmomenten zu erzählen«, brachte ich uns zurück auf das ursprüngliche Thema, denn Julie hatte mich, ich will es mal so nennen, »einbestellt«, um mir die neuesten Ereignisse mitzuteilen. Jedoch da war uns oder eher mir der Regentanz dazwischengefahren. So wartete ich nun gespannt wie ein Regenschirm auf eher positive denn negative Neuigkeiten. Wir hatten uns bequem »installiert«, vor uns stand ein kleiner Campari Orange, und Barney lag, zufrieden an einem Knochen kauend, vor unseren Füßen.

»Stell dir vor, Ende Juni will unser Sohn seine kirchliche Trauung auf der Domäne feiern!«

Dass er hier heiraten wollte, hatten wir gewusst, jedoch so bald? Das war neu, doch äußerst positiv.

»Die standesamtliche Trauung würde vorher im Elsass stattfinden, was ja auch okay ist, aber die Braut haben wir einmal kurz gesehen und ihre Eltern noch gar nicht.« Julie fühlte sich von dieser plötzlichen Nachricht leicht überfordert, wie ich dem Gespräch entnahm, und sie fuhr fort: »Ich glaube, Antoine sagte, dass viel Verwandtschaft aus Deutschland und dem Elsass komme.«

Das würde den Rahmen einer Geburtstagsfeier sprengen, dachte ich, und müsste eine großartige Feierlichkeit sein, an die man sich ein Leben lang erinnern würde.

»Hm, dann kommen also viele Hochzeitsgäste, und es ist noch genügend Zeit, alles auf Hochglanz zu bringen. Oh, Julie, glaube mir, die Domäne wird deine Gäste vom Hocker reißen! Und sofern auch das Wetter mitspielt, wird diese Feier ein guter Test, um zukünftige Hochzeitsveranstaltungen anzubieten. Sieh es bitte, bitte positiv!«

Sie holte tief Luft: »Ja, da hast du wohl recht. Aber die Gäste müssen alle irgendwo untergebracht werden. Gerade während der Hauptreisezeit werden alle Wohnungen vermietet sein. Wir werden uns um andere Räumlichkeiten bemühen müssen.«

»Bei Freunden von uns kamen einige mit ihrem Wohnmobil aus Deutschland angereist. Weißt du, dein Besuch sollte sich schon vorher darüber Gedanken machen. Brautpaar, Eltern und Großeltern finden sicherlich hier ihren Platz, und alles Weitere findet sich mit Sicherheit, sei unbesorgt.«

Julies Eltern, Laurents Eltern, die Eltern der Braut, eventuell auch die Großeltern würden kommen. Oh, auch Julies Tochter hatte sich angemeldet. Vielleicht wäre dies ein Anlass zur allgemeinen Befriedung, oder welchen Begriff sollte ich hier gebrauchen? An Julies Schwester wagte ich zu diesem Zeitpunkt gar nicht zu denken. Ich würde sie alle kennenlernen. Darauf freute ich mich schon sehr.

»Da fällt mir doch gerade euer Westflügel ein, Julie. Ist der eigentlich bewohnbar?«

»Eigentlich schon. Da wären Übernachtungsmöglichkeiten. Zurzeit stehen die Räume zwar leer und sind ohne Einrichtung, jedoch es wäre in Erwägung zu ziehen.«

»Was hattet ihr denn ursprünglich damit vor? Vermieten oder verkaufen?«

»Ja, verkaufen an Robert und Evelyn. Und nach diesem ganzen Drama dachten wir an eine ständige Vermietung. Keine Ahnung, wie sich alles entwickelt. Vielleicht kommt sogar Evelyn zur Hochzeit.«

»Hoffentlich nicht!«, schrie ich fast. »Das ist aber doch wirklich keine gute Idee. Das muss Robert verhindern!«

Bei diesem Fest hing so viel Konfliktpotenzial in der Luft, da würde Evelyns Anwesenheit das Fass zum Überlaufen bringen. Und Julie sollte diese Hochzeit ihres Sohnes ein klein wenig genießen können.

Das größte Problem schien mir die Kapelle zu sein. Ohne die so dringend erforderlichen Mittel könnte sie nur teilweise renoviert werden. Allerdings im Monat Juni, im Sonnenschein, mit Blumenschmuck und Kerzenschein, könnte der morbide Charme der Kapelle eine ganz bezaubernde Wirkung entfalten.

Im Schatten der Vorbereitungen zur bevorstehenden großen Hochzeitsfeier war die Weihnachtsfeier im letzten Jahr weniger opulent und nur im ganz kleinen Rahmen ausgefallen.

Zuerst begann man mit der Herrichtung des Westflügels, das heißt, Wände und Fußböden verlangten nach intensiver Aufbereitung und viel Farbe. Von den beiden ursprünglich vorgesehenen Badezimmern würde aus finanziellen Gründen nur eines vollständig wiederhergestellt werden. Dann folgte die Sanierung der Kapelle. Zunächst wurde der alte Innenputz abgeklopft, eine Feuchtigkeit abweisende Grundierung aufgetragen und zum Schluss mit einer leicht grauen Farbe und weißen Einfassungen versehen. Später sollte die Außenfassade gegen eindringende Feuchtigkeit geschützt werden. Zu diesem Zeitpunkt leider unmöglich, einmal aus zeitlichen sowie aus finanziellen Gründen. Den Verlauf der Arbeiten verfolgten Ditmar und ich mit großem Interesse.

E ines Morgens, Julie und ich saßen wieder einmal bei einem kleinen Kaffee im Büro, da klopfte es leise an der Tür und Silvie kam hereingehuscht. Erwartungsvoll schauten wir sie an, denn sie tat so geheimnisvoll heute.

Nach einer herzlichen Begrüßung fragte Julie: »Nun, was treibt dich zu uns, Silvie?«

»Emilie und ich haben gesehen, dass auch Gaby da ist, und das schien uns der passende Zeitpunkt zu sein, mit euch beiden zu sprechen. Also, Emilie und ich suchen eine oder zwei Mitstreiterinnen für ein Lottospiel.«

Mit hochgezogenen Augenbrauen blickte sie hoffnungsvoll von der einen zu der anderen von uns beiden.

»Ja, und weiter?«, kam es von Julie.

»Also, wir möchten fünf Wochen spielen, und jede Teilnehmerin müsste 33 Euro zahlen.«

»Und was müssten wir noch tun, außer zu zahlen?«

»Auf dem Lottoschein fünf Zahlen zwischen 1 und 49 und ein Sternchen zwischen 1 und 10 ankreuzen. Es gibt drei Ziehungen pro Woche, und wir dachten, dass bei mehreren Spielern die Chance eines Gewinns wahrscheinlicher sei, und wir möchten gern unter uns Frauen bleiben. Wie wäre das für euch, 6,60 Euro pro Woche?«

Ich war nicht abgeneigt, und auch Julie nickte zustimmend.

»Wer übernimmt die Verwaltung?«, hakte Julie nach.

Silvie schien alles schon bedacht zu haben: »Das würde selbstverständlich ich übernehmen«, antwortete sie zufrieden lächelnd und holte sogleich einen vorbereiteten Spielschein aus der Tasche. »Viel Glück euch beiden! Den Schein hole ich später wieder ab.« Und weg war sie.

Etwas sprachlos blickten wir uns an. Da klopfte es erneut und Silvie schien etwas vergessen zu haben: »Ich bin's noch einmal. Denkt nun bloß nicht daran, sofort einen Tresor besorgen zu müssen, wie Freunde von uns.«

Zwei große Fragezeichen erschienen über unseren Köpfen.

»Wie ...?«

»Na ja, die haben einmal im Kasino 500 Euro gewonnen, und in der irrigen Annahme auf ständige Gewinne kauften sie einen Tresor.«

»Und, kamen die Gewinne für den Tresor?«, fragten wir unisono.

»I wo, da harrt jetzt einsam ihr Ehering nach der Scheidung und vermodert«, sagte sie lachend. »Ich bin dann mal weg! Bisous euch beiden.«

Unangenehm berührt schwiegen wir erst einmal. Uns schien der Wind aus den Segeln genommen worden zu sein, und eigentlich wollten wir beide, glaube ich, nach diesem Bericht erst einmal keine Zahlen eintragen ...

Schließlich ergriff Julie als Erste das Wort: »Na gut, machen wir weiter. Welche Zahlen nimmt man üblicherweise? Die Geburtstage der Familie, Hausnummer oder ganz einfach irgendwelche Zahlen?«

Wir hielten uns an Letzteres, wobei doch hie und da die Zahl eines für uns wichtigen Ereignisses dazwischengeriet. Nun denn, hoffen auf den großen Gewinn, auch ohne Tresor! Und bei diesen Überlegungen tut sich unweigerlich auch die Frage auf, was man mit einem großen Gewinn anstellen würde.

»Du weißt, Gaby, mein Gewinn käme der Domäne zugute, aber was würdest du mit deinem Gewinn tun?«

»Es käme selbstverständlich auf die Höhe des Gewinns an«, überlegte ich laut. »Dieser würde ja durch uns vier geteilt werden. Zuerst einmal, denke ich, bekäme unsere Tochter ein neues Wohnmobil ... Ach, nein, sie will ja ihr altes auf ewig behalten. Also da müsste viel in die Renovierung gesteckt werden. Dann möchte ich einigen kleinen Organisationen helfen, denen wirklich die Mittel für Menschen und Tiere fehlen. Falls dann noch immer ganz viel übrig wäre, dann, ja dann kaufen wir uns bei euch in die Domäne ein, und wir wohnen hier für immer zusammen.«

Zuerst lachten wir, dann, als uns der Ernst der Situation zu Bewusstsein gekommen war, umarmten wir uns mit Tränen in den Augen.

»Ach, Gaby, du träumst mal wieder.«

»Ja, ich weiß«, flüsterte ich, »und es wird auch leider ein Traum bleiben.«

Und damit legten wir unser Schicksal in Silvies und Lottos Hände.

Silvie hatte ich bei französischen Freunden kennengelernt, und sie war in der darauffolgenden Zeit mehr als nur eine flüchtige Bekannte für mich geworden.

Hier in Frankreich wird jeder mit Freund oder Freundin bezeichnet, sobald man sich näher kennt. Für mich als Deutsche hat der Begriff der Freundin eine ganz andere Bedeutung. Meine beste Freundin hatte ich in der Sexta, also im ersten Jahr des Eintritts ins Gymnasium kennengelernt. Wir konnten uns alles, rein alles erzählen, ohne Wenn und Aber. Anfangs wohnten wir weit voneinander entfernt, später zog sie mit Eltern und Bruder in unsere Nähe. Wir blieben beste Freundinnen bis zum Abitur und über die Studienzeit hinaus. Durch Beruf, Heirat und Umzug hatten wir uns für längere Zeit aus den Augen verloren, behielten jedoch alle Adressen und Telefonnummern im Notizkalender für alle Fälle bereit.

Nicht lange her, da trafen wir uns, freuten uns, und die traute Zweisamkeit von damals war nie verloren gegangen. Ohne Zweifel, das Leben hatte verdächtige Spuren hinterlassen, ich jedoch sah immer noch meine beste Freundin neben mir in der Schulbank sitzen, jung und hübsch. Merkwürdig, dachte ich, sah sie mich auch so? Mit ihr fühlte ich mich irgendwie immer noch jung. Dennoch hatte ich Hemmungen, sie nach ihren Empfindungen zu fragen. Die Jahre mit ihr waren ein großes Geschenk, und ein solches Paket einmal im Leben öffnen zu können, wünsche ich jedem Menschen. Wenn ich uns auf Fotos von früher sehe, ist mir eher zum Heulen denn zum Lachen. Unsere besten Zeiten gehen dem Ende entgegen, langsam verblühen selbst die schönsten Blumen.

Schon einmal hatten Julie und ich das Thema Freundschaft diskutiert. Und damals wie heute halte ich an meiner Meinung fest, dass es in der Jugend leichter sei, beste Freunde zu finden. Wie gesagt, der besten Freundin kann man seine geheimsten Ideen anvertrauen. Das Alter macht einen zurückhaltender, vorsichtiger.

Silvie war eine gute Bekannte, mehr auch nicht. Ich kannte sie nicht sehr gut, wollte aber schon lange mehr über sie wissen, und eines Tages gab mir Julie Antwort auf meine Frage: »Ach, Gaby, Silvie ist so ein liebes Ding und hat Probleme mit Mann und Tochter.«

»Die Arme ...«

»Ihr Mann ist Verkaufsagent, keine Ahnung, was das bedeutet. Jedenfalls ist er viel unterwegs und hat immer mal wieder Affären, die er wohl zu verheimlichen versucht. Letzte Woche erst hat sie mir anvertraut, habe eines Sonntags eine Frau ihren Mann heulend am Telefon verlangt, und dieser sei tatsächlich weggefahren. Das konnte ja wohl kein Verkaufsgespräch gewesen sein, oder?«

»Und die Tochter? Sie steht doch bestimmt aufseiten der Mutter.«

»Überhaupt nicht. Ganz im Gegenteil. Sie behauptet, Silvie habe selbst Schuld an dieser Situation, wenn du verstehst, was sie damit meint. Findest du nicht auch, dass dem Sexuellen heutzutage eine zu große Bedeutung beigemessen wird?«

»Absolut. Und wie gemein von der Tochter. Nun kann ich mir auch lebhaft die Verwendung von Silvies Lottogewinn vorstellen. Mit Sicherheit soll ihr Mann nichts davon wissen.«

»Das dachte ich mir auch schon. Und deshalb werden wir Silvie versprechen, alles geheim zu halten, auch eventuelle Glückssträhnen.«

»Versprochen!«

»Was wissen Männer denn schon, wie wichtig es auch für eine Frau ist, ihre kleinen Geheimnisse und Gedanken mit Freundinnen zu teilen?«

»Genau, und auch aufzuschreiben«, fügte ich lachend hinzu.

»Pass mal auf, Gaby, um schwierige Situationen zu meistern oder zu überspielen, sucht Silvie oftmals Zuflucht zum Humor. Neulich sagte sie doch tatsächlich Folgendes zu mir: Wenn du von deinem Mann nicht mit einer anderen Frau betrogen werden willst, dann heirate einen Homosexuellen oder lebe ohne Trauschein mit ihm zusammen. Und weißt du was? Ich habe ihr recht gegeben.«

»Absolut«, stimmte ich ihr zu, »dies sollte frau in jungen Jahren bedenken.«

Und wieder einmal mussten wir herzlich lachen.

Der Zeitpunkt der Hochzeit von Julies und Laurents Sohn Antoine rückte immer näher.

Mit großem Eifer gingen die Arbeiten in der Kapelle Saint Élise in die Endrunde, während Julie nach Übernachtungsmöglichkeiten für die große Zahl der zu erwartenden Gäste suchte. Aber diese Räume mussten hergerichtet, notdürftig ausgestattet und die Einrichtungen bezahlt werden.

Die Küchencrew arbeitete auf Hochtouren und füllte Kühlschränke und Tiefkühlgeräte mit vorbereiteten Speisen. In Roberts Garten grünte und blühte es, sodass auch für den üppigen Blumenschmuck gesorgt sein würde. Die Blüten konnten frisch im allerletzten Augenblick gepflückt werden. Céline hatte aus einem Theaterfundus leichte weiße Stoffbahnen besorgen können, die nun an den Wänden der Kapelle von den Fenstern abwärts bis zu den antiken Terrakottafliesen reichten, und jede leichte Luftbewegung ließ den zarten Stoff sacht schweben.

Einige Tage vor dem Hochzeitstermin betrat ich gemeinsam mit Julie die renovierte Kapelle. Die hellgrau getünchten Wände, ihre weiß abgesetzten Ränder und die langen weißen Stoffbahnen, darüber das gedämpfte, durch die farbigen Fenster leuchtende Sonnenlicht machten mich sprachlos. Ja, das sollte vorkommen! Julies Versuch, sich ihre Unruhe und Aufregung nicht anmerken zu lassen, gelang ihr nicht, denn dazu kannte ich sie mittlerweile zu gut.

Der feierliche Rahmen für die Hochzeit war gegeben, das Eintreten in die im Kerzenlicht erstrahlende Kapelle würde die Emotionen höherschlagen lassen, dachte ich, denn so fühlte ich mich jetzt schon.

Danach besichtigten wir die fertig vorbereiteten Räume für Julies und Laurents Eltern und die der Braut, für Julies Schwester und, oje, für ihre Tochter Claire. Der Geistliche, ein Freund der Brautleute, würde im eigenen Wohnmobil anreisen, wie dies auch einige Freunde geplant hatten, die die Einladung zur Hochzeit mit einem Kurzurlaub in die nähere Umgebung verbinden wollten.

Schon zu Beginn unserer Besichtigungstour hatte ich Julies neue Frisur betrachtet und gab nun meiner Bewunderung Ausdruck: »Du siehst übrigens super aus, Julie. Bei welchem Friseur hast du dich stylen lassen?«

»Freut mich, dass ich dir gefalle. Ich gehe immer zu Corinne nach Marseillan.«

»Na, da gehe ich doch auch hin, zu L und C Diffusion am Place du Théatre. Wieso habe ich dich noch nie vor unserem Kennenlernen dort getroffen? Beim nächsten Mal gehen wir zusammen hin, okay?«

Ich erfuhr, dass Corinne auch die Frisur der Braut stylen und die Friseurin extra zu diesem Anlass zur Domäne hinauskommen würde.

Julie sah einfach umwerfend aus, und so ergriff meine übergroße Begeisterung Besitz von mir: »Meine Damen und Herren, begrüßen Sie mit mir die Herrin der Domäne!« Ich deutete eine kleine Verbeugung an und klatschte in die Hände. »Weißt du, Julie, du wirst nicht der Braut die Schau stehlen, aber neben den anwesenden Damen hervorstechen. So sollte es sein, und das wünsche ich dir.«

Verschämt lächelnd dankte sie mir. Ob sie mir auch glaubte? Ich wusste es nicht.

Nach den Hochzeitsfeierlichkeiten hatte ich für Julie eine kleine Überraschung geplant. Nichts Spektakuläres, sondern einige ruhige Stunden Erholung mit mir zusammen, falls dies möglich sein würde. Und mit diesen guten Wünschen machte ich mich auf und lief in die Küche.

In der darauffolgenden Woche herrschte ein emsiges Treiben auf der Domäne, welches ich hauptsächlich aus der Küche mitbekam. In diesen hektischen Tagen gab es an jedem Spätnachmittag ein gemeinsames Essen für alle Beteiligten.

Ein strahlend heller Tag im Juni brach an, der Himmel klar und weit. Es ging zu wie im Bienenstock. Seit fünf Uhr früh standen wir in der Küche, um die allerletzten Speisen frisch zuzubereiten. Auch die Küchencrew wollte die Trauungszeremonie, die allererste auf der Domäne, hautnah miterleben und würde sich hinten in die Kapelle schleichen.

Charlotte, die Braut, hatte sich einer alten englischen Tradition gemäß ausgestattet:

Something old, something new,
something borrowed, something blue,
and a silver sixpence in her shoe.

Sie trug etwas Altes und etwas Neues, etwas Geborgtes und etwas Blaues und einen silbernen Cent in ihrem Schuh.

Charlotte sah überwältigend gut aus in ihrem eleganten weißen einteiligen Kleid. Das eng anliegende Oberteil schmiegte sich sanft an ihren Oberkörper und lief in einen langen, leicht ausgestellten Rock über, der mit kleinen rosafarbenen Röschen aus Spitze besetzt war. Leicht raschelten die Stoffbahnen, als die Braut am Arm ihres stolzen Vaters langsam den Mittelgang entlangschritt.

Prächtiger Blumenschmuck aus rosafarbenen, weißen und blauen Blüten duftete und strahlte zusammen mit den unzähligen Kerzenflämmchen um die Wette.

Am Altar wartete Antoine mit den beiden Trauzeugen ...

Ein emotionaler Augenblick, als der junge Geistliche die Trauungsformel sowohl in deutscher als auch in französischer Sprache vortrug. Danach gab er noch einige persönliche Worte als Freund des jungen Paars zum Tausch der Ringe mit auf den Weg. Durch meine tränenblinden Augen bemerkte ich noch etliche hervorgezogene Taschentücher in den Nachbarreihen.

Das Brautpaar wandte sich um und begann gemessenen Schrittes den Mittelgang zum Ausgang zu schreiten, als Robert in die Tasten des Keyboards griff. Oh, die Töne des »Halleluja« schwangen in die Höhe hinauf, eine Frauenstimme begleitete die Melodie. Gänsehaut pur!

Robert spielte! Doch wer sang?

Das war ja Claire! Hatte Julie das gewusst? Ich glaube nicht. Sie schluchzte hemmungslos, und als unsere übervollen Augen sich trafen, hob sie kopfschüttelnd die Schultern.

Also Überraschung!

Ergreifende Töne erfüllten die kleine Kapelle und klangen weit aus dem Kirchenportal hinaus und über die Domäne hinweg.

Auf dem schnellsten Weg liefen wir Küchenmädchen zurück zur Küche, um den gekühlten Champagner zu holen. Ich war nun sehr gespannt, die mir bekannten Namen den betreffenden Personen zuzuordnen, und das übernahm Céline. Vom Küchenfenster aus stellte sie mir die sich zum obligatorischen Foto aufstellende Verwandtschaft vor. Julies Tochter Claire war tatsächlich aus Kanada gekommen und mit ihr ein gut gebräunter junger Mann.

»Siehst du den großen schlanken Mann neben Claire?«, fragte mich dann Céline als Erstes. »Das ist ihr Freund aus Kanada. Sie hat dort zwei Jahre gelebt, aber frag mich bitte nicht, was genau sie dort gemacht hat.«

Ich musterte diesen Freund in seinem leger sitzenden dunklen Anzug und dem Band mit türkisfarbenem Anhänger um den Hals genauer.

»Er scheint indianischer Abstammung zu sein, wie mir Robert erzählte«, klärte mich Céline weiter auf.

Daher also diese dunkle Hautfarbe und das blauschwarz schimmernde Haar, folgerte ich. Offensichtlich gehörte sein Anzug auch nicht zu seinen bevorzugten Kleidungsstücken, denn er schien sich darin nicht wirklich wohlzufühlen. Später sollte ich auch den

Grund dafür erfahren. Das schneeweiße Oberhemd gab einen super Kontrast zu seiner dunklen Haut und verlieh ihm eine fremde und geheimnisvolle Aura. Sehr interessant.

Und wie sah es nun mit Julies Schwester aus? Ihr elegantes Dirndl passte nicht so recht in diese Umgebung hier und meine Mutter hätte gesagt: »Von Weitem könnte man meinen, es sei ganz entfernt!« Mit anderen Worten, die Kleidung schien nicht so überzeugend zu wirken. Auch Julies Schwester war in Begleitung erschienen. Allerdings hätten sie beide einem Modejournal entstiegen sein können. Ach ja, der Jaguar mit Münchener Kennzeichen war mir schon auf dem Parkplatz aufgefallen. Äußerst spannend!

Leider konnten wir unsere Betrachtungen nicht weiter vertiefen, denn die Gerichte mussten aufgetragen werden. Ein großartiges Büfett würde im Frühstücksraum bereitstehen, dazu waren Sitz- und Stehplätze, drinnen und draußen vorbereitet worden. Ein strahlend blauer Himmel und sehr angenehme Temperaturen verleiteten die meisten Gäste dazu, sich außerhalb aufzuhalten.

In einer stillen Minute überlegte ich, wem von den Gästen mein Hauptinteresse galt, und musste mir eingestehen, dass dies Claires Freund betraf. Nicht lange danach erfuhr ich auch, dass dieser aus ganz bestimmten Gründen mitgekommen sei. Und das glaubte ich gern, denn eine feine Hochzeitsgesellschaft war bestimmt nicht eine seiner bevorzugten Freizeitbeschäftigungen. In lebhafter Unterhaltung sah ich ihn denn auch mit Robert zusammenstehen und dann in Richtung des ehemaligen und zukünftigen Pferdestalls verschwinden.

Erfreut sah ich Claire, Julie und Laurent in eine eifrige Unterhaltung vertieft zusammensitzen. Nach dem größten Trubel würde die engste Verwandtschaft noch einige Tage auf der Domäne verweilen.

Gegen Abend bauten Freunde des Brautpaars ihre Musikinstrumente auf, um zum Tanz aufzuspielen. Und sofort begann ein munteres Treiben, dem sich auch der junge Geistliche nicht zu entziehen vermochte. Roberts Finger jagten über die Tasten des Klaviers, während der junge Kanadier ihn auf der Gitarre begleitete. Na, da hatten sich zwei gefunden, dachte ich erfreut.

Ende Juli, vierzehn Tage zu früh in diesem heißen und trockenen Sommer, begann die Traubenlese. »Au petit matin«, am frühen Morgen, als die Nacht in den Tag überging, wanderten alle, die gesunde Arme und Beine besaßen, hinaus in die Weinfelder.

Meist folgte man einer offiziellen Ankündigung, richtete sich dann jedoch nach seiner eigenen Rebsorte und begann später mit der Lese. Normalerweise dauert die Traubenlese in Frankreich, dem weltweit größten Weinproduzenten, von Ende August/Anfang September bis Ende Oktober.

Meine Ankündigung, unbedingt an der Traubenlese teilnehmen zu wollen, hatte niemand so recht ernst genommen, da dies kein Spaziergang sein würde. Trotzdem ließ ich mir eine spezielle Schere und einen Eimer aushändigen.

Eine Traubenlese kann auch maschinell vonstattengehen, ist kostengünstiger, jedoch nicht geeignet für Qualitätsweine, da eine Maschine alle Trauben miteinander vermischt, auch unreife und verdorbene. Wird per Hand gelesen, selektiert man die Trauben an Ort und Stelle.

Professionelle Traubenleser sollten zwischen 800 und 1000 Kilogramm pro Tag ernten. Das schafften wir natürlich nicht, obwohl sich Robert und Laurent gewaltige Mühe gaben. Keiner von uns musste auf Zeit arbeiten, und so hatten wir auch viel Spaß bei der Lese. Einen Schnuppertag lang hatte ich mitgeholfen und wäre nach einigen Tagen vermutlich auch wieder in der Lage dazu gewesen. Mal sehen ...

Jeden Abend schleppten sich Robert, Laurent sowie zwei Freunde zurück zur Domäne, fielen dort auf die Wiese und wollten nur noch schlafen. Sie hatten keine Chance, denn Barney, vor Freude zwischen ihren Beinen herumhüpfend, wollte seine Streicheleinheiten abholen. Hatte er die fleißigen Pflücker den ganzen Tag doch so sehr vermisst!

Julie wollte Roséwein produzieren. Diese Weine werden aus roten Trauben wie Weißwein hergestellt. Je nachdem, wie lange der Kontakt mit den Beerenhäuten ausfällt, so unterschiedlich ist später der Roséwein gefärbt. Ich hoffte, Julie von einer nicht zu blassen Farbe überzeugen zu können, denn diese blassen Roséweine sehen aus, als sei eine rote Traube gerade mal so hindurchgeschossen worden. Na ja, ist meine unprofessionelle Meinung.

Tatsächlich gibt es billige Roséweine, gemischt aus weißen und roten Trauben, dann jedoch von außerhalb der EU.

Durch die anhaltende Trockenheit dieses Jahres fielen die Ernteerträge geringer aus, allerdings konnte man davon eine viel bessere Qualität erwarten.

Um Biowein produzieren zu können, bedarf es vieler Prüfungen und Genehmigungen, und so waren die Trauben der Domäne in diesem Jahr noch bei der »Cave Cooperative« abgeliefert und mit der Ernte anderer kleiner Produzenten gemischt worden. Julie war nicht glücklich über diese Lösung gewesen, jedoch zu der Überzeugung gekommen, dass alles seine Zeit brauche, auch ein eigenes Flaschenetikett zu entwerfen und zu entwickeln.

Nun erwarteten wir gespannt den ersten Primeur, in dem zum Teil die Traubenernte der Domäne steckte. Im kommenden Jahr sollte die Lese ernsthafter und professioneller betrieben werden.

Ein heißer Monat August ging zu Ende, mit ihm die Sommersaison, und schließlich löste ich meine versprochene Überraschung bei Julie ein.

Eines Morgens fuhren wir durch das Hinterland, an Weinfeldern vorbei, und hier und da tauchte ein entfernt liegendes Château, ein Schloss, auf.

Ich bog von der Hauptstraße ab in eine schmale Zufahrtsstraße nach Puissalicon, einem Runddorf aus dem 11. Jahrhundert. Schon von Weitem erblickt man den beeindruckenden »Tour Romane«, den romanischen Turm. Er gehörte zu der zweiten Kirche, die an der Stelle des heutigen Friedhofs des Ortes stand. Das Gotteshaus wird in die westgotische Zeit datiert.

Langsam lenkte ich den Wagen über die enge Brücke des Flusses Libron, der diese bei Hochwasser manchmal unpassierbar werden lässt. Julie war noch nie in dieser Gegend gewesen und zeigte sich sehr überrascht, als ich das kleine, versteckt liegende Bistro »Picamandil« ansteuerte. Auch ich hatte es nur über Mund-zu-Mund-Propaganda durch Marion und Erich gefunden.

»Picamandil«, in Puissalicon gelegen, ist eine Weinhandlung mit Bar, wo man Produkte der Region kaufen und probieren, einen Kaffee oder ein Glas Wein trinken kann, begleitet von einer kleinen Platte mit Schinken, Käse und von der Hausherrin in ihrer eigenen Bäckerei »La Fornada« gebackenem Brot. Dieses, mit Hefe und Mehl aus alten Weizensorten dreimal in der Woche frisch gebacken, hat seine treue Anhängerschaft gefunden.

Alle angebotenen Käse- und Fleischprodukte werden direkt von den Produzenten bezogen. Die Erzeugung geschieht nach traditioneller Methode mit Respekt vor den Tieren in Freilandhaltung. Die Fische werden vom Fischhändler des Ortes geliefert, der seine Ware frisch vom Fischmarkt in Sète besorgt. Es gibt kein bestimmtes Bio-Label, aber alle Waren, die auf den Tisch

kommen, entstammen der biologischen Landwirtschaft und von
»vertrauten« Lieferanten.

Monsieur Lambœuf, der Chef des Picamandil, erzählte uns, dass
der Name »Picamandil« seinen Ursprung im Occitanischen habe
und bedeute: Essen, nicht nur wegen des Hungers. Und aus diesem Grund habe er diesen Namen gewählt, weil er seine eigene
Herkunft und die seiner spanischen Frau miteinander verbinde.

»Picar« bedeute Essen mit den Fingern oder von der Spitze des
Messers. »Mandil« ist ein Küchenhandtuch, das als Unterlage
dient. Es ist ein gemütliches, entspanntes und familiäres, unkom-
pliziertes Essen, wie es im Languedoc und in Spanien üblich ist.

Zu Beginn reichte uns Monsieur ein kleines Glas, gefüllt mit
heißer Kürbiscremesuppe.

Auf einem Holzbrett richtete er diverse Sorten von herrlich duf-
tendem Käse und Schinken an, garniert mit Ringen von Minipap-
rika verschiedener Couleur und mit dicken Scheiben ofenwarmen
Brotes. Dazu empfahl er uns einen gut gekühlten Viognier.

Platziert hatten wir uns außerhalb unter einem Schatten spen-
denden Sonnensegel und genossen unser kleines Mahl, verbunden mit der Ruhe und dem lieblichen Gezwitscher der kleinen
Vögel in den Zweigen der hohen Bäume ringsum. Unermüdlich
rief der Wiedehopf nach seinem Weibchen, und das entfernte Läuten der Kirchturmuhr zeigte die vollen Stunden an.

Jetzt war die Zeit gekommen, sagte ich mir, Julie nach den inti-
men Geheimnissen der Domäne zu fragen.

Ihre Augen wanderten nach oben: »Oje, ich hatte gehofft, diese
Dinge nie mehr erzählen zu müssen, aber offensichtlich gelingt
mir dies nicht.«

»Na ja, du hattest es einmal angedeutet, und da ist es doch nur
natürlich, dass man hellhörig wird, oder?«

Ich merkte, dass es ihr unangenehm war. Trotzdem überwand
sie sich: »Eigentlich fühle ich mich nicht sonderlich wohl dabei.

Wir, Laurent und ich, verhielten uns still und sahen wie erstarrt zu ... Wir hatten Stimmen gehört und wollten Unbefugten den Zutritt verwehren ...«

»Und ...?«

»Es war dunkel im Stall, nur der Mond erhellte die Szenerie durch die Bretterritzen. In der Annahme, Diebe zu überführen, hatten wir uns angeschlichen. Da hielt Laurent mich zurück, und dann erblickten wir ein Paar an der Stallwand lehnen, sie mit dem Rücken an der Wand. Er stützte sich mit beiden Händen rechts und links von ihr ab, und sie küssten sich leidenschaftlich. Sie nahm sein Gesicht in beide Hände, fuhr ihm durch die wirren blonden Haare und drückte sich mit aller Kraft gegen ihn.«

»Dann seid ihr aber gegangen, Julie?«

»N...ein.«

»Oh ...«

»Seine Hände glitten nach unten, öffneten die Knöpfe ihrer Jacke und ließen diese zu Boden fallen, während sich ihre Finger an der Schnalle seines Hosengürtels zu schaffen machten.«

Ich hatte die ganze Zeit staunend und mit geöffnetem Mund dagesessen. Nun atmete ich hörbar aus: »Sag mal, Julie, geht das etwa noch weiter? Habt ihr noch länger zugesehen?«

»Weißt du, Gaby, wenn du den Anfang gesehen hast, willst du wissen, wie es in natura weitergeht, sonst kenne ich das nur aus dem Fernsehen. Also, der letzte Knopf ihrer Bluse wurde geöffnet und der Typ schob diese so weit auseinander, dass nur noch ihre dünne Spitzenunterwäsche zu sehen war. Sie ergriff seine Hand, führte diese unter ihr seidenes Top, ich denke jedenfalls, dass es Seide war, und sie verfolgte gespannt die erregende Wanderung seiner Finger, die sich um die Rundung ihres Busens legten, und stöhnte auf. Ich glaube sogar, beide stöhnten auf, keine Ahnung, vielleicht hörte ich auch mein eigenes Stöhnen?«

»Auweia, Julie, was erzählst du mir da?«

Julie war jetzt so in ihrer Geschichte gefangen, wedelte mit den Armen und zeigte mir unmissverständlich, dass sie nicht mehr unterbrochen werden wollte. Also gut, ich hörte wie gebannt weiter zu und hoffte auf ein baldiges Ende, war aber auch neugierig.

»Hastig zog sie sein Hemd aus der Hose und erkundete mit dem Mund seine Haut an Bauch und Taille. Als er ihre Brüste von Top und BH befreite, warf sie den Kopf zurück.

»Julie, nicht böse sein, dass ich unterbreche, aber ich glaube das jetzt nicht, oder ...?«

»Doch, doch! Ich konnte nur nicht verstehen, dass dies hier bei uns geschah. Jedoch schien dies keine Seltenheit gewesen zu sein, wie wir später erfuhren. Die Domäne hatte so viele Jahre leer gestanden und hatte somit viele Möglichkeiten zu allerlei Dingen geboten. Pass auf, Gaby, es ist noch nicht zu Ende.«

»Ich bin mir aber nicht sicher, ob ich noch mehr hören will ...«

»Da musst du jetzt durch«, sagte sie und fuhr fort: »Laut aufstöhnend fiel er auf die Knie und saugte an ihren Brüsten, während seine Hände unter ihrem Rock die Beine hinaufwanderten. Ich bemerkte ihr Zittern und Stöhnen und hörte, wie sie ihn flehentlich bat: Bitte, ich sterbe gleich, tu es, sofort ...! Da sprang er auf, sie riss und zog an seiner Hose und nahm sein erigiertes Glied in beide Hände ...«

»Julie, nein!«

»Da habe ich mich umgedreht und bin zurück zum Haus gelaufen. Laurent erzählte später, der Mann habe die Frau zu einem Haufen alter Lumpen oder einer Matratze getragen, die wohl schon andere vor ihnen frequentiert hatten. Von dort sei heftiges Stöhnen, Seufzen und unterdrückte Schreie zu hören gewesen.«

Wie gebannt blickte ich Julie an. »Das hatte ich nicht erwartet.«

»Siehst du, Gaby, die leerstehende Domäne war die ganze Zeit über solch ein Ort für verliebte Paare gewesen, und diese beiden waren nicht einmal sehr jung. Wir kannten sie nicht, und sie kamen auch nie mehr wieder.«

Eine ganze Weile saßen wir schweigend am Tisch. Zum Glück holte uns Monsieur Lambœuf in die Realität zurück, und so stiegen wir kurz hinunter in den unter der Erde gelegenen Weinkeller und erhielten von Monsieur einige, für Julie sehr lehrreiche, Erläuterungen zu diversen Weinsorten und deren Preisen.

Danach wanderten wir durch den ruhigen Ort, erstiegen die steilen Stufen zur Kirche »Notre Dame de Grâce«. Sie ist die dritte und letzte erhaltene Kirche des Ortes, ein imposantes Bauwerk aus dem 13./14. Jahrhundert. Voller Ehrfurcht betraten wir das stille Gotteshaus, entzündeten zwei langstielige weiße Kerzen, nahmen in einer der zahlreichen Bänke Platz und versanken für eine kurze Zeit in unseren Gedanken. Nach einer Weile blickte Julie verstohlen, jedoch für mich ersichtlich, auf ihre Armbanduhr, und so schlenderten wir zurück zum Wagen. Gerade als ich diesen starten wollte, legte mir Julie abwartend die Hand auf meinen Arm, und ich erblickte diesen mir so bekannten Gesichtsausdruck.

»Sollen wir noch nicht fahren?«, fragte ich sie.

Mit Tränen in den Augen sagte sie: »Eigentlich ist jeder Mensch allein.«

Meine Sprachlosigkeit erfüllte den Wagen. Hatten wir uns nicht nett unterhalten? Na ja, Belanglosigkeiten. Und jetzt wieder einmal dieser traurige, herzzerreißende Blick. Das Betreten eines Gotteshauses beinhaltete auch immer ein Innehalten, einen ins tiefe Ich gerichteten Blick, ins eigene Ich. Das wusste ich wohl, und offensichtlich betraf dieser Blick eine zurückliegende Begebenheit, wie ich bald erfahren sollte.

»Nicht im Sinne von einsam. Du kannst dich auch in der eigenen Familie allein fühlen.«

Nun drehte ich mich auf meinem Autositz ganz zu ihrer Seite herum: »Julie, fühlst du dich allein?«

»Manchmal ... Und in letzter Zeit immer öfter. Bei Antoines Hochzeit zum Beispiel, jeder redet von sich selbst. Keiner hört dir ernsthaft zu, und echtes Interesse an deinem Leben zeigen die wenigsten. Sie fragen: Wie geht es dir und kommen ganz schnell auf sich selbst zu sprechen. Meine ach so hochintelligente Schwester zum Beispiel ... Anfangs dachte ich, wir könnten Frieden schließen. Flüchtig streifte mich der Gedanke, sie interessiere sich ernsthaft für mich, jedoch sie wollte nur auf ihre Probleme aufmerksam machen, und so hörte ich ihr zu. So gern hätte ich mit jemandem aus der Familie über meine Probleme gesprochen, stattdessen hörte ich ihnen zu. Aber so recht wusste ich auch nicht, wem ich mich hätte anvertrauen können.«

»Und Laurent?«

»Laurent? Ach, Laurent, der hört mir schon lange nicht mehr zu. Das heißt, dass wir keine tiefgreifenden Gespräche mehr miteinander führen. Lieber klärt er alles mit Robert, und dieser gibt es weiter an mich. So ist das bei uns, und Silvie sagt, das sei typisch Mann.«

»Da könnte sie recht haben«, überlegte ich lahm, und da es heiß wurde im Wagen und mit einem längeren Aufenthalt rechnend, öffnete ich die Seitenscheiben.

»Es gab eine hitzige Debatte über Maries Galerie in München. Vielleicht wollte sie Geld bei den Eltern herausschlagen, keine Ahnung, jedenfalls erwähnte sie, dass sie zurzeit händeringend nach hoch dotierten Gemälden für ihre Ausstellung suche. Familie und Freunde saßen zusammen, und meinst du, auch nur einer hätte meine Gemälde erwähnt? Ich will sie von ihr ja gar nicht ausgestellt haben, jedoch über eine Erwähnung hätte ich mich gefreut. Ich saß dabei und hätte heulen können. Kannst du das nachvollziehen, Gaby? Das tut so weh!«

Ein kleines Häufchen Unglück hatte sich auf dem Sitz neben mir zusammengekauert und schluchzte still vor sich hin.

»Ich weiß, Julie«, sagte ich mitfühlend. »Mir hat mal jemand gesagt, da schwinge eine ganze Portion Neid mit, wenn man auf diese Weise ignoriert werde. Siehst du das nicht auch so? Schau mal, Julie, dir gelingt so viel, und dies hier, in dieser tollen Umgebung, das lässt Minderwertigkeitskomplexe bei den anderen wachsen ... Was sagt denn Laurent dazu, oder brauche ich gar nicht zu fragen?«

»Stell dir vor, er sagt doch tatsächlich, wenn ich gewollt hätte, dass man über meine Gemälde spricht, so hätte ich doch einfach davon anfangen sollen.«

»Oh, mein Gott!«, rief ich. »Wie wenig sensibel Männer doch sind. War Robert auch dabei?«

Heftig schüttelte sie den Kopf: »Leider nicht. Vielleicht hätte er ...«, überlegte sie kurz. »Ich wünschte so sehr, er wäre dabei gewesen, denn er besitzt ein solch mitfühlendes Wesen.« Traurig blickte sie aus dem Wagenfenster in die Ferne.

»Julie, du hast recht, jeder Mensch ist allein. Astrid Lindgren hat einmal gesagt: Will man glücklich sein, muss es aus einem selbst kommen und nicht von einem anderen Menschen.«

»Mag sein, trotz allem denke ich, manchmal könnte ein Mitmensch schon zu ein wenig Nächstenliebe beitragen ... oder meinst du nicht?«

»Sicherlich, und deshalb grübeln wir nicht mehr darüber nach, sondern tragen Sorge dafür, dass unser Leben schön wird und bleibt, und in diesem Sinne fahren wir jetzt frohgemut zurück zu deinem großartigen Zuhause.«

Auf der Fahrt zurück suchte ich verzweifelt wieder einmal nach einem Strohhalm, einem schönen, bunten, fröhlichen, bis ich einen wahren Geistesblitz hatte: »Übrigens, hast du schon von unseren beiden neuen Strandlokalen in Vias Plage gehört? Nein? Gerade war Eröffnung. Sie sind direkt auf dem Strand gelegen, und ich habe nur Positives vernommen, und da dachte ich, da gehen wir zwei oder auch wir vier einmal hin, oui?«

»Hm, vielleicht …«

»Ach, Julie, falls du gern schwimmen gehen möchtest, dann kannst du schnell mal ins Meer springen und …«

»… und? Mich öffentlich im Badeanzug zeigen? Oh nein, da kriegst du mich nicht hin!«

»Ist ja schon gut«, versuchte ich sie schnell zu beruhigen. »Ich dachte bloß … Manche Menschen …«

»Dazu gehöre ich nicht! Weißt du, mein Körper müsste erst einmal vor meinen eigenen Augen bestehen können.«

»Schon gut, schon gut!«, gab ich mich geschlagen. »Ich möchte auch nicht gern schwimmen gehen. Dann habe ich eine viel bessere Idee …«

»Oje, oje …«

»Nein, ganz toll. Pass mal auf! Wir ziehen uns schick an, bretzeln uns so richtig auf, schlürfen im Strandlokal einen süffigen Cocktail und blicken verträumt aufs Meer hinaus. Und …?«

Diesen Vorschlag schien sie begeistert aufzunehmen: »Hm, Cocktails mag ich wahnsinnig gern, obwohl der Alkohol mir sofort zu Kopf steigt und ich merkwürdig lustig werde«, meinte sie lachend.

»Nun ist es aber an mir zu lachen«, sagte ich prustend. »Jetzt erzähle ich dir eine Episode von mir, und danach erwarte ich einen Kommentar.«

Mittlerweile hatten wir die Domäne erreicht, und ich parkte den Wagen unter den Platanen des kleinen Parkplatzes. Wir stiegen aus, setzten uns auf eine nahe gelegene Steinbank, und ich begann zu erzählen.

»Langsam komme ich wieder zu mir und finde mich auf dem Boden liegend. Ein Kissen unter dem Kopf, beide Beine hochgelegt auf einen Stuhl. Perplex öffne ich die Augen und schaue hoch in ein mir unbekanntes, besorgt blickendes Augenpaar einer jungen Dame, die in ein Telefon spricht. Wie durch einen dumpfen Nebel dringt das Wort »Pompiers« zu mir durch.

Wie? Pompiers? Die Feuerwehr?

Schnell versuche ich mich zu erheben, werde jedoch sanft, aber nachdrücklich zurückgehalten.

»Nein, nein, nicht den Notarzt!«, schreit es aus mir.

In Frankreich wird die Nummer der Feuerwehr gewählt, wenn ein Notarzt erforderlich ist. Folglich bin ich doch klar bei Verstand. Und nun erkenne ich auch Ditmar und unsere Freunde Trixi und Rolf und mir unbekannte Leute, die alle sehr fürsorglich auf mich herabblicken ...«

Julie blickte mich ängstlich an: »Gaby, was war passiert?«

»Tja, wie war ich nun auf diesen Fußboden gekommen?

Es war ein drückend heißer Tag im August mit extrem hoher Luftfeuchtigkeit und gewittriger Schwüle gewesen. Trixi und Rolf hatten uns ins Restaurant »Hervé Plage« eingeladen, direkt am Strand gelegen. Nun, dieses Restaurant öffnete erst abends, nachdem die Sonnenhungrigen den Strand verlassen hatten. So weit, so gut. Die hohe Luftfeuchtigkeit, verbunden mit meinem sehr niedrigen Blutdruck, hatte mir schon den ganzen Tag über zu schaffen gemacht. Ich freute mich riesig auf diesen Abend und die leckeren Tapas.

Der Abend war fortgeschritten, mein Magen leer, der Puls hoch und der Blutdruck auf einem Level von fast scheintot, und ich bestellte als Aperitif einen Mojito, obwohl ich sonst selten bis gar keinen Alkohol trinke. Jedoch mit solch lieben Freunden und in angenehmer Umgebung schmeckte das süße Getränk vorzüglich, und so leerte ich noch Ditmars restlichen Mojito, da dieser ihm zu süß war. Auf leeren Magen, wohlgemerkt! Dann wurden die Tapas als Vorspeise gereicht, fantastisch! Auf das Hauptgericht verzichtete ich, jedoch ein Dessert geht immer. Aber auch dazu hätte ich Nein sagen müssen.

Plötzlich bekam ich Atemnot und wollte nur noch nach Hause. Ditmar und ich erhoben uns, Rolf wollte noch bezahlen, wir zwei tasteten uns an eng zusammenstehenden Tischen und Rattan Sesseln vorbei, und kurz vor dem Ausgang sank ich auf einen Stuhl. Ich wollte mich doch nur kurz ausruhen und Luft holen. Das schaffte ich noch, und dies ist mir auch in Erinnerung geblieben. Dann Blackout!

Ganz langsam sei ich vom Stuhl gerutscht und zu Boden gegangen, erzählte Ditmar später. Vom Nachbartisch habe sich eine junge Dame als Ärztin vorgestellt und erste Hilfsmaßnahmen eingeleitet.

Durch meine äußerst schnelle Wiederauferstehung bestellte sie den Notarzt wieder ab, und unsere Freunde führten mich langsam zum Wagen hinaus und fuhren uns nach Hause.

Julie, ich denke, der Rum in Verbindung mit dem braunen Zucker im Mojito hatte diese fatale Wirkung beschleunigt, und ich hatte meinen lieben Mitmenschen einen gehörigen Schrecken eingejagt ...«

Gebannt hatte Julie mir zugehört, oftmals nach Luft schnappend. »Der arme Ditmar!«

»Ja, versetz dich mal in seine Lage. Er stand dabei, konnte nicht helfen, da sich seine rechte Hand auf den Stock stützt, und die linke ist gehandicapt. Es sei schrecklich für ihn gewesen, da er dachte, nun hätte ich auch einen Schlaganfall erlitten, wie er vor circa zwanzig Jahren. In meiner Hand hatte ich eine Taschenlampe gehalten, um für Ditmar den unebenen Weg über die Holzplanken auszuleuchten. Diese Lampe sei durch das vollbesetzte Lokal geflogen, erzählte er später zu meiner großen Erheiterung. Einige Tage später fand ich alles doch recht lustig.«

Selbst Julie versuchte ihre Erheiterung zu unterdrücken. »Warum hast du keinen Virgin Mojito, also ohne Alkohol, bestellt, Gaby? Du weißt doch, dass du keinen Alkohol verträgst, und Rum ist so stark.«

»Tja, warum, warum? Normalerweise bin ich der Chauffeur oder sagt man Chauffeuse? Dieses Mal wurden wir gefahren, und dies führte zu meinem Übermut. Die Zutaten des Mojito liebe ich so sehr: Weißer Rum, Minzblätter, etwas Sprudelwasser, Limonen Stücke, brauner Zucker und gestoßenes Eis.

Weißt du, Julie, dass zurzeit alle ganz verrückt sind nach Mojito? Nun, ich habe daraus gelernt, und in Zukunft bestelle ich einen Virgin Mojito, also alkoholfrei, oder einen mit einem kleinen Schuss Rum. Ich weiß auch, dass wohl mehrere Faktoren zu diesem Zwischenfall führten, und achte in Zukunft mehr auf meine eigenen Befindlichkeiten.

Dazu fällt mir ein super Zitat der »Peanuts« ein:

»Eines Tages werden wir sterben, Snoopy.«
»Ja, aber alle anderen Tage werden wir leben!«
(Charly Brown und Snoopy von den Peanuts)

»Ach ... ist doch positiv von Snoopy.«

»Na ja, theoretisch hätte es für mich das Ende sein können, oder?«

»Denkst du nun öfter über das Heute und das Morgen nach, Gaby?«

»Hm, schon, denn solche Geschehnisse machen nachdenklich ... und manchmal denke ich, vielleicht wirkt das Heute so schön, weil man das Morgen noch nicht kennt. Dann sage ich mir: Freue dich an dem heutigen Tag, du weißt nicht, was morgen ...«

»So darfst du aber nicht ... Ja, ich verstehe dich, dein Leben war und ist auch nicht gerade von Unbeschwertheit geprägt. Und jetzt lade auch ich noch ständig meinen Kummer bei dir ab, ohne an dich dabei zu denken. Du sagtest, Ditmars Schlaganfall sei jetzt fast zwanzig Jahre her? Das ist eine lange Zeit, und wie kam es eigentlich dazu, oder möchtest du nicht darüber reden?«, fragte Julie mitfühlend.

»Nun, solch ein Schock sitzt tief und wird auch für immer dort abrufbar bleiben. Stell dir vor, es ist Anfang Dezember, farbige Weihnachtsdekorationen überall, ich übe fröhliche Weihnachtslieder mit den Kindern in der Schule ein, als ich während einer Unterrichtsstunde am Telefon erfahre, mein Mann habe einen Schlaganfall erlitten und sei ins Kreiskrankenhaus eingeliefert worden.«

»Welch ein Weihnachtsgeschenk für dich, du Arme! Was denkt man in einem solchen Augenblick?« Tröstend umarmte sie mich.

»Keine Ahnung. Ich wollte nur ganz schnell zu ihm. Und auf der Intensivstation versuchten die Ärzte eine ganze Woche lang, sein Leben zu retten. Mit Erfolg!«

»Was war passiert?«

Diese Frage hatten wir schon oft zu hören bekommen. Menschen interessierten sich, wie dies überhaupt geschehen konnte.

»Der hohe Blutdruck hatte bei Ditmar eine Stammganglienblutung im Gehirn ausgelöst, wodurch Nervenverbindungen betroffen waren und er dadurch halbseitig gelähmt bleiben würde.«

»Euer ganzes Leben ... Alles würde sich ändern ... hat sich geändert. Nicht auszudenken, ich darf gar nicht daran denken, dass bei uns ...« Schockiert sah sie mich an. »Jeder Mensch hat doch Pläne.«

»Absolut, gerade war der Bau unseres Ferienhauses in Vias Plage zu Ende gegangen. Die Osterferien wollten wir dort verbringen. Ja, wir hatten Pläne, nichts ahnend, dass alles anders kommen würde.«

»Und, konntet ihr fahren?«

»I wo, natürlich nicht! Ditmar kippte im Rollstuhl zur linken Seite, und Gehen musste auch erst in der Reha mühsam wieder eingeübt werden. Heiligabend in der Früh wurde Ditmar in die Reha überführt und meine achtzigjährige Mutter zur selben Zeit mit einem Leistenbruch zur Operation ins Krankenhaus gebracht.«

»Noch eine Weihnachtsüberraschung!« Kopfschüttelnd hatte Julie mir zugehört. »Da war aber eine Menge auf dich zugekommen. Wie hast du das bloß alles gemanagt? Dezember war es, sagst du. Wie waren eigentlich die Wetterverhältnisse damals?«

»Schneereich und hart gefroren der Boden ... Aber, Julie, ich will nicht auf Mitleid aus sein. Ich sollte dies Gejammere beenden, meinst du nicht auch?«

»Ganz und gar nicht! Ich könnte mir denken, dass du dich manchmal selbst bemitleidetest. Habe ich recht?«

»Oh ja, und wie! Und sobald jemand freundlich zu mir war, habe ich geheult. Genau zu dieser Zeit gab die Heizung in meinem Auto den Geist auf, und ich hatte kaum Zeit für die Werkstatt. Unser Mazda-Händler tröstete mich, gab mir seine Privatnummer mit der Versicherung, ich könne mich jederzeit melden. Ich schluchzte vor mich hin und schwor mir damals: Mazda-Lobgesang in Ober-Mörlen for ever!«

»Ach ... fahrt ihr deshalb einen Mazda und zu Inspektionen nach Deutschland?«

»Julie, wir sind mit der Automarke und der Werkstatt schon seit vielen Jahren so zufrieden, dass für uns einfach nie ein Wechsel infrage kam.«

Noch immer saßen wir auf der Steinbank und blickten dem mittlerweile regen Treiben auf der Domäne zu, ohne dies wirklich zu registrieren. Silvies eifriges Winken hatten wir beide durch ein lahmes Armeheben beantwortet.

»Hm, hm, du musstest deine Zeit aufteilen zwischen Ditmar und deiner Mutter. Sag mal, wie hast du das hinbekommen?« Julie ließ nicht locker.

»Also, um sechs Uhr Schnee schippen, dann nach Ilbenstadt zur Schule fahren, am frühen Nachmittag zu Ditmar nach Bad Salzhausen zur Reha und am Spätnachmittag wieder zurück nach Bad Nauheim zu meiner Mutter ins Krankenhaus.«

»Und die Schularbeiten? Vor- und Nachbereitungen?«

»Nachts, während die Waschmaschine lief.«

»Oh nein, Gaby...!«

»Ach, man schafft so vieles, wenn man gefordert wird, das kennst du doch selbst auch.«

Julie rückte näher zu mir und nahm mich in die Arme. »Ich bewundere dich sehr.«

Leicht verschämt sagte ich: »Ich danke dir sehr für dein mitfühlendes Wesen, aber eigentlich hat doch jeder Mensch sein Päcklein zu tragen, auf die eine oder andere Weise.«

»Ja, schon, aber ich habe euch etwas beobachten können in der letzten Zeit und stelle mir vor, dass euch doch viele Dinge des täglichen Lebens verschlossen bleiben, weil ihr auch niemandem zur Last fallen wollt. Ist es nicht so, Gaby? Gib es ruhig zu.«

»Jaaa ... Ditmar sagt nicht viel, aber mir ist schon so manches unangenehm. Große Menschenansammlungen müssen wir meiden, Weihnachtsmärkte sind tabu. Selbst der örtliche Wochenmarkt bereitet mit dem Rollstuhl einige Schwierigkeiten. Aber wir haben wirklich gute Freunde, die uns mitnehmen und Ditmar bis vor die Tür fahren. Marion und Erich laden den Rollstuhl in ihren Wagen um und sind mir in jeder Hinsicht eine große Hilfe. Dieses Wissen verschafft mir eine große Beruhigung. Im Großen und Ganzen haben wir uns arrangiert. Man schränkt sich eben ein ... Dazu kommt das Alter, das auch Einschränkungen auferlegt, jedoch ...«

»Ja, genau, das Alter! Nun gehe ich auch schon auf die siebzig zu ...«

Ich lachte aus vollem Hals: »Du, du bist gerade mal sechzig geworden.«

»Das stimmt. Aber wie du weißt, bekomme ich manchmal den Moralischen.« Sie lachte unfroh. »Wenn ich bedenke, wie schnell die Zeit vergeht. Dann nämlich stelle ich mir die denkbar schlimmsten Situationen vor, in die wir geraten könnten, und die will ich nun wirklich nicht aufzählen.«

Ich fühlte wie sie, und doch wollte ich uns beide aufheitern: »Deshalb, Julie, sollten wir uns jeden Tag über kleine Dinge freuen. Zum Beispiel half ich einem kleinen, auf den Rücken gefallenen Käfer, sich umzudrehen und wieder auf die dünnen Beinchen zu kommen. Die Freude über seinen Weiterflug genoss ich sehr. Dass auch andere so denken, erlebte ich vor einiger Zeit, als wir mit Freunden im Garten saßen. Schon seit mehreren Tagen hatte ich ein kleines Pflänzchen bemerkt, das seine dünnen Ärmchen mit jeweils einer rosa Blüte daran aus dem Zwischenraum einiger Holzplanken herausstreckte. Ich kenne Menschen, die sagen würden: Du gehörst da nicht hin. Nicht so unser Freund Alain! Er beschrieb es ganz poetisch und meinte, dieses Pflänzchen unterbreche die Monotonie der Holzplanken. Dieser Ausspruch machte mich sehr nachdenklich ...«

D urch die beeindruckenden Hochzeitsfeierlichkeiten hatte ich Julies Familienmitglieder kennengelernt, konnte jedoch keine tiefer gehenden Gespräche mit ihnen führen, das stand mir auch nicht zu.

Julies Tochter Claire hatte, wie ich wusste, einige Jahre in Kanada gelebt und durch die dort verheiratete Cousine ihrer Mutter an einem Umweltprojekt teilnehmen können. Bei dieser Arbeit hatte sie Marc kennengelernt, einen jungen Mann kanadisch-indianischer Abstammung. Eben jenen Mann, der sich so oft mit Robert unterhalten hatte. Kurz darauf erfuhr ich, dass Claire tatsächlich die Hochzeit ihres Bruders zum Anlass genommen hatte, um Marc Europa zeigen zu können. Vielleicht, oder vielmehr ganz sicher, sollte er auch ihre Familie kennenlernen. Wer weiß?

Marc, durch seine teilweise indianische Abstammung mit Pferden vertraut, interessierte sich von Anbeginn an für den noch maroden Pferdestall und seine Ausbaumöglichkeiten. Deshalb also diese intensiven Gespräche mit Robert, dachte ich.

Julie erzählte mir auch, dass sie den Beginn und die genauen Gründe für die Schwierigkeiten mit ihrer Tochter nicht mehr nachvollziehen könne, jedoch irgendwann hätten enorme Probleme mit Claire begonnen. Der Zeitpunkt falle ungefähr mit dem Kauf der Domäne zusammen, als Julies Nerven eh schon blank lagen. Claire habe sie mit Blicken vernichtender Verachtung angesehen und ihr Vorwürfe gemacht, die jeglicher Grundlage entbehrten.

»Schwer zu glauben, dass wir einmal so eng waren«, hatte Julie unter Tränen hervorgebracht. »Claires Worte hatten mein Leben wie ein Buch in die Luft geworfen, und die Seiten waren mit dem Wind hinweggeblasen worden.«

Ich fragte mich, warum manche Menschen oftmals so falsch und ungerecht über ihre engsten Angehörigen urteilten.

»Ich verlor mein Selbstvertrauen, wähnte mich als Person ohne Intelligenz, Anmut und Witz und bekam Hemmungen in meiner Ausdrucksweise«, hatte Julie mir anvertraut, »und täglich frage ich mich, was der Auslöser für diese negative Beurteilung meines Handelns durch meine geliebte Tochter war. Weißt du, Gaby, wenn all dein Tun kritisiert und verdreht wiedergegeben wird, dann zweifelst du an deinem Selbstverständnis. Ich fühlte, und tue es noch immer, dass ich nichts mehr von der Sicherheit besitze, auf die ich früher so stolz war.«

»Julie, das habe ich doch bemerkt, dein Selbstwertgefühl leidet«, platzte ich heraus.

Danach saß sie lange Zeit schweigend neben mir. Ich konnte ihre Gefühle sehr gut nachvollziehen und eine ganze Weile blieb es still zwischen uns.

Schließlich knüpfte sie an unser Gespräch an: »Du hast schon einen außerordentlichen Einblick in mein Seelenleben bekommen, aber so sieht es nun mal aus. Also, schon seit unserer Kindheit hatte ich ein sehr enges Verhältnis zu meiner Cousine, die nun in Kanada verheiratet ist. Wir telefonieren sporadisch miteinander, und einmal erkannte sie meine verletzten Gefühle an meiner Stimme. Diese zu verheimlichen war mir einfach nicht möglich gewesen. Sie versprach mir zu helfen, und ich dachte: Wie soll das wohl gehen? Aber du glaubst es nicht, nach kurzer Zeit teilte sie uns in einem Anruf mit, dass Claire zusammen mit jungen Leuten verschiedener Nationalitäten an einem Umweltprojekt teilnehmen könnte. Sie müsse sich jedoch schnell entscheiden, da der Zeitpunkt der Anmeldung in naher Zeit ablaufe. Und rate mal, Gaby, wen Claire um Rat fragte. Nicht ihre Eltern …«

»Aber doch nicht etwa deine Schwester!«

»Oh doch, ihre Tante in München. Ihre Tante, die in jeder Hinsicht gegen mich intrigierte. Um es kurz zu machen, selbst meine Schwester riet Claire, das Angebot anzunehmen. Claire flog nach Kanada, und lange Zeit hörten wir nichts von ihr.«

Julie holte tief Luft und ihre Augen zeigten mir den bekannten Ausdruck tiefster Traurigkeit. Ich öffnete den Mund, schloss ihn jedoch schnell wieder, denn ich wollte keine Belanglosigkeiten von mir geben. Und da fuhr Julie auch schon fort: »Heute weiß ich, es ist nichts passiert, aber damals … Man sorgt sich um sein Kind ein Leben lang, und der Schmerz sitzt tief bei dieser Ungewissheit und Missachtung. Mein Leben bestand … besteht noch aus einem großen Fragezeichen, verursacht durch meine Tochter.«

»Und Laurent, was sagte oder sagt er zu dieser Situation? Betraf die Kritik auch ihn oder nur dich allein?«

»Ach, Laurent, der bezieht nicht gern Stellung. Er meinte doch tatsächlich, wir sollten die Probleme untereinander lösen, denn ihn betraf die Kritik überhaupt nicht.«

»Das gibt's doch nicht! Er hat dich nicht in Schutz genommen, seine Tochter zurechtgewiesen und einige Dinge richtiggestellt?«

»Verstehst du mich jetzt, wenn ich sage: Jeder Mensch ist allein? Und weißt du, wie Robert einmal Claire so treffend charakterisiert hat? Er meinte, ihr fehle das Herzlichkeitsgen.«

Und wieder einmal begriff ich ihre Traurigkeit. Deshalb also diese Fragen an mich, eine Fremde, eine Außenstehende. Es hatte Julie gedrängt, ihr Herz auszuschütten, da ihr sonst niemand zuhörte.

Ob Claire die Wirkung ihrer Handlungsweise bewusst war, oder ob sie die Vergangenheit einfach ignorierte?

Ungerechtigkeit, ein negativ behaftetes Substantiv, mit verheerender Wirkung.

Arme Julie!

Energisch blinzelte ich gegen aufkommende Tränen an.

Danach hatte ich Julie über einen längeren Zeitraum nicht gesehen, um genau zu sein, seit unserem Ausflug nach Puissalicon, und ich fragte mich, ob sich in der Zwischenzeit einige Dinge hatten klären lassen.

Bei mir zu Hause wartete ständig Arbeit in Haus und Garten, und ich hatte nicht die Absicht, Julie auf die Nerven zu fallen. Als ich nun am folgenden Samstag auf dem Weg zum Markt war, wurde ich plötzlich mit einem freudigen Ausruf am Arm gepackt: »Gaby, ist das super, dich zu treffen! Komm, lass uns einen Kaffee trinken, es gibt Neuigkeiten!«

Silvie!

Gerade wurden im nahen Bistro zwei Plätze frei, wir setzten uns, und ich bemerkte Silvies Ungeduld. Der Kaffee stand noch nicht vor uns, da platzte sie schon heraus: »Stell dir vor, Robert will – oder besser wird – seinen Teil vom Verkauf seines Hauses in Deutschland in die Domäne einbringen, wobei noch immer unklar ist, ob das Haus verkauft wird oder ob es Evelyn behält und Robert auszahlen wird.«

»Ist ja auch völlig unwichtig«, stieß ich freudig hervor, »Hauptsache, Julie und Laurent bekommen die lang ersehnte Finanzspritze! Endlich ein Lichtblick. Silvie, weißt du auch, was Marc so geheimnisvoll mit Robert zu besprechen hatte?«

»Ich glaube, es hat irgendetwas mit Pferden zu tun«, überlegte sie. »Also hast auch du die beiden in den maroden Pferdestall gehen sehen. Auch für mich ergibt jetzt vieles einen Sinn, denn Marc scheint in Kanada ziemlich bekannt zu sein als Pferdeflüsterer oder so ähnlich. Und falls ein Fünkchen Wahrheit in den Gerüchten steckt, so sind Claire und Marc eng verbandelt und würden gern auf der Domäne bleiben.«

»Oh, wie schön!«

Eine große Erleichterung und Freude für Julie, dachte ich hoffnungsvoll. Marc könnte Mutter und Tochter wieder vereinen.

»Es hieß sogar, Marc habe schon Pläne für den Anbau einer Reithalle mitgebracht. Alles noch sehr mysteriös, und vielleicht wollten sie die Eltern damit überraschen. Keine Ahnung«, meinte Silvie.

»Na, mit Sicherheit wird Julie ein schwerer Stein vom Herzen fallen. Was meinst du, Silvie? Julie schien mir in der letzten Zeit – ach, was sage ich?, seit ich sie kenne, und das ist noch nicht so lange – sehr traurig und immer zu nachdenklich zu sein. Oder war sie schon immer so?«

Silvie nahm sich Zeit, bis sie weitersprach: »Wenn ich es mir recht überlege, war sie selten sehr fröhlich. Weißt du, ich glaube, dass sie glücklich ist, dich getroffen zu haben, Gaby. Du bist für sie, verstehe mich jetzt bitte nicht falsch, so etwas wie eine Kummertante. Also jemand, der zuhört und auch oftmals gute Ratschläge erteilt, wenn du verstehst, was ich meine ...«

Und unbescheidenerweise bezog ich das Lob auf mich!

»Kann schon sein, ja, vielleicht«, antwortete ich nachdenklich.

»Aber wer hätte das gedacht? Da scheint Hilfe von Roberts und von Claires Seite im Anmarsch zu sein. Wahnsinn!«

Silvie stand auf: »Jetzt muss ich aber weiter. War schön, dich mal wieder getroffen zu haben.«

»Oh, ich habe mich auch sehr gefreut.«

»Du warst lange Zeit nicht draußen. Fahr doch wieder mal hin. Ich denke, sie braucht dich!«, rief sie mir noch zu, bevor sie in der dichten Menschenmenge zwischen den farbenfrohen Marktständen verschwand.

Nachdenklich orderte ich noch einen Espresso und fragte mich, wie Silvie eigentlich gekleidet gewesen war. Beim besten Willen, ich hatte keinen Schimmer. Meine Gedanken waren so auf den Inhalt unseres Gesprächs fixiert gewesen, da hatte es keine Umgebung gegeben. Auweia, das konnte bedenklich werden!

Plötzlich kam die Lehrerin in mir zum Vorschein. Ich holte Notizbuch und Stift aus der Tasche und begann zu notieren:

1. Werden die voraussichtlichen Finanzen die drohende Krise beenden?
2. Eröffnung eines Hofladens?
3. Entdeckung im verschütteten Brunnen?
4. Traubenlese
5. Olivenernte
6. Hochzeit von Céline und Robert
7. Weihnachtsmarkt
8. Marc und Claire

Dies alles ging mich eigentlich überhaupt nichts an, trotzdem interessierte es mich brennend. Antoines Hochzeit hatte wohl einen Wendepunkt bewirkt. Die Verwandtschaften schienen sich meiner Meinung nach gut verstanden zu haben. Claire und Marc brachten einen Hoffnungsschimmer in Julies Leben, und Robert, wie immer der beste Freund, würde sich in die Domäne einkaufen, während seine Exfrau Evelyn außen vor blieb. Ach ja, es gelang mir einfach nicht, Julies Schwester einzuordnen, denn sie passte irgendwie nicht ins Bild mit ihrem überheblichen Gehabe, wie ich später noch erfahren sollte.

Sein und Haben

Weit weg von den Büchern der Grammatik,
hören wir, wie an einem schönen Abend
meine Mutter mich lehrte die Geheimnisse
des Wortes Sein und Haben.

Unter meinen besten Helfern
gibt es zwei ursprüngliche Verben.
Sein und Haben waren zwei Brüder,
die ich seit der Wiege kenne.

Obwohl von gegensätzlichem Charakter,
könnte man glauben, es seien Zwillinge.
Ihre Herkunft ist einzigartig.
Aber die beiden Brüder waren Rivalen.

Das, was Haben sein wollte,
das wollte Sein auch immer haben.
Nicht Gott, nicht Meister sein wollen,
wollte das Wort Sein wollen.

Sein Bruder Haben war bei der Bank
und spielte eine große Rolle,
während Sein immer etwas fehlte,
worunter sein Ego sehr litt.

Während Sein gelehrt wurde zu lesen
und er sich in den Geisteswissenschaften entfaltete,
sagte Haben dagegen dies nichts.
Er lernte nur zu rechnen.

Und er häufte Vergnügen an, hatte Geld.
Im Gegensatz dazu Sein.
Ein wenig hinter dem Mond.
Ließ sich seinen Teil wegnehmen.

Haben war protzig.
Trotzdem zeigte er sich großzügig.
Sein dagegen war bekannt und berüchtigt
für sein anmaßendes Verhalten.

Haben reiste in der ersten Klasse.
Alle seine Dinge wohlgeordnet.
Während Sein zu gutmütig war
und sorglos nichts beachtete für sich.

Sein Reichtum ist innerlich.
Es sind die Dinge des Geistes,
die ihm Wert verleihen,
ist voller Bescheidenheit.

Und seine Noblesse zeichnet ihn aus.
Eines Tages gezwungen,
um zwischen Wörtern eine Einigung zu erreichen,
steigerten sie ihre Bemühungen.

Um nicht das Gesicht zu verlieren,
inmitten der versammelten Wörter,
verteilten sie ihre Aufgaben neu,
um sich endlich zu versöhnen.

Das Wort Haben braucht das Sein,
weil es nur so existieren kann.
Das Wort Sein braucht das Haben,
um seine guten Seiten zu zeigen.

Und das endlose Palaver
und die vielfältigen Spitzfindigkeiten
haben unsere beiden unzertrennlichen Brüder
Sein und Haben beenden können.

Vergiss deine Vergangenheit,
ob einfach oder zusammengesetzt.
Nimm teil an der Gegenwart, und
deine Zukunft wird mehr als perfekt sein!

Eure Zukunft wird sein:
vollendete Gegenwart
(avoir et être von Yves Duteil)

eine Schwester will eine große Reise machen«, vertraute mir Julie eines Tages an, »und zwar befürchtet sie, in ihrem bisherigen Leben etwas Wichtiges versäumt zu haben. Sie will sich nicht an ein Gebäude binden, wie wir es nach ihrer Meinung tun, sondern sie will reisen, mit einem Helikopter fliegen und Bungeejumping, solche Sachen halt.«

Ich hatte sie noch gut in Erinnerung, Julies Schwester Marie, eine sonnenbankgebräunte, schlanke, große Frau, in einem Dirndl im Landhausstil. Ihr honigblondes Haar fiel perfekt gekonnt oder gewollt zu beiden Seiten ihres Gesichts auf die Art und Weise herab, dass sie immer wieder mit gekünsteltem Armschwung kleine vorwitzige Strähnen zur Seite oder nach hinten werfen konnte. Alles eine einzige einstudierte Inszenierung.

Auf meine Frage, ob ihre Schwester ihr dies erzählt habe, schüttelte Julie heftig den Kopf: »Mais non, doch nicht mir, sondern Robert! Und ich glaube, sie will mit ihrem reichen Freund auf die Malediven fliegen.« Verschmitzt sah sie zu mir herüber. »Als ich das hörte, habe ich in meinem Inneren nach eventuellen Versäumnissen nachgeforscht.«

»Ja und, was kam da zutage? Erzähl!«, forderte ich sie neugierig auf.

»Zuerst musst du erzählen, danach traue ich mich auch. Hattest du jemals Träume im Leben, die du verwirklichen wolltest, nicht konntest oder etwa noch willst?«

»Also, Julie, da muss ich nicht lange überlegen, denn meinen Traum oder Wunsch sehe ich oftmals im Fernsehen.«

»Oha, ich mache mich auf etwas Erotisches gefasst und ...«

»Mais non, viel profaner! Stell dir vor, es ist später Abend, eher eine sternklare Nacht. Dunkel. Ich sehe mich in einem wunderschönen Park an einer hellen Balustrade stehen und auf einen nachtblauen See hinausblicken. Vom gegenüberliegenden Ufer spiegeln sich vereinzelte Lichtreflexe im Wasser. Ein leichter Wind zaubert kleine Wellen, die leise über die glatten Kieselsteine des nahen Ufers plätschern. Die kühle Abendluft streicht sanft über meine glatte Haut. Ich trage …«

»Halt, stopp!«, unterbrach mich Julie. »Was wird das jetzt, ein Pilcher-Roman?«

»Nein, hör bitte einfach zu! Also, ich fröstele leicht in meinem hauchzarten champagnerfarbenen Abendkleid. Zweige knacken, leise Schritte nähern sich über den moosbewachsenen Pfad, der zum nahen See hinunterführt. Als ich hinter mir Schritte auf dem knirschenden Kies vernehme, erahne ich es, und jetzt kommt das, Julie, was ich bisher vermisst habe: Ein attraktiver Gentleman legt mir sein leichtes Leinenjackett über meine schmalen Schultern und schmiegt seine starken Arme um mich, um mich zu wärmen.«

Ich überlegte kurz. Hatte ich etwas vergessen?

»Ach ja, ich bin noch nicht fertig. Im Hintergrund erklingt leise Musik aus einem herrschaftlichen Gebäude. Ganz langsam geleitet mich mein junger Begleiter zurück in einen hell erleuchteten Ballsaal … Ja oder so ähnlich stelle ich mir das Versäumnis vor …«

»Ach, ist das herrlich.« Verträumt schaute Julie mich an. »Woher kennst du seine Attraktivität?«

»Na ja, ein Quasimodo würde doch alles verderben, oder?«

»Und wieso hat dir in deinem ganzen Leben noch nie ein Mann sein Jackett umgehängt? Das möchte ich jetzt aber doch wissen«, forderte Julie.

»Ganz einfach. In Ermangelung eines triftigen Grundes. Leider bin ich immer warm genug angezogen.« Ich prustete los, und dann lachten wir beide, bis uns die Tränen kamen.

»Tja«, folgerte Julie, »frau sollte sich öfter etwas hilfsbedürftiger zeigen.«

»So, und jetzt du!« Ich war sehr gespannt.

»Ich … ich hätte Laurent einen viel längeren Zeitraum um mich werben lassen sollen. Das stelle ich mir so richtig prickelnd vor, dieses beschwingte Flattern in der Magengegend, dieses irre Herz-klopfen, weißt du? Hast du erst einmal Ja gesagt, so geht alles viel zu schnell. Oder vielleicht ...«, sie blickte mich zweifelnd an, über-legte lange und fuhr dann erst ganz langsam fort, »sogar warten auf eine Alternative und diese nutzen?«

Ihr Blick war in die Ferne geschweift. Was erhoffte sie dort zu finden, oder hatte sie schon etwas gefunden, fragte ich mich, un-angenehm berührt.

»Das ist jetzt nicht dein Ernst, oder?«

»Ist nur so eine Idee. Habe ich auch noch nie jemandem erzählt«, flüsterte sie. »Hast du noch nie überlegt, was gewesen wäre, wenn so manches anders verlaufen wäre?«

»Weiß nicht«, sagte ich lahm. »Wäre schon mit dem Jackett zu-friedengestellt gewesen.« Und dann lachten wir und lachten und konnten gar nicht mehr aufhören.

Barney sprang bellend um uns herum, weil sich die zwei wie-der so irre benahmen. Als wir wieder zu Atem gekommen waren, hatte ich blödsinnigerweise auch eine Frage: »Übrigens, hat dich Laurent bei eurem Einzug hier über die Türschwelle getragen? Das stelle ich mir auch so herrlich romantisch vor.«

»N...ein ...«

»Wie darf ich das jetzt verstehen? Du lächelst so verträumt. Hat dich überhaupt schon einmal ein Mann auf Händen getragen?«, bohrte ich nach.

...

»Ja.«

»... Wer?«

...

»... Julie, wer?«

»... Robert!«

»Nein!«

»Doch!«

»… Wann?«

»Im letzten Jahr.«

»… Wo?«

»Durch ein Weinfeld.«

»Erzähle!«

Ich bin mir nicht sicher, ob sie widerwillig berichtete oder aus vollem Herzen.

»Na ja, da gibt es nicht viel zu erzählen … Wir waren auf einer Inspektionstour durch den Garten und die Weinfelder. Ich hatte ein großes Loch im Boden übersehen und war voll hineingetreten. Es war nichts gebrochen, wie sich später herausstellte, nur verstaucht, jedoch der Schmerz war heftig. Und so humpelte ich durch die Reihen, und wir kamen nur langsam vorwärts. Da packte mich Robert und warf mich über seine Schulter. Schließlich lag ich in seinen Armen …«

»Oh …!«

»Zuerst war es mir sehr peinlich … dann war es aber auch wieder so schön, dass ich diesen Moment so richtig genießen konnte … Plötzlich war da so ein kurzer Augenblick …«

Ich hielt den Atem an. Konnte es sein? Konnte es tatsächlich sein?

»Und dann?«

»Robert blieb kurz stehen … wir sahen uns an … blickten uns tief in die Augen … ein klitzekleiner Augenblick, ich wagte nicht zu atmen. Dann schüttelte Robert den Kopf und sagte nur ein Wort: Nein! … Gaby, glaube mir bitte, wir hatten es beide gespürt!«

»Oh!« Eine Gänsehaut überlief mich.

»Dann trug er mich nach Hause, als sei nichts gewesen … Doch das stimmt nicht … Da ist noch immer etwas … So, und jetzt weißt du etwas, was nur noch zwei Menschen außer dir wissen.«

»Julie!«

Danach hörte ich wieder einmal längere Zeit nichts von Julie.

Die Hauptsaison ging ihrem Ende entgegen und zahlreiche Vermietungen, Kurse und Veranstaltungen hatten die Finanzen leicht aufgebessert.

Roberts Haus in Deutschland stand zum Verkauf, auch die ersten Interessenten waren zur Besichtigung gekommen. Vorgesehen war nun, dass Robert einen Teil des Westflügels der Domäne erwerben, dort einziehen, sich weiterhin mit Laurent um die Ländereien kümmern und als Nächstes den Hofladen in Angriff nehmen würde. Außerdem hatte er in Deutschland einen Lehrauftrag übernommen, der ihm ein festes Einkommen sichern würde.

Die praktische Durchführung all dieser Unternehmungen entzog sich meiner Kenntnis, jedoch sagte ich mir, dass Robert ein total tatkräftiger Mann war, und aus tiefstem Herzen wünschte ich ihm Glück.

Claire und Marc, so schien es mir, wollten die Domäne gar nicht mehr verlassen. Die Hochzeitsgäste waren mittlerweile alle abgereist, Marc und Claire waren geblieben.

Bei mir zu Hause hatte mich unser Garten den ganzen Tag lang in Beschlag gehalten. Die Einmachgläser von Feigen-, Aprikosen- und Pflaumenkonfitüre standen in trauter Verbundenheit in Reih und Glied auf überfüllten Regalen.

Gerade hatte sich lieber Besuch aus Deutschland verabschiedet, als das Telefon läutete und ich widerstrebend den Anruf annahm. Wer konnte das zu so später Stunde noch sein? Umso erfreuter vernahm ich Julies Stimme, deren Timbre ich nicht einzuordnen vermochte. Klang sie glücklich, erschrocken oder weinerlich? Keine Ahnung.

»Könntest du kommen, Gaby?«

»Jetzt gleich?« Ich schaute auf die Uhr.

Die kühle Abendluft empfing mich erfrischend, als ich aus dem Wagen stieg und die in warmes Licht getauchte Domäne vor mir sah. Ich starrte hinauf in den Nachthimmel.

Da kam auch schon Barney freudig schwanzwedelnd auf mich zugelaufen. Ich bückte mich zu ihm hinunter, um ihn zu streicheln.

Julie hatte mich schon erwartet und steuerte sogleich die kleine Kapelle an.

»Ach!«, entfuhr es mir, »das ist mal nicht das Büro!«

Laut quietschend drehte sich der eiserne Schlüssel im rostigen Schloss, Robert hatte Schloss und Scharniere noch nicht geölt, und so traten Julie und ich in die Kapelle und entzündeten einige Kerzen, deren helle Flämmchen wandernde Schatten auf die Wände projizierten.

Wir setzten uns nebeneinander in eine der kahlen Holzbänke, und so verharrten wir in kameradschaftlicher Stille, die keiner Worte bedurfte. Trotzdem wartete ich gespannt, weshalb sie mich zu solch später Stunde hierher gelotst hatte. Hoffentlich gab es keine ernsthaften Probleme mit Laurent. Ich rechnete mit vielem, nur nicht mit dem, was jetzt kam, und als sie zu sprechen begann, neigte ich mich näher zu ihr hin, um sie besser verstehen zu können, und mein Mund formte ein erstauntes stummes »Oh!«

Dann ein freudiges lautes: »Oh! Ist das wirklich wahr?« Ich konnte es kaum fassen, dies jetzt aus ihrem Mund zu erfahren. »Sie wollen wirklich bleiben? Und Marc will den Pferdestall ausbauen? Weißt du, Julie, ich hatte so einen Verdacht, da Marc und Robert sich ständig unterhielten und im Pferdestall verschwanden.«

»Da gibt es aber noch etwas, weshalb ich dich mit in die Kapelle genommen habe ...«

»Noch etwas? Bitte nur Positives!« Angst überfiel mich. Doch mit glücklichem Erstaunen hörte ich von Claires Schwangerschaft.

»Mit diesen Neuigkeiten wurden wir heute überrascht, und ich wollte sie dir sofort mitteilen, egal zu welcher Uhrzeit«, flüsterte sie.

Liebevoll drückte ich ihren Arm: »Dann gibt es noch eine Hochzeit und eine Taufe oder nur eine Taufe, wie dies ja heute oft üblich ist, man heiratet erst später. Oh, Julie, ich freue mich so für dich!«

»Langsam, langsam! Bis dahin sind es noch ungefähr fünf bis sechs Monate, und ob ich mich freuen kann, steht noch in den Sternen. Über das Baby freue ich mich riesig, aber das Zusammenleben mit Claire ... hm, ich weiß nicht so recht«, seufzte sie.

Draußen begann bereits der Morgen zu grauen. Die dicken Kerzen waren mittlerweile ein gutes Stück heruntergebrannt, und ich wollte jetzt gern nach Hause und ins Bett.

»Meine liebe Julie, ich denke auch, dass es nicht einfach für dich wird. Aber stell dir vor, da ist Marc, der so etwas wie ein Puffer oder, besser gesagt, wie ein Vermittler zwischen euch steht. Es wird mit Sicherheit keine Langeweile aufkommen – und das Baby, Julie, du wirst Oma! Hast du das schon so richtig verinnerlicht? Wahnsinn, Julie!«

»Ich freue mich ja auch riesig auf das Baby. Du hast keine Enkelkinder ... Wirst du noch welche bekommen?«

»Nein, ich habe leider keine und werde auch keine mehr bekommen. Unsere Tochter hatte schon seit der Schulzeit einen netten Freund, den ich mir als Schwiegersohn gewünscht hätte, jedoch es sollte nicht sein.«

»Wärt ihr dann auch nach Frankreich gezogen?«

»Mit Sicherheit nicht. Und weißt du, was komisch ist? Als dieser Freund heiratete, war ich schrecklich eifersüchtig, denn mein Wunsch wäre meine Tochter an seiner Seite gewesen.«

»Ach, Gaby!«

Kaum war die Traubenlese zu Ende gegangen, da begann die Olivenernte.

Schon lange zuvor hatten Robert und Laurent Erkundigungen eingeholt, wann der beste Zeitpunkt für die Ernte ihrer Oliven sei. Beide waren zur Überzeugung gelangt, dass man nur ein hochwertiges kaltgepresstes Olivenöl mit der Güteklasse »Extra Virgin« produzieren wolle.

Je früher man erntet, also je grüner, unreifer die Oliven sind, umso intensiver und schärfer wird das Öl, stark angereichert mit gesundheitsförderlichen Stoffen, jedoch mit geringem Ertrag. Beginnt die Reifephase und färben sich die Früchte von Gelbgrün nach rötlich Violett, so werden sie weicher, und der Ertrag wird höher. Haben die Oliven ihre schwarze Phase erreicht, so ist ihr Reifegrad abgeschlossen und Vorsicht ist geboten, denn überreife Oliven haben ihren idealen Zeitpunkt für die Ernte überschritten. Dies ist meist nach Weihnachten der Fall.

In unserem Garten steht ein gewaltiger Olivenbaum, den wir vor Jahren nach niedrigem Preis und knarziger Optik ausgesucht hatten. Keine Ahnung von nix, war uns überhaupt nicht in den Sinn gekommen, nach der Sorte der Oliven zu fragen. Heute weiß ich, bei uns wachsen keine Tafeloliven wie die »Luques« und die »Picholine«, sondern kleine Oliven zur Ölproduktion.

In diesem Jahr wurden die Tafeloliven vom 23. August bis 13. Oktober in der Ölmühle angenommen und die Öl Oliven vom 9. Oktober bis 5. Januar.

Laurent und Robert hatten Netze und Planen unter den Bäumen ausgelegt, die die herabfallenden Oliven auffangen sollten. Wir begannen mit den Händen zu pflücken beziehungsweise die Oliven von den Zweigen der Olivenbäume abzustreifen und in einer Art »Umhängetasche« zu sammeln. Später kamen dann kleine Hilfsmittel wie Rechen und Stangen zum Einsatz. Dies ist sicherlich die schonendste Methode für Baum und Oliven, weil beide dabei keine Verletzungen erleiden. Diese Methode wird aus Kostengründen meist nur von Qualitätsproduzenten oder für Tafeloliven wie die »Luques« angewendet.

Ausgesucht worden war eine Mühle, die sehr darauf achtete, deine eigenen Oliven mit denen anderer nicht zu vermischen. Sechs Kilo Oliven würden einen Liter kaltgepresstes Öl ergeben. Die Domäne erhielt etwa 200 Liter des besten Öls. Gemeinsam befüllten wir Halb- und Ein-Liter-Flaschen und versahen diese mit von Julie gezeichneten Etiketten. Die Textur des Öls war samtweich.

Julie freute sich wie Bolle, die Menge der Flaschen mit ihrem goldgelb- grünen Inhalt zu sehen. Allerdings zu viel für den Eigenbedarf, zu wenig für den Export. Jedoch eine attraktive Menge, um im Hofladen in den Verkauf gehen zu können. Genehmigungen mussten eingeholt werden ...

Direkt nach ihrer Abfüllung kamen die Flaschen zur Lagerung in einen kühlen dunklen Gewölbekeller.

Nach getaner Arbeit setzten sich alle Pflücker und Pflückerinnen zusammen zu einem kleinen Aperitif mit Baguettescheiben, beträufelt mit dem herrlichen, samtweichen Öl, dessen Geschmack manche mit einer gepfefferten Zitrone verglichen. Dazu wurde geräucherter Schinken gereicht, selbst gepresster Traubensaft und Tafelwein, noch aus fremder Produktion.

W eißt du, was mich noch immer beschäftigt? Die Frage des Einlebens.«

»Ist das eine Frage für dich, Julie?«

»Ja, ich denke schon. Es ist nur so ein Gefühl, das ich nicht genau beschreiben kann.«

»Ich glaube, ich weiß, was du meinst«, sagte ich. Auch ich erinnerte mich an dieses Gefühl des nicht Dazugehörens.

»Bevor wir in Laurents Heimat zogen, wohnten wir in einem kleinen Ort in Deutschland. Dort waren wir bekannt, man duzte sich schon über viele Jahre, und hier bist du erst einmal ein Niemand, ein Unbekannter, der sich anstrengen muss, ein Bekannter zu werden. Hm ... werden wir jemals Bekannte in diesem Land werden? Einheimische, wie in Deutschland, werden wir wohl niemals werden ...«

Wieder einmal waren wir an einem Punkt angelangt, den ich als eine der großen Fragen der Menschheit bezeichnen möchte.

»Auch die Begriffe »Heimat« und »Zuhause« sollte man definieren können«, fuhr Julie nachdenklich fort. »Irgendwo habe ich einmal gelesen, so tief und fest die Wurzeln auch seien, die man in der neuen Heimat schlage, die Wurzeln, die noch in der alten Heimat steckten, ließen sich niemals einfach ausreißen.«

»Genauso sehe ich es auch«, sagte ich. »Also ich denke, Heimat ist da, wo wir geboren und aufgewachsen sind. Für mich ist Deutschland meine Heimat, und zurzeit bin ich in Frankreich zu Hause. Obwohl ... mein richtiges Zuhause auch in Deutschland ist. Oh, ist das kompliziert! Aber, Julie, ich glaube, dass du durch den Einzug deiner Tochter eine engere Beziehung zu Frankreich bekommen wirst, n'est- ce- pas?«

Sie stöhnte. »Gerade davor habe ich die meiste Angst. Tag und Nacht denke ich daran, wie sich das Zusammenleben entwickeln wird. Aber dann denke ich an das Baby und freue mich.«

»Pass mal auf, Julie, dazu habe ich wieder so eine Geschichte aus den alten Zeiten von meiner Oma.

Man schrieb das Jahr 1895. Meine Oma wuchs auf einem Bauernhof auf, als das jüngste von neun Kindern. Viele Jahre später erzählte sie uns von der Heuernte mit vielen Helfern auf dem Hof ihrer Eltern. Ich weiß den Grund nicht mehr, nur so viel, dass meine Oma einem Arbeiter, ich glaube, es war ein Pole, eine freche Antwort gab und dieser Mann verärgert zu ihr sagte: »Auch bei dir wird es Tage geben, von denen du sagen wirst, sie gefallen mir nicht!«

»Oh Gaby, das hört sich an wie die Prophezeiung einer bösen Fee am Kinderbett. Und das hat der Mann zu einem Kind gesagt?«

»Ja, hat er. Meine Oma hat es ihr Leben lang nicht vergessen können und es an uns weitergegeben, und sehr oft denke ich an diese Prophezeiung, wenn es bei mir solche Tage gibt. Im Leben meiner Oma gab es viele solcher Tage.«

Traurig erinnerte ich mich an den frühen Unfalltod ihres ältesten Sohnes. Auch ihr Mann starb viel zu früh. Der Mann ihrer Tochter, mein Vater, fiel im Krieg ...

Da riss mich Julie aus meinen deprimierenden Erinnerungen.

»Wie alt war deine Oma damals?«

»Da muss ich überlegen. 1895 geboren, und bei dieser Begebenheit muss sie vielleicht zehn Jahre gewesen sein. Ihr Leben war auch wirklich kein leichtes. Nach dem Tod ihres Mannes hatte sie noch vier von fünf Kindern großzuziehen. Der Älteste war mit seinem Motorrad auf einen unbeleuchteten Anhänger aufgefahren und verstorben. An einem heißen Sommertag mussten seine Eltern den Sohn identifizieren, irgendwo in Bayern. Danach konnte er in einem Zinksarg überführt werden.«

»Gaby, das ist schrecklich, wenn die Eltern ihr Kind beerdigen müssen.«

»Als ihre Kinder erwachsen und aus dem Haus waren, lebten meine Mutter und ich bei meiner Großmutter, und da möchte ich dir eine lustige Begebenheit erzählen, Julie, aber wirklich sehr lustig.

Nun, jedes Jahr während der Sommerferien kam Omas Bruder, der Lehrer war, mit Frau und kleinem Sohn für einige Wochen zu Besuch. Oma bewirtete sie von früh bis spät und kochte, was der Garten hergab, ohne Hilfe zu bekommen. Hinterher war sie fix und fertig.

So, und nun höre, worauf ich hinauswill. Es gab ein Jahr, da stand der Besuch ihres Bruders nicht fest, da sagte Oma zu uns: Wenn sie absagen, werfe ich mich vor Freude in der Küche auf den Boden. Wenn ihr also heute Mittag nach Hause kommt und ich liege auf dem Boden, dann haben sie abgesagt.«

»Und, hat sie?«, fragte Julie.

»Sie hat!«

Wir konnten uns vor Lachen nicht mehr halten.

»Nein, oh nein!«, rief Julie immer wieder unter Lachen.

»Wir kamen nach Hause, und Oma legte sich auf den Boden«, sagte ich.

Plötzlich wurde Julie ganz still und blickte mich stirnrunzelnd an. »Aber du, du hast dir das nicht etwa auch zu eigen gemacht?«

»Hm ... dann weiß Ditmar doch genau Bescheid.«

»Non, non, non, Gaby! Bitte sag Nein!«

»Doch, Julie, doch!«

Julie, ich habe ein Ehepaar aus Bielefeld kennengelernt. Was diese beiden machen, wäre auch so ein bisher unerfüllter Traum von mir, für uns! Erika ist Schneiderin und hat einen Laden eröffnet, in dem sie Stoffe, Nähzubehör und auch Nähmaschinen verkauft. Außerdem bietet sie Nähkurse an. Julie, ich will nach Bielefeld und einen Nähkurs bei Erika belegen!«

»Ach, Gaby, entschuldige, aber du bist verrückt! Was willst du denn noch alles machen?«

»Nun, ich stelle es mir so toll vor, an Erikas Laden angeschlossen ist ein Café, in dem selbst gebackener Kuchen verkauft wird. Denk dir mal, Nähen und Kaffeetrinken! Ach, Julie, kannst du nicht auch ein Café eröffnen? Hier auf der Domäne, im Hofladen?«

Abwehrend schüttelte sie den Kopf. Dann überlegte sie tatsächlich. Ich konnte es ihr ansehen.

»Wenn ich zu deinem Glück beitragen könnte ... im Anschluss an den Hofladen ...? Oh, oh, aber was wird Laurent dazu sagen, wenn ich schon wieder mit einer neuen Idee ankomme?«, rief sie erschrocken aus.

»Vergiss es, Julie, bitte, vergiss es! War wieder so eine blöde, undurchdachte Idee von mir.« Mein schlechtes Gewissen, ich fühlte mich grauenhaft. »Bitte, bitte, vergiss es!«

Plötzlich lachte sie laut auf und rief, dass sie eine Idee habe. »Jetzt weiß ich, wie ich es anfange: Zuerst erwähne ich bei Robert, dass wir im Hofladen einen Kaffeeautomaten aufstellen könnten, da die Franzosen zu jeder Zeit Espresso trinken. Robert hat immer offene Ohren für neue Ideen.«

Oder für Ideen, die von dir kommen, hätte ich gern erwähnt, konnte mich jedoch gerade noch so bremsen. Und zu diesem Zeitpunkt war mir noch nicht bewusst, dass ich in nicht allzu langer Zeit mit einem Nähkurs würde beginnen können.

»Immer sind es die Finanzen, die einen Strich durch alle Wünsche machen. Hinzu kommen die unzähligen Auflagen für die Eröffnung des Hofladens. Stell dir vor, Gaby, als positiv stellte sich heraus, dass wir bereits eine Genehmigung für unsere Küche und die Essensausgabe besitzen. Robert kümmert sich darum, aber eines kann ich dir versichern, leicht wird auch das nicht werden.«

»Was ist schon leicht im Leben?«, war meine rhetorische Frage.

»Da hast du wohl recht«, gab sie gedankenverloren zurück. »Wenn wir vier im Lotto gewinnen sollten, dann aber ...«, ihr Blick wanderte hoch zum Himmel, »wenn, dann ...«

Ja, dann hingen wir erst einmal, wie üblich, unseren Gedanken nach, als Julie plötzlich sagte: »Ach übrigens, der Brunnenschacht soll in dieser Woche freigelegt werden.«

»Oh, das möchte ich miterleben! Gibst du mir bitte Bescheid, wann es so weit ist?«

»Aber sicher doch. Hängst du etwa auch dem Irrglauben eines wertvollen Schatzes an? Es wurde wirklich langsam Zeit, den ausufernden Spekulationen Einhalt zu gebieten. Jeder meinte, seinen Beitrag über einen wertvollen Schatz abgeben zu müssen.«

»Möglich wäre es doch, Julie, oder? Jeder wünscht sich, einmal im Leben einen Schatz zu finden.«

Genervt verdrehte sie die Augen: »Und genährt werden die Hoffnungen durch den Bericht aus der Zeitung. Die Rede ist von einem Goldfund in einem alten Anwesen in der Normandie. Allerdings hatte hier ein Erbe bei der Renovierung unter Möbeln, unter dem Fußboden, sogar in Kleidungsstücken und Schuhen, unzählige Goldbarren in größerer und kleinerer Form und Tausende Münzen gefunden. Zuallererst hatte der Erbe eine Schachtel entdeckt, die statt einer Whiskyflasche Gold enthielt. Danach suchte er weiter. Stell dir mal diese Überraschung vor, Gaby! Der Fund soll einen Wert von 3,5 Millionen Euro gehabt haben und wurde bei Versteigerungen zu Bargeld gemacht.«

»Ja, und dann hieß es, dass 45 Prozent davon an den Staat fielen. Keine Ahnung, ob dies den Tatsachen entspricht, aber auch 55 Prozent von 3,5 Millionen Euro wären schon eine feine Sache. Ich wünschte, dass bei euch auch ein Schatz gefunden wird«, sagte ich hoffnungsvoll.

Ganz anders jedoch bei Julie und Laurent, die Domäne war nicht ererbt. Sollte man hier wertvolle Dinge finden, so würden die Vorbesitzer oder deren mögliche Erben ermittelt werden.

Um es kurz zu machen, im Brunnenschacht wurden weder ein Schatz noch Gebeine gefunden, sondern nur Abfälle, Abfälle und nochmals Abfälle. Hier hatte wohl während der unbewohnten Zeit der Domäne die ganze Umgebung ihren Müll entsorgt. Es war völlig desillusionierend!

Und wieder einmal war die Saison ihrem Ende zugegangen. Auf den Straßen wurden viel weniger Fahrzeuge bewegt als im Juli und im August. In den Supermärkten hatte sich die Hektik verabschiedet. Zu jeder Tageszeit konnte man sich nun zum Einkauf trauen, wobei man dies vorher bestenfalls frühmorgens tun konnte.

Herrliche Septembertage wollten den Sommer mit seinen hohen Temperaturen gar nicht ziehen lassen. Noch ein letztes Mal in diesem Jahr sollte eine Live Band im Restaurant L'Ecluse am Canal du Midi zum Tanz aufspielen. Die Urlaubszeit von Steffi und Markus, unseren Freunden aus der alten Heimat, ging langsam ihrem Ende entgegen. Und so wollten wir die Zeit zu einem gemütlichen Abendessen mit Musik nutzen.

Die letzten Sonnenstrahlen ließen die Wasser des Canal du Midi aufleuchten, während die Bandmitglieder ihre Instrumente in voller Lautstärke stimmten. Schnell brach nun die Dunkelheit herein, das Restaurant füllte sich bis zum letzten Platz. Die eifrigen Kellner eilten, um die verschiedenen Wünsche ihrer Gäste zu erfüllen.

Da schallten auch schon die ersten Songs aus dem Lokal über den Canal du Midi hinaus in die anbrechende Nacht. Und ich ... ich wartete verzweifelt auf die Tanzwilligen, denen ich mich anschließen wollte. Ein einziges Paar traute sich schließlich auf die Bühne, jedoch gefiel mir der Musiktitel nicht.

Ditmar hatte draußen etwas frische Luft geschnappt und befand sich auf dem Rückweg zu unserem Tisch. Sein Weg musste ihn unweigerlich an der Tanzfläche vorbeiführen ... Da riss mich der folgende Titel regelrecht vom Stuhl und auf die Füße. So tanzte ich Ditmar entgegen und dann um ihn herum, und übermütig schwang dieser seinen Stock in die Höhe.

In meiner Erinnerung war ich einige Jahre zurückgegangen. Es war ein Abend in einer »Ginguette«, einer Art Straußenwirtschaft, bei einem Austernproduzenten am Étang du Thau gelegen. Damals kam die Musik noch aus dem Kassettenrekorder, und die Musiktitel ließen die Menschen auf die Tanzfläche stürmen. Es wurde gesungen, gelacht und getanzt bis spät in die Nacht. Und nie mehr werde ich diese Einladung von ganz lieben deutschen Freunden aus Marseillan vergessen können.

Nun gut, nach dieser lang vergangenen Zeit hatte ich hier meinen Spaß, fast ganz allein auf der Tanzfläche gewesen zu sein. Später vertraute Ditmar mir an, er habe fast damit gerechnet, und er sei sich sicher gewesen, dass ich etwas Unerwartetes anstellen würde, als dieses Lied erklang.

Ganz fest nahmen wir uns vor, im kommenden Jahr mit Sicherheit wieder an einem Tanzabend in stilvoller Atmosphäre teilzunehmen, und ich wünschte mir sehr, diesmal Julie und Laurent mitnehmen zu können.

Juliiiie!«, rief ich total aufgeregt. »Ich muss dir unbedingt etwas erzählen! Das glaubst du mir nicht, das glaubst du mir niemals!«

Erstaunt hob sie den Kopf, versuchte das Gespräch am Telefon möglichst unauffällig zügig zu beenden und eilte auf mich zu.

»Was ist denn nun schon wieder passiert?«

»Also, du weißt doch, dass wir gestern eine Einladung bekommen hatten ins Restaurant L'Ecluse zu deren »Soirée d'inauguration de notre nouvelle pergola«, ihrer Feier zur endgültigen Fertigstellung ihrer Renovierungsarbeiten. Dort stellten die Produzenten aus, die die Familien de Vielder mit ihren Produkten beliefern ... Es waren fast fünfhundert Personen gekommen.«

»Ja, nun, mach's nicht so spannend!«

»Doch, doch, ich bin so aufgeregt, denn du glaubst es mir vielleicht nicht ...«

Julie verdrehte die Augen: »Na, na ...«

»Verschiedene Weinlieferanten boten ihre Weine an. Ein Spanier schnitt dünne Schinkenscheiben vom »Pata Negra« auf, einer frei in den Wäldern lebenden schwarzen Schweinerasse, die sich von Eicheln ernährt, was ein besonders wohlschmeckendes Fleisch liefern soll. Und es gab Käse, Käse, Käse ...«

»Oje! Komm bitte endlich zum Punkt!«

Wenigstens hat sie ein »bitte« hinzugefügt, dachte ich.

»Es war eine Einladung zum Aperitif, deshalb ein Stehkonvent ohne Sitzgelegenheiten. Ditmar wurde flugs ein Stuhl untergeschoben und mir dann eben auch. So weit, so gut. Plötzlich stand Monsieur de Vielder neben mir und präsentierte einen Teller. Mit übergroßen Augen starrte ich auf besagten Teller mit seinem Inhalt und hielt den Atem an ...«

»Und?«

»Strahlend präsentierte uns der Chef des Hauses die ersten frischen Austern des Abends ...«

»... Oh!«

»Genau. So dachte ich auch in diesem Moment. Es waren die größten Austern, die ich bisher gesehen hatte. Also habe ich gestern Abend die allererste große rohe Auster in meinem reifen Alter zu mir genommen, soll heißen verspeist.«

»Nein! Das glaube ich nun nicht«, gab Julie ungläubig von sich, »das kann ich dir einfach nicht abnehmen. Du hast sie in den nächsten Blumentopf gespuckt und nicht wirklich geschluckt.«

»Doch, habe ich. Ich habe kurz gekaut und dann mit viel Zitronensaft geschluckt«, bekräftigte ich lachend, »aber nur in Ermangelung irgendwelcher Blumentöpfe.«

»Du Scherzkeks! Und, wie war's?«

Ich überlegte: »Tja, wie war's? Na ja, eklig irgendwie, aber ich dachte nicht lang nach, und schluck, weg war sie ... Und dann noch eine«, erzählte ich lachend.

»Sogar zwei? Gaby, du überraschst mich. Konntest du nichts anderes essen?«

»Doch, sicher. Man konnte auswählen, aber zuallererst gab es die Austern. Später holte ich Schinken für Ditmar und aus einem Riesensortiment Käse und Baguette für mich. Dazu probierten wir, auch ich, Wein. Weißwein, Rosé und Rotwein. Die Produzenten aus Mèze öffneten den ganzen Abend lang Unmengen an frischen Austern, und da dachte Monsieur de Vielder offensichtlich, er mache uns eine große Freude.«

»Die ist ihm aber auch gelungen! Ich will mal so sagen, eine Überraschungsfreude, oder?«

»Jaaa ... irgendwie platzte ich vor Freude! Nein, doch, ich freute mich schon, dass er uns bediente. Die ganze Mannschaft fragte immer mal wieder, ob sie uns etwas bringen könne, da Ditmar ja selbst nichts tragen kann. Ich balancierte den Teller mit den Austern und Zitronenschnitten auf den Oberschenkeln und spießte eine Auster nach der anderen auf nach dem Prinzip: One for you, one for me – eine für Ditmar, eine für mich.«

Julie schien total perplex. Ständig schüttelte sie den Kopf. »Ich fasse es nicht, Gaby isst Austern! Du warst aber schon überrumpelt?«

»Ja, war ich«, und nach kurzer Überlegung sagte ich: »Weißt du, wenn der erste Ekel überwunden ist, dann geht alles viel leichter. Und meinen Gästen habe ich früher überbackene Austern serviert, ohne selbst davon zu essen.«

»Schon komisch. Wie haben sie dir eigentlich geschmeckt, deine ersten rohen Austern?«

»Salzig und irgendwie nach Meer. Nicht weiter darüber nachdenken, sagte ich mir, schlucken und nur noch wundern.«

Wir sahen uns an, und Julie sinnierte: »Wie war das noch mal mit dem Spruch? Wann war das letzte Mal, als du etwas zum ersten Mal machtest?‹

»Tja«, sagte ich, »auch in meinem reifen Alter kann es noch Dinge geben ...« Dabei ließ ich das Ende des Satzes in der Schwebe und fühlte mich ... irgendwie ... jung!

Das Leben auf der Domäne nahm seinen Verlauf. Zuerst erfuhr ich, dass Silvie die Handlungsvollmacht des Lottoscheins auf Emilie übertragen hatte, da weder ihr Mann noch ihre Tochter ihr Geheimnis entdecken sollten. Das leuchtete mir ein. Hätten wir von Anfang an schon bedenken können, sagte ich mir. Zu unser aller Bedauern waren unsere ausgewählten Zahlen bis jetzt keine Glücksbringer gewesen. Zwei Richtige mit Sternchen brachten einmal ungefähr zehn Euro plus »cacahuètes«, wie die Franzosen sagen, oder auch »peanuts«, und wanderten in eine gemeinsame Spardose, die in Julies Tresor schlummerte.

Eines Tages erzählte mir Silvie, dass Julie in der Kapelle weine.
»Wie, gerade eben?«, rief ich und befand mich schon auf dem Sprung zur Kapelle.
Silvie jedoch hielt mich zurück und flüsterte: »Nein, nicht gerade eben, sondern zu Zeiten, wenn sie meint, niemand vermisse sie.«
Wir beide befanden uns im Apartment »Rose«, und eigentlich konnte uns niemand hören. »Trotzdem sollten wir vorsichtig sein«, riet Silvie.
»Hast du sie dort gesehen? In der Kapelle, meine ich?«, fragte ich bestürzt.
»Nein, Robert hat es mir erzählt. Und da ich weiß, dass du Julies Vertraute bist, dachte ich, du solltest das wissen.«
Wir hielten in unserer Arbeit inne und blickten uns nachdenklich an.

»Silvie, ich danke dir für dein Vertrauen.«

Meine Gedanken überschlugen sich. Warum nur? Warum? Hatte sie sich gerade unglücklich gefühlt oder lagen die Gründe etwa weiter zurück?

»Einmal? Oder ...«

»Mehrmals.«

Ich hielt die Luft an und wartete ab.

»Weißt du, Gaby, ich arbeite oft mit Robert zusammen, im Garten und überall, wo er jemanden für leichte Arbeit braucht.«

»Ja, im Garten, da habe ich euch auch an meinem ersten Tag entdeckt«, sagte ich.

»Robert ist ein toller Mann. Alle mögen ihn.«

Ja, dachte ich, da hast du wohl recht.

»Und wenn du ihn täglich siehst, dann ist es auch unschwer zu bemerken, dass ihm Julies Glück am Herzen liegt.«

»Silvie, das ist doch unser aller Bestreben, oder?«, warf ich dazwischen.

Silvies Blicke deuteten irgendetwas an, aber was? Wir standen uns an dem großen Bett gegenüber, das wir frisch beziehen wollten, und blickten uns stumm an. Schließlich gab sie sich einen Ruck und flüsterte: »Na ja, ich meine, da ist schon etwas mehr ...«

Und wieder hielt ich den Atem an. War es doch so offensichtlich, dachte ich bestürzt. Hatten die anderen so feine Sensoren? Unwillkürlich versuchte ich zurückzurudern. Es durfte einfach nicht sein.

»Und Céline?«, fragte ich lahm.

Silvie wehrte ab: »Ach, Céline ... sie ist noch so jung. Sie steht doch erst am Anfang ihres Lebens. Und wenn ihr Studium beendet ist, was denkst du, was dann ...?«

Noch immer hielt jede von uns einen Zipfel des Bettlakens in Händen, nicht fähig, unsere begonnene Arbeit weiterzuführen. Ich war wie gelähmt. Meine Beine zitterten.

»Da hast du wohl recht. Von dieser Warte aus habe ich die Situation noch nicht betrachtet«, sagte ich nachdenklich. »Ich habe Robert immer für einen jungen Mann gehalten, denn er hat so etwas Jungenhaftes an sich und würde so gut zu Céline passen. Im Geiste habe ich die beiden schon miteinander verheiratet. Julie deutete diese Möglichkeit einmal an.«

Silvie lachte. »Stimmt, Robert wirkt sehr jung, aber er ist auch schon in den Fünfzigern.«

»Ach!«

Damit verlieh ich meinem Erstaunen Ausdruck. Welches Unvermögen, das Alter von Personen einschätzen zu können oder, besser gesagt, nicht bestimmen zu können!

»Leben Robert und Céline denn nicht zusammen? Ich dachte, im Turm ...?«, fragte ich.

»Ja, im Turm schon, jedoch hat jeder seine eigene kleine Wohnung.«

»Ach!«, wiederholte ich, und dann brachen wir beide in schallendes Gelächter aus.

»Wenn wir beide so weitertratschen«, ermahnte sie, »werden wir heute gar nicht mehr fertig.«

Deshalb zogen wir schnell das Laken glatt und deckten eine gesteppte Patchwork Decke über das Bett, als Silvie wieder innehielt und nachdenklich die Stirn runzelte.

Oh, was jetzt noch, dachte ich bestürzt.

»Eigentlich kennen wir uns gar nicht richtig, Gaby. Ist es nicht so? Ich würde dich schon mal gern zu mir nach Hause einladen ... aber da können wir nicht frei reden, du weißt, mein Mann ... Manchmal arbeitet er von zu Hause aus.«

»Aber sicher, ich weiß doch. Und deshalb kommst du zu mir. Das Wetter ist noch so schön, da können wir auch draußen sitzen«, schlug ich begeistert vor.

Sie nickte erfreut.

»Und später einmal könnten wir vier Lottoprinzessinnen uns auch gemeinsam bei mir treffen. Meinst du, die Konstellation passt? Denn Emilie kenne ich noch gar nicht, und ihr Alter einzuschätzen traue ich mir jetzt einfach nicht mehr zu.«

Verunsichert lachte ich etwas lahm, denn ich war mir nicht sicher: Hatte ich wieder einmal eine blöde Idee, wie schon oftmals zuvor?

Doch Silvie nahm diese Idee mit Begeisterung auf: »Darauf freue ich mich riesig! Aber jetzt müssen wir uns sputen, sonst wundert sich Julie, wo wir so lange bleiben«, drängte sie zur Weiterarbeit.

Jetzt bitte ich dich, Gaby, nicht zu lachen, wenn ich dir meine größte Wunschvorstellung mitteile.«

»Julie, noch ein großer Wunsch? Der allergrößte? Da bin ich wieder mal gespannt.« Mit großen Augen blickte ich sie erwartungsvoll an.

»Vor vielen Jahren, noch in Deutschland, ließen wir uns Produkte von »La Vialla« aus Italien schicken, und schon damals keimte in mir so ein klitzekleines Samenkorn ... Kennst du La Vialla?«

Ich holte tief Luft. »Ja, Julie, das kenne ich, und es ist Wahnsinn, wie diese Familie in den Siebzigerjahren mit einem einzigen Bauernhof begonnen und nach und nach andere benachbarte Höfe dazugekauft hat. Weißt du übrigens, dass La Vialla seit letztem Jahr einen Laden in Frankfurt eröffnet hat?«

»Ach wirklich? Nein, das entzieht sich hier unten in Südfrankreich meiner Kenntnis. Ich könnte mir aber vorstellen, dass dies durch die vielen deutschen Toskana-begeisterten Touristen kam, die in La Vialla ihren Urlaub verbrachten.«

»Lass mich mal überlegen«, sagte ich. »Die Produkte von La Vialla sind alle Bio, ihr Wein, ihre Olivenöle und vieles mehr. Wein und Oliven gibt es bei euch auch, nur an Schafen mangelt es euch, sodass ihr keinen Pecorino herstellen könnt.«

Sie lächelte geheimnisvoll ... und antwortete nicht.

»Nein!«, schrie ich fast entgeistert. »Schafe willst du aber keine anschaffen, oder?«

Ihren Blicken konnte ich wieder einmal die Antwort ablesen. Tief einatmend wartete ich ab.

»Na ja, für eine Schafherde fehlt uns natürlich der nötige Platz, aber so zwei Schafe..., die hätte ich schon mal gern. Sieh es mal so, sie könnten gezielt eingesetzt das Gras kürzen und ...« Sie stützte ihre Arme auf den Tisch, legte das Kinn darauf und sah mich mit diesem mir so bekannten Blick an.

Nachdenklich – einer musste ja nachdenken – sagte ich: »Aus zwei Schafen können schnell auch mehr werden. Es ist fast so wie mit den Hühnern. Aber da ist schon was dran.«

»Ich würde gern nach Italien fahren und mich von Familie Lo Franco beraten lassen, aber ...«, niedergeschlagen hielt Julie inne, »aber ich kann hier nicht weg, und deren Konzept eins zu eins zu übernehmen ist unmöglich. Außerdem sind die Gesetze von Frankreich wohl kaum mit denen von Italien zu vergleichen. Trotzdem würde mir das Anschauungsmaterial gewaltig helfen, selbst wenn es vom Umfang her kaum mit uns zu vergleichen wäre.« Sie griff sich einen großen Block und einen Stift und begann zu notieren: »Also, wir könnten Wein, Olivenöl und Konfitüren anbieten und ...«

»Und Eier«, ergänzte ich.

»Ach ja, meine lieben Mädels strengen sich fleißig an. Ich glaube, sie mögen mich.«

»Wer mag dich nicht? Nenne mir einen!«, platzte ich erbost heraus und packte sie am Arm.

»Jaja, ist schon gut. Dies sollte aber kein »Fishing for Compliments« sein.«

»Das weiß ich doch, Julie. Davon bist du weit entfernt ... Aber ich wollte noch fragen, welche Produkte Robert aus seinem Garten noch beisteuern könnte.«

Als sie nicht sofort antwortete, bemerkte ich eine Veränderung in ihrem Verhalten. Sie schrieb auch nicht weiter, und ich beobachtete, wie ihre schmalen Schultern anfingen zu beben und dicke Tränen auf das Papier tropften.

Schnell reichte ich ihr einige Tempotücher: »Julie ...?«

»Ach, eigentlich ist es doch müßig, weiter darüber nachzudenken«, schniefte sie, putzte sich verstohlen die Nase, straffte die Schultern und schob den Block weit von sich. »Ich kann nicht nach Italien fahren, unser Hofladen kann mit so wenigen Produkten nicht eröffnet werden, und überhaupt ist alles so ...« Und wieder stürzten die Tränen hernieder.

»Julie, bitte weine nicht!« Ich trat zu ihr und umarmte sie fest. »Wünsche sollten manchmal Wünsche bleiben. Auch ich habe diese Erfahrung schon machen müssen. Trotzdem glaube ich, dass dein Hofladen in kleiner Form nicht in Vergessenheit geraten sollte, und außerdem will doch Robert ...«

Ihr Schluchzen wurde stärker: »Ach, Robert ...«

In diesem Augenblick wurde kurz geklopft, sofort die Tür geöffnet, und Robert trat mit einer freundlichen Begrüßung ein. Doch sein Lächeln machte heftiger Bestürzung Platz, als er Julies Tränen ansichtig wurde.

»Was ist passiert?«, stieß er hervor.

Ich bemerkte, dass er Julie am liebsten in die Arme geschlossen hätte, konnte sich jedoch im allerletzten Moment zurückreißen, denn dort stand ja bereits ich, und ich sollte von seinen wahren Gefühlen für Julie nichts erfahren. Das hätte er sich sparen können, ich wusste genug ...

In knappen Worten teilte ich ihm unsere vorhergehende Unterhaltung mit, unterbrochen durch Julies Ergänzungen. Still hörte

Robert zu, stellenweise nickte er zustimmend, meistens jedoch schüttelte er verneinend oder leise schimpfend den Kopf. Als wir geendet hatten und Julie sich etwas beruhigt zu haben schien, setzte sich Robert auf eine Ecke von Julies Schreibtisch. Er hatte dort wohl schon des Öfteren Platz genommen. Er machte eine gute Figur. Sein kurzes blondes Haar stand in alle Richtungen. Ein altes verwaschenes T-Shirt vermochte nicht diesen muskulösen Oberkörper zu verhüllen. Die langen Beine steckten in engen hellen, verblichenen Jeans, und ich spürte, wie ich peinlich errötete.

Auch ich hatte oftmals in meiner Schulklasse auf der Seite des Schreibtisches Platz genommen. Aber nur, sofern ich mich wohlfühlte.

Heute bezweifelte ich jedoch, dass Robert sich wohlfühlte, denn seine Miene ließ auf Ärger schließen.

»So, ihr zwei, ihr beruhigt euch jetzt mal beide! La Vialla gibt es schon seit über vierzig Jahren. Außerdem ist es für unsere Verhältnisse viel zu groß, um sich daran messen zu wollen.« Seine Stirnfalten glätteten sich leicht, als er fortfuhr: »Wir beginnen ganz langsam; es gibt auch so schon genug zu tun. Und irgendwann, Julie«, liebevoll blickte er sie an, »irgendwann kriegst du, kriegen wir, unseren Hofladen.«

Innerlich lachte ich. Robert hatte zu zwei unartigen Kindern gesprochen, diesen die Sachlage genauestens erklärt und am Ende Hoffnung durch Vertrauen gebracht. Und in diesem Moment glaubte ich ihm dies, denn Robert war ein Mensch, dem man voll vertrauen konnte.

Und wie er Julie ansah ... Um diese Blicke war sie zu beneiden!

Wie ich hörte, hatte sich Marc zusammen mit Robert die freie Umgebung hinter der Domäne genau angesehen und festgestellt, dass sich dort weites gutes Pferdeland erstreckte. Die ehemaligen Stallungen mussten wieder Instand gesetzt werden, und zurzeit bewohnten Claire und Marc die kleine Wohnung darüber. Dies sollte sich jedoch bald ändern, denn geplant war ein Anbau oder ein freistehendes Haus auf dem Gelände der Domäne.

Und wieder einmal schlenderte ich die U-Form des Hofes entlang, blickte hierhin und dorthin, ich sage mal so, ich hatte etwas Zeit. Meine Füße waren, eine Seltenheit, nicht in Eile und trugen mich aus Neugierde zu den Pferdestallungen. In der Hoffnung, niemanden anzutreffen, guckte ich verschämt um die Ecke zum Tor hinein, und doch, ich erschrak, da stand Marc! Ganz in Schwarz gekleidet, in engen schwarzen Jeans, einem schwarzen T-Shirt und mit dem Körper eines Athleten, so lehnte er an einer Pferdebox. Gedankenverloren drehte er seinen schwarzbraunen Cowboyhut in den Händen. Da er mich noch nicht entdeckt hatte, war ich in der Lage, ihn genauer zu beobachten. Seine langen blauschwarzen Haare, zu einem Pferdeschwanz gebunden, glänzten in der Morgensonne, die verschämt durch einen Spalt der Tür schien. Schon wollte ich mich still und leise davonstehlen, da hob er den Kopf.

»Oh«, sagte ich ertappt, »ich wollte nicht stören. Schon immer haben mich Pferdestallungen interessiert und da dachte ich ...«

Seine weißen Zähne blitzten, als er mich freundlich einlud, näher zu treten.

»Aber wenn du keine Zeit hast, kann ich auch ...«

»Non, non, ist schon okay!« Er setzte seinen Hut auf, kam langsam auf mich zu und blieb an der vordersten Box stehen.

Da ich immer gern weiß, woran ich bin, fragte ich ihn, in welcher Sprache wir uns unterhalten wollten, auf Englisch, Französisch oder auf Deutsch. Marc blieb stehen, drehte sich langsam um und meinte: »Na ja, in Kanada sprechen wir Englisch und Französisch, und mit Claire lerne ich ganz langsam die deutsche Sprache.«

Das hörte sich gut an.

Die einst eingefallenen Stallungen sah ich nun zum ersten Mal von innen, konnte mir jedoch nach Julies Berichten ein ungefähres Bild vom einstigen Zustand machen. Der leicht muffige Geruch würde sicherlich durch Belüftung, Heu und die warmen Pferdeleiber verschwinden.

Marc war meinen Blicken gefolgt. »Ich habe Staub und Spinnweben und tonnenweise Holz und Schutt beseitigt. Alles verlangte nach Reinigung und Instandsetzung.« Sich umblickend grinste er lausbübisch. »Für meine Lieblinge soll alles vorbereitet sein.«

»Deine Pferde sind noch in Kanada?«, fragte ich ohne Arg.

Sein Lächeln verlor sich und machte einer plötzlichen Traurigkeit Platz. Ich hätte ihn gern umarmt, ließ es jedoch sein, denn so gut kannten wir uns noch nicht.

»Eigentlich wären sie schon auf dem Weg oder, besser gesagt, in der Luft ...«

»Sie wären ...?«

»In meiner Vorstellung hätte ich einige gern herübergeholt, habe mich jedoch nach reiflichen Überlegungen dagegen entschieden«, sagte er, tief Luft holend. »Für die Pferde wären die Strapazen zu groß, der Flug, die Quarantäne und so weiter, und falls wir in Frankreich bleiben sollten ...«

»Falls?«, fiel ich ihm ins Wort. »Ich dachte, es wäre sicher, da ihr doch schon Pläne für die Stallungen und ein Haus habt.« Da plötzlich fiel es mir wie Schuppen von den Augen: »Ach so, du bist Kanadier und kommst nicht aus einem EU-Land. Erst einmal drei Monate Aufenthalt ... Ah, du müsstest heiraten, oder?«

Verschwörerisch blickte er sich um und legte einen Finger auf den Mund. Erschrocken verstummte ich und überlegte laut: »Ihr habt schon einen Antrag gestellt?«

Auch hier lag ich falsch, denn Marc schüttelte den Kopf: »Rate weiter!«

Eigentlich gab es nur noch eine Möglichkeit, schoss es mir durch den Kopf. »Hm, da fällt mir nur noch eins ein, aber das wäre unwahrscheinlich, oder ...? Keiner weiß davon.«

Irgendwie schien ihm mein Rätseln Spaß zu machen.

»Das glaube ich nicht«, sagte ich zweifelnd.

»Doch!«

»Ihr seid schon verheiratet? Und niemand weiß davon? Aber warum?« Fast schrie ich es heraus. Ich konnte es nicht fassen. Julie, oh Julie! »Warum? Alle hätten sich doch so gefreut!«

»Claire wollte es so. Die Hochzeit ihres Bruders sollte durch uns nicht geschmälert werden.«

»Ach was! Und wann wollt ihr die Katze aus dem Sack lassen?« Fragend hob er die Augenbrauen. »Das ist eine deutsche Redensart und heißt so viel wie: Wann wollt ihr es verkünden?«, erklärte ich.

»Bald. Claire setzt den Zeitpunkt fest.«

Ich war einen Moment sprachlos. »Und deine Pferde?«, bohrte ich weiter.

»Die werden wohl leider dort bei meiner Schwester bleiben müssen, und sie wird weiter mit ihnen arbeiten.«

Mittlerweile waren wir am Ende der Stallungen angelangt, und nach einem Augenblick der Stille legte Marc seine Hand auf meinen Arm. »Was ich dir jetzt noch anvertraue, behältst du bitte auch für dich, wie das andere, okay?«

Mein Kopf fuhr herum, und schnell nickte ich.

»Also, meine Schwester ist bereits in Paris gelandet. Von dort holt sie unsere ersten beiden neuen Pferde von der Nokota-Ranch in der Nähe von Paris ab. Ich habe alles heimlich mit ihr abgesprochen, und wenn sie hier ist ...«, seine Zähne leuchteten, »dann lassen wir, denke ich, alle Katzen aus den Säcken.«

Laut schallte unser Gelächter durch die noch leeren Pferdeboxen.

In Dänemark gibt es die »Pionierfarm Norre Nebel«. Reiten am Meer für Individualisten. Seit 2013 sind dort sieben junge Nokota-Pferde zu Hause. Diese Farm liegt günstig in der Nähe der deutsch-dänischen Grenze. In der Google-Anzeige steht: »Bei Interesse können Sie gern unsere Nokotas besuchen und so diese seltene und faszinierende Rasse persönlich kennenlernen. Mit zwei Nokota-Hengsten und fünf Nokota-Stuten sind auf unserer Farm einzigartige, farbenreiche und unterschiedlichste Blutlinien vertreten.«
Schon allein die Namen der Pferde sind äußerst interessant: Snowy Wolf, Dancing Red Wolf, Smarty oder Touch the Clouds.
Marc erzählte mir, dass er seine Pferde von der Nokota-Ranch in Orry-la-Ville aus der Picardie bekommt, da dies näher zur Domäne gelegen ist und somit weniger stressige Transportwege erforderlich mache.
Als ich mich genauer umblickte, roch ich nun auch das frische Heu und das Stroh, erkannte das solide Gebäude mit seinen sauberen Boxen, die viel Platz und Licht und Luft boten. Die Futterkammer war gefüllt und die gereinigten Tröge warteten darauf, gefüllt zu werden. Am Ende des Stalls gab es ein großes offenstehendes Tor, das den Blick freigab auf eine bis jetzt noch kleine, bereits eingezäunte Pferdekoppel, und in Gedanken stellte ich es mir total super vor, täglich mit diesen wundervollen Tieren zu arbeiten. Marc hatte alles durchdacht, und als hätte er meine Gedanken erraten, sagte er: »Robert hat mir viel geholfen, sonst sähe es hier noch nicht so gut aus.«
»Ja, Robert«, sagte ich versonnen, und dieser Name schwebte lange in der Luft.
»Dann willst du hier so ganz von vorn anfangen? Total bei null?«

Und als er zustimmend nickte, sagte ich: »Ein Wahnsinns-Liebesbeweis für Claire.«

Da strahlten seine weißen Zähne in seinem dunklen Gesicht: »Ich hoffe, dass sie es genauso sieht«, antwortete er hoffnungsvoll.

Was für ein Mann, dachte ich.

Beim Betreten der Stallungen hätte ich im Traum nicht daran gedacht, ein längeres Gespräch mit Marc führen zu können, auch nicht, dass er so viel von sich preisgeben würde. Da ich mich nicht aufdrängen wollte, hielt ich mich am Tag der Ankunft der Pferde fern.

Als ich dann einige Tage später in die Pferdestallungen trat, empfing mich ein warmer Stallgeruch, gemischt aus Leder, Dung, frischem Heu und Stroh und warmen Pferdeleibern. Vorsichtig trat ich ein, da streckte sich auch schon neugierig ein edler Kopf aus dem oberen Teil einer Tür und blickte mich mit dunkel glänzenden Augen vertrauensvoll an.

»Hallo«, flüsterte ich und tätschelte ihm leicht über die Stirn. »Wir kennen uns noch nicht, werden uns aber sicherlich noch öfter sehen.«

Es schnaubte mir in die Hand. Ich empfand es als Zustimmung, das Pferd jedoch als Aufforderung zur Karotte oder einem Apfel. Auch aus der Nachbarbox streckte sich ein kastanienbrauner Kopf zur Begrüßung heraus.

»Hallo, auch du bekommst von mir deine Streicheleinheit«, flüsterte ich und entdeckte nun auch einen bereitstehenden Weidenkorb, mit Karotten und Äpfeln gefüllt. Nachdem ich die Pferde mit je einer Karotte versorgt hatte, schlich ich mich von dannen. Das heißt, ich hatte, wie meistens, eine Verabredung mit Julie.

In Gedanken stellte ich mir, wie so oft, die Arbeit mit diesen wundervollen Tieren einfach super vor. Ich hatte keine Kostenvorstellung für den Erwerb eines Pferdes, dachte jedoch, dass es eine sehr große Summe darstellte. Und Marc gab seine gut dotierte Erwerbstätigkeit in Kanada auf, um in Frankreich so ganz von vorn anzufangen ...

Zuerst einmal freute ich mich über den Einzug der ersten beiden Pferde in ihre Boxen und wartete nun gespannt auf die weiteren, denn ich war überzeugt, dass die mit Sicherheit kommen würden.

Zu Hause angekommen, googelte ich erneut den Namen »Nokota« und erfuhr, dass das Nokota-Pferd seine Wurzeln im 19. Jahrhundert in den Wildwestgeschichten hatte. Kurz vor seiner Ausrottung erfuhren die Nokotas langsam ein Comeback durch private Zuchtprogramme. Heute leben diese Pferde frei im Nationalpark in North Dakota in Amerika.

In Zukunft würde ich außer Barney auch die Bewohner der Pferdeboxen begrüßen. Wahnsinn!

In Gedanken träumte ich allerdings von den weißen Pferden der Camargue ... Wer weiß?

Nun, mit Claire und Marc und für eine kurze Zeit auch mit dessen Schwester Kate war junges Leben auf der Domäne eingekehrt. Die Geschwister hatten in Kanada zusammen auf ihrer eigenen Ranch mit Pferden und Behinderten gearbeitet und sich bereits einen allseits bekannten Namen erworben.

Kate, eine schlanke junge Frau, packte nun hier erst einmal tatkräftig in den Stallungen mit an und half ihrem Bruder, Fuß zu fassen. Aber bald würde sie nach Kanada zurückkehren und auf der Domäne würde der Alltag anbrechen.

Und zuvor wollte ich die Gelegenheit beim Schopfe packen und in Erfahrung bringen, ob sie in Kanada auch Line Dance getanzt hätten.

D ie Abenddämmerung hatte bereits eingesetzt, und wir genossen, unsere Gesichter der Sonne zugewandt, die letzten Sonnenstrahlen.

Da wurde unser Schweigen durch eine einzige dramatische Frage Silvies beendet: »Was, wenn Laurent Wind davon bekommt?«

Sie hatte gewagt, unsere geheimsten Bedenken in Worte zu fassen, und schreckte mich damit aus der vermeintlichen Ruhe auf. Ich wagte nicht zu atmen, während sich unsere fragenden Blicke trafen.

»Nein, Silvie«, versuchte ich ihre zuvor geäußerte Vermutung ad absurdum zu führen, »ich glaube das alles nicht. Ich will es einfach nicht glauben, und was nicht sein darf, ist nicht, basta!«

»Wäre es nicht so unheimlich offensichtlich, hätte ich meinen Mund gehalten«, sagte sie.

»Meinst du nicht, dass es eine kurze, vorübergehende, in die Irre geleitete Episode ist?«, mutmaßte ich.

Traurig verzog sie die Mundwinkel. »Du kannst es noch so ausschweifend umschreiben, Gaby, es ist, wie es scheint. Zum Glück ist Claire so mit sich selbst, mit Marc und der freudigen Erwartung auf das Baby beschäftigt, dass sie, glaube ich, gar nicht begreift, was um sie herum geschieht. Und das ist auch gut so. Ich bin fest davon überzeugt, dass eine Anziehungskraft, eine ungeheure Spannung zwischen Julie und Robert besteht, die wie Magnete aufeinander zu driften, und sich zum Glück noch nicht berührt haben.«

Mit einer Erleichterung, die ich nicht wirklich empfand, atmete ich aus.

Silvie hatte meine Einladung angenommen, nur wenige Tage verstreichen lassen und war an ihrem nächstmöglichen freien Nachmittag mich besuchen gekommen. Silvie, eine charmante kleine Person, und, wie ich erst jetzt feststellte, mit braunen Haaren, einem praktischen kurzen Haarschnitt und flinken, kräftigen Händen. Sie war eine gutaussehende Frau, nicht wirklich hübsch, aber doch ansprechend und Anfang fünfzig, mutmaßte ich.

Obwohl wir uns schon länger kannten, musste ich mir eingestehen, dass mir Silvie erst hier und heute so recht sympathisch wurde. Ein ähnliches Phänomen war mir schon einmal im Leben begegnet: Eine Bekannte, die eigentlich eine gute Bekannte einer guten Bekannten von mir war, entpuppte sich später als eine sehr gute Freundin. Ja, so kann es gehen im Leben!

Julie hatte mir einmal anvertraut, dass sie zuweilen die Grade oder Stufen einer Freundschaft zu ergründen versuche und diese bewerte, so ungefähr auf einer Skala von 0 bis 10, mit auf- und absteigender Tendenz. Bloß nicht, dachte ich damals. Ich legte keinen gesteigerten Wert darauf, meine Stufe in Erfahrung zu bringen, und bat sie im Stillen darum, dies für sich zu behalten. Mit Erfolg.

Nach dieser Erfahrung ging ich in mich und kam zu dem mir bereits bekannten Ergebnis, nicht unfehlbar zu sein. Also gönne ich meinen Mitmenschen die Möglichkeit, mich zu bewerten. In dem sicheren Bewusstsein, dass sie dies auch tun, werde ich mit Sicherheit nicht immer gut abschneiden.

Aber nun zurück zu Silvie.

Ein goldener Streifen zeigte sich am unwirklich lavendelblauen Himmel. Mit kräftigen Aquarellfarben hatte der Künstler gearbeitet, und hingerissen beobachteten wir von unserer Terrasse aus, das Leuchten der orangeroten Sonne und des Himmels im Westen. Bei guten Wetterverhältnissen, und die gab es oft, bot der Himmel jeden Abend wieder ein solches Schauspiel, und wäre ich ein Musiker, so würde ich dies in Musik vertonen. Dieses langsame Ansteigen bis zum endgültigen Versinken der glühenden Sonne mit ihrer orangeroten Aura.

Erneut spürte ich, wie mir dieses erhabene Schauspiel die

Tränen in die Augen trieb und ich einen unerwarteten Frieden verspürte, und von der Seite beobachtete ich Silvie, die sich wegdrehte und sichtlich mit den Tränen kämpfte.

Ich berührte sie leicht an der Schulter: »Komm, Silvie, lass uns hineingehen, es wird kühl.«

Schnell belegte ich einige Scheiben des von Silvie mitgebrachten köstlichen Baguettes mit Tomaten und Mozzarella, ließ diese im Ofen überbacken und öffnete eine Flasche leichten Roséwein. Zwar war es ein einfaches Essen, jedoch hielt es Leib und Seele zusammen. Und als sie ihren Mund abwischte und die Serviette neben ihren Teller legte, atmete sie tief aus: »So, jetzt geht es mir schon wieder besser.«

»Geht mir auch so«, bestätigte ich.

Wir setzten uns in den Wintergarten, die Sonne hatte ihn während des Tages angestrahlt, und so hielt sich eine milde Temperatur bis in den späten Abend hinein. Ich entzündete einige Kerzen, und um uns strich ein Hauch irgendeines zarten Blütenduftes ... Rosen, ich glaube, es war ein Rosenduft.

Silvie machte es sich in einem Korbsessel bequem, schlug die Beine übereinander, drehte gedankenverloren ihr Weinglas in den Händen und betrachtete ausgiebig den Wein darin.

»Weißt du, Gaby, manchmal denke ich, Freundinnen sollten näher beisammen wohnen.«

Ich hob die Augenbrauen: »Das ist aber kaum zu bewerkstelligen.«

»Ich denke doch. Stell dir einfach mal vor, man ist in Rente oder auch schon früher und hätte die Möglichkeit, zusammenzuziehen.«

»Ach, so meinst du das.« Gespannt wartete ich ab.

»Getrennte Wohnungen in einem Gebäude.«

»Ach, Silvie, das hat doch Julie schon versucht und ist gescheitert.«

Wo sollte dieses Gespräch hinführen, fragte ich mich, irgendwie auch genervt.

Sie jedoch ließ nicht locker. »Ich würde es anders anfangen!«, rief sie begeistert.

»Ja ... und wie?«

»Also, pass auf!« Sie setzte sich in ihrem Sessel auf und begann regelrecht zu deklamieren: »Man müsste ein großes Haus finden, in dem man mehrere Wohnungen einrichten könnte.«

Ich horchte auf, doch das überzeugte mich nicht wirklich. Dann erzählte ich ihr von einem Zeitschriftenartikel, den ich vor Kurzem mit großem Interesse verschlungen hatte, denn diese Ideen ließen mich einfach auch nicht los. Acht alleinstehende, noch rüstige Rentnerinnen hatten jede eine kleine Wohnung in einem sehr großen Haus in München gemietet.

»So, Silvie, und jetzt sage ich dir, was mir daran nicht gefällt. Diese Frauen besprachen gemeinsame Unternehmungen wie Wanderungen, Theaterbesuche oder Vorträge. Ich jedoch möchte im Alter nicht genötigt werden, an gemeinsamen Veranstaltungen teilnehmen oder mich entschuldigen zu müssen, falls ich absolut keine Lust dazu habe. Ich brauche meine Freiräume.«

Heftig den Kopf schüttelnd rief sie: »Nein, nein, meine Intention geht einen ganz anderen Weg.«

Na, da war ich aber mal gespannt.

»Nur mal angenommen, Julie würde nicht mehr an Touristen vermieten wollen ...«

»Ach ...! Das kann ja Äonen dauern, oder ... Weißt du mehr?«, rief ich spontan und starrte ungläubig in Silvies hoffnungsvolles Gesicht. Dieser Ausdruck darin, was hatte er zu bedeuten? Meine Überlegungen brachten mich zu der seltsamen Erkenntnis, dass Silvies Ideen ein Fünkchen Wahrheit enthalten könnten. Ich stellte mir vor, viele Wochen, ja Monate mit leerstehenden Wohnungen, die keinen Cent einbrachten ...

»Mensch, Silvie ...«, hob ich an, wurde jedoch sofort von ihr unterbrochen: »Ich sagte ja auch, nur mal angenommen ... Aber ich sage mir, wenn du Wunder erleben willst, so musst du auch an sie glauben.«

Ich ergriff mein Glas und nahm einen großen Schluck vom süffigen Rosé, der mir schon leicht zu Kopfe stieg, da ich keinen Alkohol vertrug. Ich hüstelte leicht, doch Silvie schien nicht verstimmt ob meiner Ungläubigkeit: »Lass uns doch einfach mal die Möglichkeit der weiteren Entwicklung besprechen.«

»Gut, okay. Ich bin ganz Ohr«, sagte ich widerwillig. Wohin sollte uns dieser Abend noch führen?

»Du kennst die Mietwohnungen für die Touristen in der Domäne ...«

»Zu klein.«

»Okay, aus zwei könnte man eine machen.«

»Schon besser.«

»Und nun, Gaby, bedenke alle positiven und negativen Punkte. Meinetwegen erstelle eine Strichliste oder was auch immer ...«

Ich konnte mich nicht rühren. Dieses Gespräch hatte eine bizarre Wendung genommen. Ich brauchte einen klaren Kopf und trank schnell ein ganzes Glas Wasser. Hatte Silvie diese Geschichte schon vorher mit mir besprechen wollen, fragte ich mich. Ich denke schon. Deshalb also dieses eilige Treffen. Ich fühlte mich angefixt. In meinem Kopf fühlte es sich an wie das wilde Flattern von vielen Vogelschwingen.

Ich erinnerte mich an eine Bemerkung von Nina Ruge, der bekannten Fernsehmoderatorin, die sagte, sie lebe nach dem Prinzip: »Hinter sich lassen, was keine Herausforderung mehr darstellt.«

Stellte diese Geschichte eine interessante neue Herausforderung dar? Waren etwa schon Erörterungen mit Julie dahingehend gediehen? Richtig, jetzt fiel mir ein, längere Zeit nicht mit Julie gesprochen zu haben.

Es lag also etwas in der Luft ...

Ohne die saisonalen Vermietungen würden weniger Arbeiten anfallen, und mit einer ständigen Vermietung wären die finanziellen Mittel das ganze Jahr hindurch gesichert. So gelangte ich schlussendlich zu der Erkenntnis, dass diese Idee, so abstrus sie mir auch schien, tatsächlich ein gewisses Potenzial an Möglichkeiten barg.

Ich erinnerte mich auch, vor noch gar nicht so langer Zeit im Spaß zu Julie die Ankaufsmöglichkeit einer Wohnung auf der Domäne angedeutet zu haben. Und dies auch nur, falls wir im Lotto gewinnen würden, dann ... Aber im Leben hätte ich nie in Erwägung gezogen, dass sich diese Idee verselbstständigen könnte.

»Ich träume manchmal«, sagte Silvie, »von einem glücklicheren Leben. In diesem Leben komme nur ich vor. Dann würde ich auf der Domäne eine kleine Wohnung mieten und vielleicht auch dort arbeiten können.«

Roberts kleine Wohnung im Turm würde doch sicherlich bald frei werden, vermutete ich, behielt dies aber noch für mich. Silvies Traum schien für sie fast schon Wirklichkeit geworden zu sein, denn sie sah in diesem Augenblick so glücklich aus.

»Wenn ich Arbeit hätte, dann könnte ich schon heute ausziehen, denn zu Hause hält mich absolut nichts mehr.«

»Tatsächlich?«

»Gaby, was würdest du tun, wenn du könntest?«

»Ich weiß nicht«, antwortete ich nervös, auf ihre Frage nicht eingehend. »Hast du wirklich vor, Mann und Tochter zu verlassen?«

»Meine Tochter ist erwachsen, und mein Mann ... der kann dann zu seinen Affären ziehen!«, stieß sie boshaft hervor.

Ich bezweifelte sehr stark, dass sie all dies wohl durchdacht hatte. Deshalb fragte ich: »Hast du schon mit Julie und Laurent gesprochen?«

Sie ließ sich Zeit mit ihrer Antwort, und ich dachte bei mir: Aha, so ist das also.

»Angedeutet habe ich es schon einmal, aber das war vor Claires Ankunft ...« Nun machte sich langsam eine gewisse Verunsicherung bei ihr breit.

»Und wie haben die beiden darauf reagiert?« Mit Sicherheit hatten sie ausweichend geantwortet, dachte ich. Und richtig! Silvies plötzliche Verlegenheit berührte mich, als sie sagte: »Na ja, Julie meinte, Platz gebe es schon, und es sei eine Überlegung wert.«

Ja, so ungefähr hatte ich es mir auch gedacht, leider. Julie hatte ausweichend reagiert. Als ich nun versuchte, diese Puzzleteilchen zusammenzusetzen, stellte ich mir die Frage, ob ich in Julies Haut stecken wollte. Und in vollster Überzeugung verneinte ich dies zutiefst.

Da waren zum einen das noch immer angespannte Verhältnis zu ihrer hochschwangeren Tochter Claire, des Weiteren war da Marc und der Ausbau des Pferdestalls mit den einzelnen Boxen. Ja, und dann Robert und der Ankauf einer Wohnung auf der Domäne. Und ... wie sollte ich es bezeichnen? Es war weder eine Beziehung noch ein intimes Verhältnis. Ich nannte es mal so, es bestand eine besondere, enge Freundschaft zwischen Julie und Robert, und von ganzem Herzen wünschte ich den beiden, diese herzliche Freundschaft bestehen und sie nicht durch eine kurze Liebelei zerbrechen zu lassen.

Auch die Finanzen befanden sich noch immer auf unsicherem Boden, und dahinein tappte nun Silvie, deren Motive ich total nachvollziehen konnte, mit ihrem Wunsch nach Veränderung ihrer unglücklichen Lebensumstände ...

Plötzlich riss sie mich aus meinen in die Zukunft abgeschweiften Gedanken. »Sobald mir Julie eine Wohnung gibt«, flüsterte sie zuversichtlich, »dann ... dann bin ich von zu Hause weg.«

Ungläubig sah ich zu ihr hinüber.

»Weißt du, Gaby, wenn du deinen Mann einmal beim Sex mit einer anderen Frau erwischt hast, verlierst du jede Achtung vor ihm.«

»Wie, du hast ihn gesehen? Wo?«

»Es war auf einem Fest bei Freunden. Ich wollte meine Jacke aus einem anderen Zimmer holen. Mein Mann hatte nicht bemerkt, dass ich eingetreten war, und ich, ich blieb wie angewurzelt an der Tür stehen. Die Frau war nackt, stell dir das mal vor, während mein Mann nur die Hose heruntergelassen hatte.«

»Oh, Silvie!«

»Mein Mann saß auf einem Stuhl, die Frau obenauf, und zwar so, dass ich sehen konnte, wie das Glied meines Mannes zwischen ihre Schenkel glitt und sie beide dann mit großem Eifer miteinander beschäftigt waren.«

Fassungslos, ich war einfach fassungslos.

»Kanntest du die Frau?«

»Flüchtig.«

»Und dann?«

»Na ja, ich machte mich bemerkbar, keine Ahnung, was ich sagte. Jedenfalls ließen sie so plötzlich voneinander ab, dass der Stuhl umfiel und beide auf dem Boden landeten, mein Mann hing ja noch in seiner Hose.«

Ich prustete los, und auch Silvie lachte. »Ja, diese Situation entbehrte nicht einer gewissen Komik. So sah ich das damals auch und lachte schallend los. Ich lachte und lachte, während die beiden verzweifelt versuchten, ihre Nacktheit zu bedecken.«

»Peinlich, peinlich«, stammelte ich.

»Kannst du mich jetzt verstehen, Gaby? Ich will so bald wie möglich von diesem Mann weg.«

Nun ja, nun kam erst einmal die Winterzeit auf die Domäne, die Wohnungen standen leer. Ob Julie und Laurent dies alles schon in ihre Überlegungen einbezogen hatten? Laurent erledigte fast täglich die »Geldgeschäfte«, wie er es nannte.

Ein Plan zum Bau einer Reithalle war beim zuständigen Bauamt eingereicht worden. Die seit Langem noch leerstehenden Pferdeboxen harrten ihrer zukünftigen Bewohner, und nach langen Jahren des vergeblichen Wartens konnten nun Julies deutsche Freunde mit ihren Pferden anreisen und ihren Urlaub hier verbringen.

In Gedanken ritt ich, falls ich dies denn vermochte, die Feldwege hinter der Domäne entlang, durch die herbstfarbigen Weinfelder, kleine Hügel hinauf und hinunter, am Canal du Midi und sogar an den Stränden des Mittelmeers entlang. Ich geriet ins Schwärmen und war kaum zu bremsen. Viele Wege kannte ich durch das Sammeln von wilden Brombeeren, und in der Ferne, im Angesicht der aufgehenden Sonne, sah ich mehrere Reiter mit Barney im Gefolge auf mich zukommen. Wahnsinn!

In der Zwischenzeit war Silvie ganz still geworden. Ich beobachtete sie und fragte mich, ob sie gedanklich schon ihre Habseligkeiten in Kartons verpackte. Mit Sicherheit würden wir alle behilflich dabei sein. Aber heute schien sie mir wie eine Schlafwandlerin den Kontakt zur Wirklichkeit verloren zu haben, oder hatte sie zu viel des süffigen Rosés getrunken? Nein, das konnte nicht sein, es war bei einem Glas geblieben, stellte ich mit einem Blick zur Weinflasche fest.

Mit diesen Überlegungen verließ mich Silvie, und ich fragte mich, wie die Zukunft für jeden von uns aussah und was diese für uns vorgesehen hatte.

Für keinen von uns ist das Leben perfekt, und aus dem, was man hat, sollte man zu jeder Zeit das Beste machen. Auch Gedanken lassen sich verändern und zum Positiven wenden.

Und so wünschte ich allen Personen auf der Domäne von ganzem Herzen das Allerbeste: Mögen ihre Wünsche und Hoffnungen in Erfüllung gehen!

In diesem eigenartigen Zustand der inneren Beruhigung, dass

alles gut werden wird, setzte ich mich zu Ditmar in den noch warmen Wintergarten und entzündete eine Kerze der Hoffnung, setzte mich in meinen Sessel, blickte gedankenverloren zum tiefdunklen Abendhimmel hinauf und sandte ein stilles Stoßgebet in die Nacht hinaus.

D ieser Zug ist abgefahren!
In der letzten Zeit hörte ich diesen Satz sehr oft von Menschen oberhalb der Sechziger- oder Siebzigerjahre. Nach eingehenden Recherchen stimmten wir alle zu.

Nicht wirklich war ein Zug gemeint, den man aus zeitlichen Gründen nicht mehr erreichte, dem man hinterhersprintete und dann doch nur noch die Rücklichter zu sehen bekam.

Das »Leben« an sich war gemeint und die Zeit, die immer schneller verflog. Es waren die Frauen, die solche Sätze meist gedankenlos oder vielleicht auch wohldurchdacht von sich gaben. Wenn ich dann nachhakte, hieß es: »Na, ist doch so, oder? Überleg mal, was du im Alter alles nicht mehr tun kannst.«

Na ja, ich überlegte und hätte es vielleicht doch unterlassen sollen, denn die Liste auf der Sollseite wurde lang und länger. Mit meiner Freundin Annette habe ich es einmal durchgespielt. Wir begannen mit der Schulzeit. Nun gut, dort wollten wir nun wirklich nicht mehr hin. Freiwillig schon, Kurse belegen oder so, jedoch ohne Zwang. Annette meinte, wir sollten später beginnen.

»Wo genau?«, fragte ich.

»Na, beim Heute und dann rückwärtsgehen.«

»Okay ...?«

»Nun, Gaby, was kannst du heute nicht mehr, was du vor Kurzem noch konntest?«

»Also ...«, überlegte ich, »nicht mehr schwanger werden ...«

Wir brachen beide in herzhaftes Gelächter aus.

»Wolltest du das etwa heute noch?«, fragte sie lachend.

»Nö, obwohl ja heute so vieles möglich gemacht werden kann.«

»Gut, also abgehakt ... Und jetzt ich ...« Annette überlegte sehr lange, blickte in den blauen, mit kleinen Wölkchen übersäten Himmel. Und mit glänzenden Augen sagte sie: »In die Disco gehen, tanzen, flirten.«

»Oh ja, in die Disco, so, wie sie früher war«, stimmte ich ihr zu.

»Okay, auch abgehakt. Hör mal, Gaby, gestern las ich einen Artikel in einer Frauenzeitschrift, dass Frauen ab einem gewissen Alter unsichtbar werden, also für die Männerwelt. Das stimmt doch, oder ...?«

»Hm ...«

»Wann hat dir in der letzten Zeit mal ein Mann hinterhergepfiffen?«

»Hm, ich weiß nicht«, sagte ich lahm.

»Siehst du, das meine ich.«

»Dann sind aber schon viele Züge abgefahren.«

»Jaaa ...«

Das darfst du nicht

Das darfst du nicht.
Das kannst du nicht.
Dafür bist du noch zu klein!

Das darfst du nicht.
Das kannst du nicht.
Dafür bist du noch zu jung!

Das darfst du nicht.
Das kannst du nicht.
Dafür bist du schon zu groß!

Das darfst du nicht.
Das kannst du nicht.
Dafür bist du jetzt zu alt!

(Aus: »Feelings – Unvergessliche Gedichte im Jahresreigen«,
von Marlies Böhm)

D er Himmel ist sternenklar.
Gespenstisch jagt das Blaulicht des Sanitätswagens durch den schwarzen Abendhimmel am zweiten Tag des neuen Jahres. Sanitäter und Notarzt stürmen, bepackt mit Taschen, Rucksäcken und Gerätschaften ins Haus. Ich rücke Kommode, Tisch und Stühle beiseite und mache ihnen den Weg frei. Ein leichter faltbarer Rollstuhl wird hereingebracht und zwei starke Sanitäter heben Ditmar hinein. Schnell schaffen sie ihn in den wartenden Sanitätswagen der hiesigen Feuerwehr. Angeschlossen an Tropf und Überwachungsgeräten geht es mit Martinshorn in die dunkle Nacht hinaus.

Rose-Marie begleitet mich zur Notaufnahme ins »Centre Hospitalier« von Béziers. Das Wartezimmer ist überfüllt mit Menschen, die alle auf Nachricht warten. Angstvoll gesellen wir beide uns dazu, während die Zeiger der Uhr unaufhaltsam weiterrücken. Als wir schließlich zu Ditmar in die Notaufnahme vorgelassen werden, meint dieser, er habe eine Infektion der Gallenwege. Och, gar nicht so schlimm, denke ich naiv.

Der Arzt verkündet wenig später, eine OP sei gleich am Morgen notwendig. Ich halte mich am Bett fest. Ditmar und ich, wir sehen uns an und denken das Gleiche: Ein Schlaganfallpatient und eine Narkose haben oftmals zu einem zweiten Schlaganfall geführt. Oh nein, bitte keine OP! Jedoch das liegt nicht in meiner Macht.

Um drei Uhr morgens fahre ich Rose nach Hause, und ich, ich komme in ein kaltes leeres Haus. Das heißt, nicht das Haus ist kalt, sondern mich hat eine innere Kälte befallen, die mich während der nächsten Tage nicht mehr loslassen sollte. Am späteren Morgen erfahre ich, dass Ditmar sich noch auf der Überwachungsstation der Notaufnahme befinde, ständig »Potassium« verabreicht bekomme und sein Hausarzt wegen der Medikamentenvergabe kontaktiert wurde.

»Was ist Potassium? Das kenne ich gar nicht«, fragt mich Julie am Telefon, als ich ihr Bescheid gebe.

»Schau mal bitte im Internet nach. Potassium ist Kalium. Und Vitamin K ist für den Körper äußerst wichtig«, empfehle ich ihr.

Täglich besuche ich nun Ditmar auf der Überwachungsstation. Meine Nerven liegen blank. Warum wird er nicht operiert? Seine Gallenblase ist bis obenhin gefüllt mit Steinen. So viel wissen wir. Später erfahre ich vom Arzt, dass durch die Feiertage und die Grippewelle alle Plätze belegt gewesen seien, da täglich bis zu 250 (!) Notfälle eingeliefert werden würden. Folglich ist Ditmar kein solch gravierender Notfall, zumal er keine Schmerzen hat, beruhige ich mich.

Am frühen Abend des zweiten Tages wird mein Mann endlich auf die Chirurgie Station gefahren. Zu Hause gehe ich nicht ins Bett, ich sitze und starre die Wand an. Um null Uhr dreißig ist die OP gut verlaufen. Aufatmen! Rose hat in der Nacht noch mit dem behandelnden Arzt gesprochen.

Frohen Mutes besuche ich Ditmar am Mittag und werde von ihm mit der nächsten Hiobsbotschaft einer zweiten OP begrüßt. Ich stürme zur Schwesternstation und werde erst einmal beruhigt.

Nein, keine zweite OP, es seien allerdings noch Steine im Kanal verblieben. Man wolle jedoch abwarten, ob diese auf natürlichem Weg durch die Drainage abgingen.

Wieso nicht gleich alle Steine entfernt? Ich fasse es nicht! Wir beide fassen es nicht. Später berichtet der Arzt, es sei eine äußerst schwierige OP gewesen, da die Gallenblase bis obenhin mit bereits aufgelösten Steinen gefüllt gewesen sei. Bedingt durch ein plötzlich einsetzendes Vorhofflimmern des Herzens habe man die OP vorzeitig abbrechen müssen. Es habe sehr schlecht ausgesehen.

Doch noch kein Aufatmen!

Möglicherweise eine zweite Narkose. Warum denn? Die erste war gut verlaufen, und nun die zweite ...?

Nach dem täglichen Krankenhausbesuch komme ich schlotternd vor innerer Kälte nach Hause und gebe Sabine, Marion und Julie die neuesten Nachrichten per Telefon durch.

Eines Abends, ich schlendere so an den Kühltheken des Supermarkts entlang, da überfällt mich eine große Lust auf diese fertigen Salate in den kleinen Schalen. Keine Ahnung, ich kann mich nicht erinnern, sie jemals probiert zu haben, wieso jetzt? Die Wege des Herrn sind unergründlich! Ich greife zu einer Schale mit gegrilltem Gemüse und einer mit Nudelsalat und Fisch.

Zu Hause angekommen, suche ich zuerst dringend erforderliche Unterlagen der deutschen Krankenkasse heraus, da die deutsche Ausweiskarte hier nicht angenommen wird, werfe mir zwischenzeitlich ein Gäbelchen voll Nudelsalat mit Gemüse in den Schlund, höre den Anrufbeantworter ab und führe Telefongespräche.

Nach drei Gabeln Salat falle ich Frostbeule ins Bett und kann nicht schlafen ... Nach einigen sinnlosen Versuchen, den gelesenen Inhalt einer Buchseite zu begreifen, gebe ich dies Unterfangen auf und lösche das Licht.

Nach einer sinnlosen Stunde, Schlaf zu finden, betätige ich den

Lichtschalter und starre die Zimmerdecke an. Die Gedanken sind frei ... jaja, und ich gebrauche sie ausführlich, was mir gar nicht guttut. Ich lasse sie schweifen, ist jedoch meinem Seelenfrieden eher abträglich.

Sie wandern in die nahe Zukunft, Ditmars nächste Narkose, und was ist, wenn ...? Und in die ferne Zukunft, ich, allein, hier, in diesem großen Haus, im Ausland? Ich bemitleide mich. Solche Gedanken bringen erst recht keinen Schlaf. Ich stehe auf und fahre den PC hoch. »Au petit matin!« Morgens um vier Uhr! Das gab's noch nie bei mir! Ich schicke eine Mail an Julie, eine Mail, die einem Hilferuf gleichkommt.

Als das Telefon klingelt, weiß ich, wer dran ist.

»Julie, es tut so gut, mit dir reden zu können ... mitten in der Nacht ...«

Ich höre sie verhalten lachen. »Du bist gut, es ist vier Uhr morgens.«

»Julie, ich hab so Gedanken, die mich mit Schrecken überfallen.«

»Was bedrückt dich, Gaby? Erzähl bitte!«

»Ditmar ist so schwach. Seine Beine tragen ihn kaum. Ich werde ihn keinen Schritt allein machen lassen können. Manchmal denke ich, ich schaffe das nicht.«

Am anderen Ende der Leitung herrscht Stille. Dann gelangt ein Hoffnungsschimmer durch den Äther: »Aber Gaby, nach seinem Schlaganfall lernte Ditmar doch auch wieder, selbstständig mithilfe des Stocks zu gehen und ...«

»Julie, das war vor zwanzig Jahren, da waren wir noch jünger!«, schreit es aus mir.

Ich höre sie tief ein- und ausatmen. »Das besagt rein gar nichts. Ihr seid beide noch so fit, das bekommt ihr wieder hin ... Wie lange seid ihr eigentlich hier in Frankreich?«

»Zwölf Jahre. Aber, Julie, manchmal überfallen mich noch so andere Gedanken ... Sie kommen wellenartig, verweilen für einen kurzen Augenblick ... verschwinden nie ganz, sondern warten im Hinterhalt ... irgendwie so ... hinterhältig. Julie?«

Stille am anderen Ende der Leitung ...

Dann: »Das hört sich für mich irgendwie nicht gut an ...«

Weinte sie?

»Julie?«

Bitte nicht, denke ich!

Während sich die Nudelsalatschälchen ganz langsam leeren, zeigt mir der Zeiger der Waage die schnell schwindenden Kilos an. Auch nicht zu verachten!

Sobald Ditmars Krankenhausaufenthalt vorbei war, endete auch die Nudelsalatzeit, und alles war wieder beim Alten.

Nach seiner ersten OP wird Ditmar in ein Zimmer zu einem Franzosen in unserem Alter verlegt, der mit unendlicher Begeisterung Rugby im Fernsehen bei voller Lautstärke verfolgt, laut schnarchend, mit weit geöffnetem Mund.

In seinem kurzen Krankenhaushemdchen liegt dieser Mann mit hoch aufgestellten Beinen auf seiner Bettdecke und gibt den Blick frei auf seine enorme Familienplanung. Schnell wende ich den Blick ab und kümmere mich um Ditmars Wäsche.

Wenn er nicht schnarcht, ist dieser Mann freundlich, und seine Familie versorgt uns mit Pralinen von »Leonidas«. Während der Nacht fällt er aus dem Bett, Ditmar drückt den Notknopf und bittet die Nachtschwester bei dieser Gelegenheit, den Fernseher abzustellen. Ditmar wollte wenigstens einige Stunden Schlaf nachholen.

Nach wenigen Tagen bekommt Ditmar einen neuen Zimmernachbarn, einen zweiundneunzigjährigen Opa, eifrig mit sich selbst ins Gespräch vertieft. Er zieht an seinen Drainageschläuchen, versucht über die aufgestellten Seitenteile seines Bettes zu steigen und muss während der Nacht ans Bett fixiert werden.

Am folgenden Tag wird Ditmar in ein anderes Zimmer zu einem sehr netten ruhigen Franzosen afrikanischer Herkunft verlegt. Nach dessen zu schneller Entlassung wird ein Mann von seiner Betreuerin, die eine Schwester von Nina Hagen hätte sein können, gebracht. Wie verwirrt dieser Mann tatsächlich ist, wird sich uns nach zwei Tagen zeigen.

Zur Endoskopie wird Ditmar zur Entfernung der restlichen Gallensteine für einen Tag und eine Nacht in die Klinik Saint Privat nach »Boujan-sur-Libron« verlegt.

Alles geht gut. Ditmar wird zur vollsten Zufriedenheit betreut. Zurück am folgenden Tag wieder in Béziers, treffen wir auch wieder die Betreuerin an, die ihren Patienten abholen will. Während sie dessen Tasche aus- und neu einräumt, sehe ich aus dem Augenwinkel unser Frotteetuch. »Ist das nicht ...? Kann das unser Tuch sein?«, frage ich vorsichtig.

»Ja, das ist mir auch unbekannt. Entschuldigung«, antwortet sie, sortiert den Inhalt der Tasche weiter auseinander und hält schließlich Ditmars weißes Lieblings-T-Shirt in die Höhe.

»Ja, dieses auch!«, rufe ich erschrocken aus.

Als der Patient schließlich aus dem Badezimmer kommt, hat er gerade Ditmars gestreiftes T-Shirt angezogen. Wäre die ganze Angelegenheit nicht so traurig, müsste man in lautes Gelächter ausbrechen. Die Betreuerin hilft ihrem Patienten nun, das Shirt über den Kopf auszuziehen, dabei muss dieser sich strecken, und ich sehe den Hosenbund mit der Beschriftung von Ditmars neuer weißer Unterhose. Entsetzt strecke ich beide Hände von mir und wehre diese Rückgabe vehement ab.

Nun, während Ditmars nächtlicher Abwesenheit hatte dieser Mann alle Zeit der Welt, dessen Reisetasche in Augenschein zu nehmen und sich zu bedienen. Offensichtlich gefielen ihm Ditmars weiße Bekleidungsstücke besser als seine eigenen tristen grauen und schwarzen.

Auf die Idee zu kommen, auch Ditmars Tasche zu untersuchen, war so abwegig, da wir zu perplex waren. Später fanden wir zuunterst in der Tasche eine schwarze Trainingshose, die ich gleich im Schwesternzimmer ablieferte. Leider war auch aus Ditmars Kosmetiktasche, die im Badezimmer verblieben war, ein Nagelmäppchen mit jeweils recht guten Scheren für Finger- und Zehennägel verschwunden. Egal, hoffentlich hat der Patient seine Freude daran!

Wie war es nun zu dieser Geschichte gekommen? Zwei Tage vor Silvester konnte Ditmar nichts mehr essen, was mir sehr zu denken gab. Es ging ihm schlecht, er schwitzte und schlief viel … Gegen einen Arztbesuch sträubte er sich und meinte, es ginge ihm schon viel besser. Am zweiten Januar war es ihm unmöglich zu gehen. Ich rief Jean-Paul und Rose an, die sofort kamen und sogleich die Pompiers, den Notarzt, anriefen.

Auch die zweite OP war gut verlaufen, und nun warteten wir auf Ditmars Entlassung.

Jeden Abend und jede schrecklich lange Nacht besprach ich die letzten Neuigkeiten mit Marion in Deutschland am Telefon. Immer wieder klagte ich ihr mein Leid: »Ich hab so Gedanken …«

Stumm hörte sie mir zu, dann stieß sie hervor: »Dann kommt doch zu uns!«

»… Wie? … Wie meinst du das, Marion? …«

»Na, bei uns ist doch die obere Wohnung frei.«

Es fiel mir leicht zu klagen, umso schwerer fiel es mir, eine sofortige oder baldige Entscheidung treffen zu können oder zu müssen. Kalte Schauer überfielen mich. »Ach, daran habe ich noch gar nicht gedacht. Aber, Marion, wie soll das gehen? Wie soll ich das Ditmar erklären? Er will Frankreich nicht verlassen. Oh, oh, oh!«

Somebody help me, please!

Am folgenden Tag, als ich vorsichtig versuche, meinem Mann meine im Hinterhalt lauernden Gedanken mitzuteilen, erfahre ich, dass sich eine Splittergruppe dieser geheimen Bande auch bei ihm gezeigt und bereits fest eingenistet hat.

War es Telepathie, oder wieso weiß ich, dass Julie an der Haustür klingelt? Als sie auf mich zustürmt und mich umarmt, spüre ich meine Tränen kommen. Julie macht einen leicht derangierten Eindruck auf mich, denke ich und warte ab.

»Ich musste selbst kommen. Am Telefon kann ich das nicht gut beschreiben, was ich fühle.«

Wir gehen ins Wohnzimmer und setzen uns, beide zu aufgeregt, um etwas trinken zu wollen. Schließlich holt sie tief Luft und sagt: »Nach unserem letzten Telefonat, bei dem du so Gedanken äußertest, hatte ich keine Ruhe mehr und hatte den Eindruck, als ob ihr mit dem Gedanken spielt, zurück nach Deutschland zu gehen ... für immer!«

Verzweiflung packt mich. Stumm blicke ich sie an.

Dann: »Wohlgemerkt, du spielst mit dem Gedanken, oder ich denke sogar, du gehst schwanger damit, was ja schon eine Stufe fortgeschrittener ist.«

Erstaunt und ertappt blicke ich meine beste Freundin an. Sie wird mir fehlen, denke ich, entsetzlich fehlen, und ich kann die Tränen nicht mehr zurückhalten.

Schließlich bricht es aus ihr heraus: »Dann frage ich mal ganz direkt: Geht ihr zurück?«

»Du kennst mich doch ziemlich gut, Julie«, schluchze ich. »Und im wievielten Monat, denkst du, bin ich?« Lachen kann ich nicht, dafür ist mir die Situation zu ernst.

Sie schnieft in ihr Taschentuch: »Also habe ich recht. Ich wusste es! Nach diesem letzten Telefonat war für mich alles klar, nur, ich wollte es einfach nicht wahrhaben ... und ich schätze, dass die Geburt nicht mehr weit entfernt sein kann?«

Eine Weile versuchen wir beide, unsere Fassung wiederzuerlangen, dann frage ich: »Mal hypothetisch gesehen, Julie, falls es so wäre, wie könnten wir ohne einander leben?«

Sie ist die Pragmatischere von uns beiden: »Zuerst müsst ihr sehen, was das Beste für euch beide ist. Und falls die Vögel wirklich ziehen sollten, bei uns wird immer ein Nest für ihren Besuch sein ... Und, Gaby, bitte nicht weinen!«

»Julie, du auch nicht!«

Epilog

Dieses Buch zu schreiben, ist mir nicht immer leichtgefallen, brachte es doch oftmals Erinnerungen zurück, die ich vergessen hatte oder vergessen wollte. Und eine Erinnerung aufzuschreiben bedeutet, diese Zeit ein zweites Mal zu durchleben, die nicht immer erfreulich war.

Dieses Buch gehört auch in keine festgeschriebene literarische Gattung, so viel ist mir bewusst. Aber wer maßt sich schon an, alles in Schubladen stecken zu müssen? Hier ragt ein Teil mal da und ein anderes mal dort aus einem Fach heraus ...

Jeder Abschnitt, jede Einfügung ist so und nicht anders beabsichtigt und muss nicht jedem gefallen. Die Empfindungen eines jeden Lesers sind unterschiedlicher Natur und entstehen meist durch subjektive Bewertung.

Ich denke, ich habe eine teilweise autobiografische Collage mit romanhaften Texten verfasst.

PS

Mein Name ist nicht Julie. Ich heiße auch nicht Julia. Gaby hat meine Erlaubnis, über mich und mein Leben zu schreiben, und alles wurde von mir abgesegnet.

Großen Dank an sie, für die Darstellung meines großen Traums.

Unser gemeinsames Buch wird voraussichtlich unter unserem Pseudonym erscheinen, und das Thema wird meiner Familiengeschichte entnommen werden in Verbindung mit dem weiteren Verlauf der Domäne.

Ob dieses Mal in bilingualer Form? Wer weiß?

Vielleicht wirft ein liebevoller Engel einen Segen vom Himmel ... Das wäre traumhaft!

Dank

Lieber Jean-Paul, ich danke dir für die vielen Stunden, in denen wir gemeinsam um die einzig wahre französische Wortwahl gerungen haben.

Und entschuldige bitte, dass ich dann doch auf meinen Worten bestanden habe. Mit dir hätte das Buch in bilingualer Form entstehen können.

Merci beaucoup an Rose-Marie, dass du Jean-Paul für seine Unterstützung »freigestellt« hast, und danke für deine große Hilfe bei Ditmars Krankenhausaufenthalt.

Trouver des bons amis
est difficile,
les quitter, encore plus dur,
les oublier: impossible!

Besonderer Dank geht an Dagmar Osterop für ihre bereitwillige Hilfe.

Danke an Faustine und Marcel für die Bereitstellung einer immensen Menge an Umzugskartons.

Merci beaucoup chers Daisy et Patrick. Patrick, du warst zu jeder Zeit bereit, bei technischen Problemen und Housekeeping zu helfen.

Mein ganz besonderer Dank geht an Marion und Erich für die psychische Unterstützung in einer schwierigen Zeit mit der Hoffnung auf noch viele glückliche gemeinsame Jahre.

Ein ganz, ganz großes Dankeschön an meine Tochter Sabine für das Titelfoto und das Einbringen ihres umfassenden veterinärfachlichen Wissens sowie ihre Mitschrift unter dem Titel »Malik«.

Ein »Riesenschmatz« gilt Malik, diesem allerliebsten Hund, der für eine leider zu kurze Zeit mein Herz berührte. Als du über den Regenbogen gingst, Malik, blieb eine große Leere in unseren Herzen zurück.

Herzlichen Dank an unseren Freund Karl-Heinz für die anfängliche Bildbearbeitung.

Ein Riesendankeschön gilt meinem Mann Ditmar für seine scharfsichtigen Recherchen und sein Management. »Dein Engagement hat mir sehr viel bedeutet.«

»Danke dir, Ma. Ich bin mir sicher, dass du wohlwollend von deiner Wolke auf mich herabgeblickt und mir Glück gewünscht hast.«

Ganz, ganz herzlichen Dank an Herrn Kayhan Acetler/ Photographer vom Fotowerk in Fulda. Und ein besonderes Dankeschön an Frau Meltem Dolnay/von Merella make me up.

Und wie immer gilt mein besonderer Dank meiner Lektorin und Cousine Anke Wieland.

Großen Dank an das Team Buchdesign und Lektorat von Books on Demand für die professionelle Betreuung.

Empfehlenswerte und zuverlässige Unternehmen in oder aus unserem Umfeld in Deutschland und Frankreich:

Mazda
Auto Lobgesang
61239 Ober-Mörlen

Restaurant Zulegers
61231 Bad Nauheim

Zahnarzt Dr. Mende
61231 Bad Nauheim/Nieder-Mörlen

Mam's Jeans
61231 Bad Nauheim

Pizzeria Da Davide
61231 Bad Nauheim

Sandras Haarcreationen
36364 Bad Salzschlirf

Kayhan Acetler/Photographer
Fotowerk
36037 Fulda

Meltem Doluay
Merella make me up

Trattoria Pizzeria Monaci
35457 Lollar

Mikas Stoffe/Café Herzsache
33699 Bielefeld

Friseurteam Haarlekin
Antonio La Palermo
61231 Bad Nauheim

Magasin de France
Französische Weine und mehr
61239 Ober-Mörlen

Wese-Umzüge
36137 Großenlüder

****

Restaurant L'Écluse
Au bord du Canal du Midi
34420 Villeneuve les Béziers/Frankreich

Boulangerie »Le Fournil«
34120 Pézenas/Frankreich

Crêperie »La maison de Camille«
34340 Marseillan/Port/Frankreich

Sandwicherie »Pain de Sucre«
34500 Béziers (Géant)/Frankreich

Coiffeur Marseillan »L+C Diffusion/Corinne«
3, Place du Théâtre
34450 Marseillan/Frankreich

Cabinet Dentaire »Dr. Bodo Klemme« (spricht Deutsch)
Rue Élie Cathala
34370 Maraussan/Frankreich

Location Vacances »Le Chêne Vert«
Mme Yolande Nardari
34450 Vias/Frankreich

Sarl Hutin, Jean-Claude
Electricité Bâtiment et Industrie
34450 Vias/Frankreich

La Boutique du Chineur
Le Coin Des Bonnes Affaires
34300 Agde/Frankreich

Orpi Anthinea/Agence Agde/Immobilier
Rond Point du Mont Saint Loup
34300 Agde/Frankreich

Picamandil
34480 Puissalicon/Frankreich

Von der Autorin bereits erschienen:

»Allez, on y va!
Mein langer Weg nach Südfrankreich«

»Bonjour, über unsere Facebook-Gruppe habe ich von deinem Buch gehört und es in den letzten beiden Tagen mit großem Interesse, sehr vielen Déjà-vus (Erfahrungen mit Maklern und dem Hauskauf, Renovierung, Handwerkern, Nachbarn etc.) und auch viel Freude und Wissenswertes gelesen oder, besser gesagt, regelrecht »verschlungen« ... Da das Buch bereits 2009 veröffentlicht wurde, hoffe und wünsche ich euch, dass es euch, insbesondere Ditmar, gesundheitlich und in jeder Hinsicht gut geht und ihr euer Leben im Languedoc weiterhin genießen könnt!
Ein wunderbares Buch für Menschen, die einen Bezug zu Südfrankreich haben. Ein Muss für alle, die vorhaben, sich im Languedoc niederzulassen oder sich hier einen Zweitwohnsitz anzuschaffen.
Die angenehme Schreibweise verführt dazu, das Buch an einem Tag zu lesen.«
(Klaus Uhlmann, Berlin, am 9. April 2015)

»Ich bin sofort in die Buchhandlung gegangen und habe mir Ihr Buch bestellt! Und auch sofort gelesen!
Ich bin begeistert von dem Mut, den ihr aufgebracht habt. Toll. Ich werde das Buch weiterempfehlen und freue mich schon auf die Fortsetzung.«
(Horst Quass, Bad Nauheim, am 2.11.2009)

›Allez, on y va!‹ ist ein sehr berührendes Buch. Trotz eines schweren Schicksalsschlages und aller damit verbundenen Schwierigkeiten verlieren die Verfasserin des Buches und ihr Mann nicht den Mut und nehmen ihr Schicksal tatkräftig in die Hand. Sie erfüllen sich den langgehegten Traum von einem Leben in Südfrankreich. Der Weg dorthin und das Einleben in der neuen Heimat mit allen Höhen und Tiefen werden hier sehr humorvoll beschrieben.

Das Buch ist witzig und reich an wertvollen Tipps für Menschen, die sich ebenfalls mit dem Gedanken an Auswanderung befassen oder sich schon in Südfrankreich niedergelassen haben. Zudem enthält es viele leckere Kochrezepte.

Insgesamt ein gelungenes und abwechslungsreiches Buch.«
(E. S., 22.3.2011)

»... fast hätte ich heute meinen Zug verpasst, weil ich nicht aufhören konnte zu lesen. Ich wollte bloß den Anfang des Buches »Allez, on y va!« lesen, habe es jedoch fast fertiggelesen. Oft habe ich mich fast totgelacht, weil ich so viele Ähnlichkeiten zu meiner Jugend entdeckte. Bin in Frankreich aufgewachsen.
Ganz herzliche Grüße, und hiermit möchte ich die Fortsetzung vorbestellen.«
(Carmen Schöberle, »Chanda-Frau«. Eine Gassi-Geherin, Schallstadt, den 6.10.2017)